ullstein

Das Buch

Nach zwei Jahrzehnten Ehe wird Franzi von ihrem Mann Ingmar verlassen, ausgerechnet wegen Dörthe, der Filialleiterin der örtlichen Sparkasse. Glücklich war die Ehe ohnehin nie, Ingmars Karriere war immer das Wichtigste. Aufgelöst reist Franzi nach Ostfriesland zu ihrem Bruder Norbert und seiner Frau. Ihr ewig nörgelnder Bruder ist alles andere als begeistert, denn eigentlich ist kein Platz für Franzi, und Zeit für ihre Wehwehchen hat er auch nicht. Norbert konnte seinen Schwager nicht leiden, und er hat nie verstanden, was Franzi an ihm fand. Da Franzi vor Norbert nicht als Verliererin dastehen will, behauptet sie spontan, ihr Mann sei gestorben. Und irgendwie ist er das ja auch, zumindest für sie. Doch dann fliegt die Notlüge auf, und Franzi hat plötzlich ein Problem mehr.

Die Autorin

Eigentlich wollte Ida Hansen Konzertpianistin werden. Oder wenigstens zweite Flöte im Orchester. Auf keinen Fall Lehrer wie die Schwestern, Brüder, Onkel und die Urgroßtante. Doch das familiäre Gen war stärker. Inzwischen unterrichtet sie ebenfalls und entführt die Leser in ihre Heimat Ostfriesland, wo sie in einer fiktiven Kleinstadt Kunst auf Hauptschule prallen lässt.

Ida Hansen

Ein Riesenherz im Friesennerz

Roman

Ullstein

Besuchen Sie uns im Internet:
www.ullstein-taschenbuch.de

FSC
www.fsc.org
MIX
Papier aus verantwortungsvollen Quellen
FSC® C083411

Ungekürzte Ausgabe im Ullstein Taschenbuch
1. Auflage Mai 2013

Umschlaggestaltung: ZERO Werbeagentur, München,
unter Verwendung einer Vorlage von Cornelia Niere
Titelabbildung: © Corbis/Wayne Hutchinson (Schaf);
© Shutterstock/Complot (Rahmen)
Satz: LVD GmbH, Berlin
Gesetzt aus der Granjon
Papier: Pamo Super von Arctic Paper Mochenwangen GmbH
Druck und Bindearbeiten: CPI – Clausen & Bosse, Leck
Printed in Germany
ISBN 978-3-548-28543-6

Für Claudia, ohne die dieses Buch nie entstanden wäre.

Und natürlich auch die anderen Lehrer meines Herzens, die über ihrem Schuldienst ergraut sind, aber nie den optimistischen Blick auf ihre Schüler verloren haben.

1

Kinder sind das Letzte. Im Ernst. Als bei Ingmar und mir vor achtzehn Jahren die Nachwuchsfrage anstand, hatten wir das ausgiebig diskutiert. In ihren ersten Lebensjahren sind sie blond und lockig, haben blaue Kulleraugen und sehen aus, als hätte man sie aus Puderzucker gebacken. Kitsch hoch drei, hat Ingmar gesagt. Das Peinlichste, was Mutter Natur sich ausdenken konnte, gleich nach dem Sonnenuntergang.

Wenn Oma das Kleine nach der Geburt in die Arme gedrückt bekommt, sagt sie: »Ogottogott, ist der …« Nicht cholerisch, weil er die ganze Station zusammenbrüllt, oder clever, weil er auf Anhieb die Sache mit den Brustwarzen kapiert, oder ein kleiner Schwarzenegger, krebsrot vom Kampf ins Leben hinein. Nein, es ist *süß*. Und sie hat recht. *Süß* ist das Markenzeichen des kleinen Menschen. Von der Stupsnase bis zu den Murmelzehen. Ein genialer Kunstgriff der Natur, die die menschliche Art ums Verrecken erhalten will.

Ingmar ist Künstler. Er spielt die erste Geige im Herforder Symphonieorchester. Strawinski aus Überzeugung, Mozart und Lehár wegen der Hypothek auf unserem Einfamilienhaus. Aber manchmal muss er an *Sister Act* ran. Dann schluckt er vor der Probe Magentabletten und schrammt mit dem Wagen das Trafohäuschen an unserer Grundstücksgrenze. Er ist also ein *echter*

Künstler. Und als solcher für das ungeschminkt Ehrliche. Deshalb sind die Wände unseres Hauses unverputzt, und die Heizungsrohre liegen offen. Wie der Mensch sich einrichtet, so ist er, sagt Ingmar. Er hätte es nicht ertragen, etwas um sich zu haben, das unverfroren auf den Faktor *süß* setzt.

Und das ist gut so. Denn etwa ab dem zweiten Lebensjahr mutieren die Blondschöpfe. Plötzlich klebt ein Schild an ihrer Zimmertür: *Hier wohnt der Chef.* Es folgt ein tägliches Drama mit Schreiattacken an der Supermarktkasse, wo sie ihre Mütter gegen das Schienbein treten. Mit vierzehn trinken sie sich ins Koma. Mit fünfzehn kriegen sie selbst Kinder, denen sie ihr Zweiwortvokabular aus *Scheiße* und *Arsch* beibringen. Mit sechzehn erschlagen sie in der U-Bahn Passanten.

Das Kind, das ich vielleicht bekommen hätte, wenn Ingmar sich nicht – dem Himmel sei Dank – durchgesetzt hätte, wäre jetzt im U-Bahn-Passanten-Mord-Alter gewesen. Es hätte das Auge schweifen lassen auf der Suche nach einem anderen Kind, dem es das Handy abziehen kann, und dabei mit den Fingern den Schlagring in seiner Hosentasche liebkost und überlegt, wie es an mein Erbe kommt.

Glück gehabt, dachte ich. Wenigstens in dieser Sache.

Der Zug, in dem ich saß, fuhr durch Ostfriesland. Hannover – Bremen – Oldenburg – Norddeich Mole. Hinter den staubigen Fensterscheiben sah ich Kühe. Sonst nichts. Kühe scheinen in Ostfriesland ein Endlos-Panorama zu bilden. Du siehst einen grünen Strich, das ist die Wiese. Und einen blauen, das ist der Himmel. Und dazwischen Kühe. Alles sehr übersichtlich. Gut für jemanden wie mich, dem gerade ein Tsunami die Welt in Trümmer gelegt hatte.

Interessanterweise blickten die Kühe alle in dieselbe Richtung. Als wären sie im Kino und stierten auf eine unsichtbare Leinwand, auf der ein barmherziger Rindergott einen für Menschen unsichtbaren Actionfilm ablaufen ließ, in dem Bruce-Hilda dem Bauern, dem Dreckskerl, so richtig die Kante zeigt. Müssen Sie mal drauf achten. Ist wirklich so.

Es knisterte in den Lautsprechern. Der Zugführer erklärte uns auf Deutsch und Plattdeutsch, dass wir demnächst Bad Zwischenahn erreichen würden.

Neben mir saß ein dicker Mann mit Krawatte, der schnarchte. Bei jedem Seufzer zitterte seine Hand auf dem Oberschenkel. Der Junge gegenüber – U-Bahn-Passanten-Mord-Alter – hatte sein iPod aus der Tasche gekramt und zog den Finger mit dem sabbernden Blick eines Süchtigen über das Display. An seiner Seite, sozusagen Auge in Auge mit mir, befand sich eine Frau meines eigenen Jahrgangs. Ihr Mund war verkniffen. Sie trug einen langen Rock aus bunter Wolle und einen selbstgestrickten, ärmellosen Pulli über massigen Oberarmen. In ihrer wiederverwendbaren Jutetasche stapelten sich Ökoäpfel mit braunen Stellen. Sie sah aus wie ein Mensch, der recht hat. Grundsätzlich. Ausnahmslos.

Ich hatte zu lange auf die Kühe gestarrt und merkte erst jetzt, dass meine Reisetasche sie aufregte. Es war voll im Zug. Die Gepäckablage mit Rucksäcken verstopft. In den Gängen standen entnervte Reisende, die auf die Inseln in den Urlaub wollten. Also hatte ich die Reisetasche zu meinen Füßen abgestellt. Ließ sich nichts dran ändern. Aber die Frau war trotzdem sauer. Sie schaute mich an, merkte, dass sie endlich meine Aufmerksamkeit gewonnen hatte, und starrte nachdrücklich zu dem Gepäckstück. Gab mir also, sozusagen nonverbal, ein Signal. *Wissen Sie, das stört jetzt wirklich.*

Half nur nichts. Gepäckablage besetzt, wie gesagt. Sie versuchte es trotzdem weiter. Immer noch nonverbal. Zog die Füße ein. Stöhnte. Wollte sich strecken … ging aber nicht. Stöhnte. Schaute auf die Reisetasche. Stöhnte.

Wenn Sie mögen, können Sie Ihre Füße auf der Reisetasche abstellen, wie der Junge, wollte ich sagen, aber die Frau merkte, was ich vorhatte, und machte sofort die Lippen schmal und signalisierte mir auf diese Weise – *nonverbal, klar* –, dass ein Kompromiss für sie nicht in Frage käme.

Ich sah den Schaffner, der die Schiebetür aufwuchtete. Würde sie sich jetzt beschweren? Schafft man so was überhaupt, *nonverbal*, bei einem Mann, der seit dem Morgen durch die Gänge stapft und Karten entwertet und renitenten Jugendlichen klarzumachen versucht, dass das Schönes-Wochenende-Ticket nur am Wochenende gilt und nur, wenn die Namen eingetragen sind, und dass sie das auch wissen, verflucht?

Die selbstgestrickte Dame versuchte es. Stöhnte. Starrte. Aber der Schaffner knipste unbeeindruckt das Datum auf ihre Karte, und somit ging der Punkt an mich. Trotzdem schaffte das Weib es immer noch, irgendwie im Recht zu sein. Und das war der Moment, da packte mich der Teufel. Ich räusperte mich und sagte mit einem Blick auf die Tasche: »Tut mir leid.« Und dann: »Ich wusste nicht, dass die Züge hier mitten in der Woche so voll sind, ich komme nämlich von außerhalb.« Und dann: »Ich bin Witwe. Mein Mann ist gestorben. Montag vor einer Woche.«

Das saß. *Witwe.* Hammerhart. Mit *Witwe* hast du eine Wirkung wie mit einem Keulenschlag. *Die Arme ist Witwe.* Entsetzlich. Das Wort macht glauben, dass gerade eine Pretty-Woman-Geschichte grausam zu Ende gegangen ist. Jahre voller Glück und inniger Zärtlichkeit, der Blick in eine paradiesische Zukunft gerichtet – und peng, alles von der Faust das Schicksals zertrümmert.

Wenn man bedenkt, dass sich ungefähr 82,7% aller Eheleute

scheiden lassen, und dann noch mal die 50,8% dazunimmt, die's noch aufschieben, weil sie argwöhnen, dass ein Wust an Papierkram auf sie zukommen könnte, dann sollte man meinen, die Inserenten von Traueranzeigen bekämen körbeweise Glückwunschkarten vor die Tür. Ist aber nicht so. *Ich bin Witwe* … Da setzt der Verstand aus. Und der Fluchtinstinkt ein.

»Mein Beileid«, sagte die Frau. Nächster Halt war Westerstede-Ocholt. Sie packte ihre Ökoapfeltasche und drängelte sich durchs Abteil. Aber sie stieg nicht aus. Das sah ich, als ich den Bahnsteig überblickte. Wahrscheinlich war sie nur ein Abteil weiter, wo sie von nichts Schlimmerem belästigt wurde als von Handygeplapper und Bierdosengeschepper.

Ich starrte wieder auf die Wiesen. Die Häuser, die jetzt gelegentlich auftauchten, sahen aus, als hätten sie schon beim Bau des Regionalzuges, in dem ich saß, eine Renovierung nötig gehabt. Der Anblick deprimierte mich. Heike, meine Cousine, die blöderweise nach Kanada ausgewandert war und meinen Kummer wegen Ingmar deshalb telefonisch therapieren musste, hatte gesagt: Warum ausgerechnet Ostfriesland? *Hannover* wäre prima. Da kannst du tagelang um den Maschsee rennen, was erwiesenermaßen gut gegen Kummer ist. München würde auch gehen, wegen dem Panorama. Oder Paris. Lauter Kerls mit knackigem … Na gut, nicht Paris. Aber Prag …

Ich hatte zu ihr gesagt: Das verstehst du nicht. Konnte sie auch nicht, weil sie keine Postkarte von meinem Bruder Norbert bekommen hatte. Der wohnt in Ekelborn, das liegt zwischen Aurich und Leer. Und auf der Karte, mit der er mir zum Geburtstag gratuliert hatte, waren die Kühe auf den Wiesen zu sehen gewesen, und darunter hatte gestanden: *Ostfriesland, das Urlaubsparadies, in dem die Zeit stehen bleibt.* Und als ich wieder denken konnte – nicht Montagabend, sondern acht Tage später, mit drei

Aspirin und einem Zahnputzbecher Eierlikör im Blut –, hatte ich mir gedacht: Mensch, das ist es.

Ich sehe es nämlich so: Wenn du Witwe wirst, dann kommt was über dich. Dieser Mensch vom Max-Planck-Institut in München, der Sebastian Deisler gegen Depressionen behandelt hat, würde es ein chemisches Ungleichgewicht im Gehirn nennen. Heike einen *Scheiß, aber das wird schon wieder.* Ich nenne es Vergeudung. Von Zeit.

Wenn du nämlich in diesem chemischen Ungleichgewicht aus *Scheiß, aber das wird schon wieder* steckst, dann setzt dein Leben aus. Der Film bleibt stehen. Plopp. Die Zeit verstreicht aber trotzdem. Du reißt ein Blatt vom Kalender ab und noch eins und noch eins, und du kannst am Papierkorb nachmessen, wie dein Leben verrinnt, während in deinem Kopf die Chemie rumstümpert und dein Leben aussehen lässt wie ein Hundehäufchen.

In den wenigen klaren Momenten begreifst du aber, dass du die Blätter nicht hinten wieder anhängen kannst. Sie sind weg. Vergeudet. Es ist, als wenn du beim Fußball-Weltmeister-Endspiel auf der Ersatzbank sitzt. Oder beim Klassentreffen neben der Langweilerin, die dir von ihrem Goslarurlaub erzählt. Das Leben findet statt, nur leider ohne dich. Das hat mich erschreckt, trotz Aspirin und Eierlikör.

Und da ist mir die Geburtstagskarte eingefallen. *Ostfriesland, das Urlaubsparadies, in dem die Zeit stehen bleibt.* Ich hatte es schwarz auf weiß. Es gab einen Flecken Erde, der meinem seelischen Zustand angemessen war, wo ich vom *Scheiß* zum *Jetzt-wird-es-wieder* trudeln konnte, ohne dass mein Papierkorb an verlorener Zeit überquoll. Ja, so hatte ich mir das überlegt. Und als ich in Leer meine Reisetasche aus dem Zug wuchtete, war ich überzeugt, völlig richtig zu handeln.

Ich schaute mich nach Norbert um, in der Hoffnung, dass er

mich abholen würde. Aber er war nicht da. Nur ein Hund, der an dem Zaun neben der Bahnhofshalle sein Bein hob. Man möchte staunen, wenn man sieht, worüber der Mensch in Tränen ausbrechen kann.

»Wieso abholen?«, fragte Norbert, drückte dem Taxifahrer einen Schein in die Hand und bugsierte mich verdutzt durch den Windfang in seine Küche aus Buche-hell mit blauen Kanten.

»Weil ich dir doch geschrieben habe.«

»Hast du nicht.«

»Hab ich doch.«

»Hast du …«

»Nun lass sie erst mal«, sagte Geli, meine Schwägerin, die aus dem Wohnzimmer gekommen war. Sie hatte goldblonde Struwwelhaare, um die ich sie glühend beneidete, und ein gutes Herz. Glaubte ich jedenfalls. Wir hatten nie viel Kontakt gehabt. Ingmar fand die beiden spießig, und was sie selbst von uns hielten … Na ja. Unsere nackten Heizungsrohre hätten mit der putzigen gelben Porzellan-Entenfamilie auf der Fensterbank kaum harmoniert. Gelis Hände füllten den Wasserkocher mit Wasser und suchten Teebeutel aus einer Holzschachtel. »Roibusch Kirsche oder Schwarz?«

»Ja«, brummte ich.

»Du kannst auf eine Oder-Frage nicht mit Ja antworten«, sagte Norbert, und ich merkte, wie nervös ich ihn machte, sicher wegen der verheulten Augen. Mit Emotionen kommt er nicht klar. Er hat mir mal die Schulter getätschelt, als ich meinen ersten VW Golf zu Schrott gefahren hatte. Das war der heftigste Gefühlsausbruch, den ich je bei ihm erlebt habe.

»Lieber Kirsche«, sagte ich.

»Und?«

»Und was?«

»Warum bist du hier?«

»Na, weil sie uns besuchen möchte.« Geli lächelte mich entschuldigend an und griff im Kühlschrank nach der Teesahne.

»Ich sehe, dass sie uns besuchen will, aber …«

»Ingmar ist gestorben«, sagte ich. Damit war es raus und zum Teufel mit allen Umständlichkeiten.

»O Gott«, sagte Geli.

»Wieso das denn?«, fragte Norbert.

Ich hatte meine Tränen auf dem Leeraner Bahnhof vergossen und war zu müde, um seinen Mangel an Feingefühl zu kompensieren. »Er ist eben tot.«

»Aber … Ich meine: *Wann?* Und woran ist er gestorben?«

»Es war was mit dem Herzen.«

Mein Bruder saß mir gegenüber und versuchte, sein Gehirn auf Trab zu bringen. Das kann man bei ihm sehr schön beobachten. Er zuckt dann mit der linken Nasenwand und sein Adamsapfel wölbt sich vor. »Beileid«, brachte er schließlich raus. »Wann ist denn die Beerdigung?«

»War schon.«

»Was soll das heißen: War schon? Willst du etwa sagen, dass die Beerdigung bereits …«

Ich nickte.

»Franzi, also wirklich! Ich bin dein Bruder. Da sagt man Bescheid, wenn jemand … damit mein ich den Ehemann, mein eigener Schwager sozusagen …«

»Ich hab dir geschrieben«, log ich. »Und … es ging auch alles so schnell. Und mir war nicht nach Gesellschaft zumute.«

»Aber wenn jemand aus dem engsten Kreis der Familie stirbt …«

»Nun lass sie doch erst mal«, sagte Geli.

»Aber …«

»Lass sie!« Geli bekam eine steile Falte zwischen den Augen. Da hielt er endlich den Mund.

Eine Viertelstunde später lag ich in frischer Bettwäsche in einem Zimmer mit weißen Deckenpaneelen. Über mir, neben der Deckenleuchte, schwang sich ein hölzerner Peter Pan in wildem Flug. Ich starrte ihn an und fühlte mich wie ein ausgewrungener Waschlappen.

Die nächsten vier Tage verbrachte ich im Bett. Stumpf gegen alles, was um mich herum geschah, zog ich mir rein, was der Miniuralt-Fernseher des Gästezimmers zu bieten hatte. Ich sah, wie der Bauer sich eine Frau krallte, wie die Supernanny die Kinder der beiden zu bändigen versuchte und wie Richterin Salesch sie als jugendliche Rotznasen schließlich in den Knast brachte, nachdem die Therapie bei Frau Kallwass gescheitert war. Wahrscheinlich waren es gar nicht die gleichen Kinder. Aber ich beglückwünschte mich nach jeder Sendung, dass Ingmar so entschiedene Ansichten zum Thema Nachwuchs gehabt hatte. Soweit ich überhaupt die Energie zu einer emotionalen Regung aufbrachte.

Geli – sie arbeitete in einem Tante-Emma-Laden oder so, hatte aber wohl gerade frei – versorgte mich mit Essen. Und schließlich kam Norbert und wollte wissen, ob ich Hilfe beim Papierkram bräuchte.

»Was?« Ich setzte mich im Bett auf, ein bisschen unwillig, weil Richterin Salesch gerade einen impertinenten Stinker fertigmachte, der – ja, denkste denn, wir merken nicht, was los ist!!! – die Eidechse seiner Freundin durch die Ritzen eines Kanaldeckels entsorgt hatte und das kaltschnäuzig bestritt. Zugegeben, das Niveau hätte Ingmar nicht gefallen, aber wo ich einmal drin war in der Handlung …

»Entscheidungen, die Versicherungen und Rentenangelegenheiten und Ähnliches betreffen, sollten zeitnah erledigt werden«, sagte Norbert. »Es gibt Fristen, die der Begünstigte einhalten muss.« Er arbeitet bei dem Wasser- und Schifffahrtsamt in Aurich, wahrscheinlich redete man dort so. »Franziska?«

Ich zog die Decke unters Kinn und sagte ihm, dass er störe. Da trollte er sich. Kurz darauf fragte Geli mich, ob ich Ole am nächsten Morgen zur Schule bringen könnte.

»Wen?« Ich war verwirrt. Dann fiel es mir wieder ein. Ole war ihr Sohn. Ich war ihm mal auf dem Weg zum Klo begegnet, wo er mich angestarrt hatte. Irgendwas Dürres, Stummes, das mir bis knapp zur Brust reichte.

»Normalerweise habe ich die Sache im Griff«, erklärte mir Geli und setzte sich auf die Bettkante. »Meine Freundin Esther hat auch einen Kleinen. Wir haben einen Plan, nach dem wir uns mit der Betreuung abwechseln. Aber der funktioniert gerade nicht, weil meine Vierhundert-Euro-Kraft vom Teeladen einen Bänderriss am Knie hat und Esther die Schwiegermutter zu Besuch.«

Andere Leute hatten auch Sorgen. Komisch, wie mir das aus dem Blickfeld geraten war. »Klar bring ich Ole.« Ein Kind zur Schule zu transportieren sollte kein Thema sein. Geli legte mir seit Tagen Radieschen in Rosenblütenform aufs Leberwurstbrot. Da konnte man sich schon mal revanchieren.

Es war Norbert, der mich am nächsten Morgen aus dem Bett warf. »Hör mal, wenn du sagst, dass du eine Aufgabe übernimmst, muss man sich auch darauf verlassen können. Sonst hat es ja keinen Sinn, irgendwelche Absprachen …«

»Nun lass sie doch«, brüllte Geli von unten aus der Küche.

»Wenn man das Leben meistern will, braucht man Ordnung«, flüsterte Norbert, fest entschlossen, dem Wabbel aus Emotionalität, der ihm entgegenschwappte, etwas Handfestes entgegenzusetzen. »Wir sind kein Künstlerhaushalt, Franziska. Bei uns ist das anders als bei euch. Ohne Verlässlichkeit läuft gar nichts. Geli und ich kommen nur zurecht, weil wir unser Leben perfekt durchorganisiert haben.« Er ist zwei Jahre älter als ich und Verlässlichkeit sein Steckenpferd. Wenn das, was meine Mutter erzählte, stimmt, hat er im Sieben-Stunden-Rhythmus in seine Windel geschissen. Konnte man die Uhr nach stellen. Darauf war sie stolz gewesen. Er auch.

Dass ich einen Künstler heiratete, einen Musiker, der fast ausschließlich aus Gefühl bestand, hatte Norbert als persönlichen Affront gesehen. Deshalb hatten wir uns nach der Hochzeit auch kaum noch getroffen. Das letzte Mal bei der Beerdigung meiner Mutter, von der ich nur noch die Blicke in Erinnerung habe, mit denen Norbert Ingmars rostroten Anzug musterte.

Egal.

Ich kroch aus dem Bett, mogelte mich an der Dusche vorbei und schlüpfte in die Jeans und das frische Shirt, das Geli taktvoll auf dem Stuhl in meinem Zimmer drapiert hatte. Ole wartete im Flur auf mich. Ein Knirps von sieben Jahren mit knotigen Knien in streichholzdürren Beinen und einer Riesenbeule in der Tasche seiner kurzen Hose.

»Franzi bringt dich zur Schule und holt dich wieder ab«, sagte Geli.

Wir nickten beide. Ole bekam einen Kuss, ich eine Umarmung. Dann machten wir uns auf den Weg. Die Sonne schien, und in der Luft lag der Staub der gemähten Felder, die sich kilometerweit hinter der Straße ausbreiteten. Überall piepsten Vögel. Vogelpiepsen ist Mist, wenn man gerade seinen Ehemann verloren hat. Sonne auch. Zum Glück war Ole keine Plaudertasche. Wir marschierten ungefähr fünf Minuten stumm nebeneinander her. Dann fragte er: »Weißt du, was ein Triceratops ist?«

»Keine Ahnung.«

»Er hat drei Hörner. Ein kleines auf der Nase und zwei große. Er ist riesig. Wie ein Panzer. Aber du brauchst keine Angst zu haben. Der frisst nur Pflanzen.«

»Ach so«, sagte ich.

Weitere himmlisch ruhige Minuten verstrichen. Dann fragte Ole: »Gehen wir gar nicht zu meiner Schule?«

Ich blieb stehen. »Wieso?«

»Ja, weil: Die Schule ist doch da, wo die Häuser sind. In der Stadt. Weißt du gar nicht, wo die Schule ist?«

»Nein.« Ich schaute in den lichtblauen Himmel und dann zum Horizont, wo die Kühe wieder Bruce-Hilda schauten, und seufzte. »Wo geht's denn lang?«

Wider Erwarten kannte Ole sich aus. Wir bogen auf einen Feldweg ab, liefen an einer gemähten Wiese mit roten Mohnblumen vorbei, erreichten ein zweites Neubaugebiet und dann die älteren Häuser von Ekelborn und die Einkaufspassage. Wir kamen zu spät, natürlich. Und irgendetwas in mir rührte sich, als Ole stoisch durch die Glastür der hässlichen, mit grellen Farben auf gute Laune getrimmten Flachdachschule verschwand. Bekam er jetzt Ärger? Schob er die Verspätung auf die Tante? Oder setzte er sich souverän über alles hinweg? Quatsch, kein Kind ist souverän. Sah man doch bei der Supernanny. Ich seufzte.

Die nächsten vier Stunden vertrödelte ich in einem Café mit Backwaren- und Süßigkeitenverkauf, weil ich nicht die Kraft hatte, nach Hause zu gehen. Die Maschine, die in meinem Gehirn mit der Chemie experimentierte, verbrauchte Unmengen an Energie. Was blieb, reichte gerade, um alle dreißig Minuten einen frischen Cappuccino zu bestellen.

Als die vier Stunden vorüber waren, wusste ich, dass das Ekelborner Bildungszentrum aus drei Schulen bestand. Keine Ahnung, vielleicht war es auch eine einzige, die sich auf drei Komplexe verteilte. Jedenfalls waren die Gebäude durch Mauern und breite Wege und einige Einfamilienhäuser und eine Turnhalle voneinander getrennt.

Zuerst wurden die Kinder aus dem grauen Betonbau, der wie von meinem Herforder Haus inspiriert wirkte, in die Freiheit entlassen. Die Mädchen steckten in engen Tops und Röcken, die nur mit Mühe über die Hintern passten, und hatten Mascara um die Augen, als wollten sie zum Mitternachtsball der Vampire. Die Jungs trugen weite Jeans und spuckten auf den Gehweg.

Nach einer Viertelstunde kamen die Kinder aus dem Ziegelbau, der vom Café am weitesten entfernt lag. Und dann die Grundschüler. Ich musste Ole hinterherrennen, weil er vergessen hatte, dass ich ihn abholen würde. »Wie war's?«, fragte ich. Er hatte einen Schulkameraden bei sich. Einen Knirps, etwas kleiner als er selbst, bei dem Mutter Natur vergessen hatte, das süße blonde Kraushaar in schwarze Borsten zu verwandeln. »Kann Arnold mitkommen?«, wollte er statt einer Antwort wissen.

Tja, konnte er? Der Nachteil, wenn man selbst keine Kinder hat, ist, dass man die Regeln nicht kennt. Was dürfen sie, wenn sie ungefähr sieben Jahre alt sind? Kann man einen Arnold einfach einsacken? Ist alles lässiger, heutzutage? Besitzen die Kids Handys, mit denen sie ihre Mütter informieren? In sieben Jahren würde Arnold Vater sein, da musste man sich mit dem Erwachsenwerden wohl beeilen. Andererseits …

»Er muss zu Hause fragen!«, bestimmte ich.

»Oder kann mit ich zu Arnold? Der hat einen Spinosaurus. Braun mit Flecken und mit einem Kamm auf dem Rücken. Und weißt du, was das Coolste ist? Beim Fressen, wenn er in ein Tier reinbeißt, tut er das so wild, dass das Blut spritzt.«

Arnold nickte mit glänzenden Augen. Liebes bisschen, dachte ich. Kinderhorden drifteten um uns herum wie die Flut um den Fels der Kopenhagener Meerjungfrau. Ich rang mich zu einer Entscheidung durch. »Arnold fragt seine Mutter, und morgen kann er mit, okay?«

Wider Erwarten gab es keinen Kampf. Vielleicht waren die Jahre zwischen Kassenquengler und junger Vater der Entspannung gewidmet. Weiterer Trick von Mutter Natur, um das Überleben der Brut zu sichern. Arnold winkte und rannte davon. Ole zeigte mir den Weg nach Hause. Kurz vor der Tür sagte er: »Mein Turnbeutel ist weg.«

»Ist das schlimm?«

»Nö«, meinte er.

War es aber doch. Als Norbert davon hörte, abends beim Essen, fand er, dass ein Kind mit sieben Jahren gelernt haben müsse, auf seine Sachen aufzupassen. »Das ist doch wahrhaftig nicht zu viel verlangt.«

»Meine Güte«, sagte Geli, die gerade versuchte, das Angebrannte von den Schnitzeln in der Pfanne zu kratzen. »Ole passt prima auf. Jedenfalls meist. Und wir vergessen doch auch mal was.«

»Ich nicht«, sagte Norbert, was ich hundsgemein fand, weil es stimmte. In sein Gehirn war ein elektronischer Bürohengst integriert, der alles, was sich normale Menschen mit dem Kuli auf den Arm notieren, speicherte und punktgenau zum perfekten Zeitpunkt wieder ausspuckte.

Norbert begann mit seinem Lieblingsvortrag: Ordnung ist das halbe Leben, und die andere Hälfte besteht aus einer Balance aus energischem Zupacken und konzentrierter Entspannung. Geli balancierte die angekohlten Schnitzel zum Tisch und verdrehte die Augen. Ich schaute zum Fenster hinaus. Die Dämmerung war hereingebrochen, und die untergehende Sonne steckte die Felder in Brand. Gelbe und rote Feuerbänder leuchteten unter einem tiefblauen Himmel. Eine Allee zeichnete sich wie ein kilometerlanger Schattenriss gegen die Farben ab. Es war ein ähnlicher Anblick, wie man ihn durchs Fenster hinter meinem Schreibtisch beobachten konnte, wenn ich noch spät arbeitete.

»Tante Franzi ...« Ole stupste mich an. Er hatte aus einer Ketchup-Tube Linien auf seinen Teller gedrückt. »Siehst du, was das ist?«

Ich riss mich vom Abendhimmel los und schüttelte den Kopf.

»Ein Spinosaurus. Wie der von Arnold. Das hier ...«, er deutete auf einen besonders dicken Klecks, »ist das Blut aus seinem Maul.«

Ich nickte, und dann entschuldigte ich mich, was niemand mitbekam, weil Norbert den Schweinkram auf Oles Teller entdeckte und Zeit in seine Tischmanieren investierte. Ich ging aufs Klo, schloss die Tür, setzte mich auf den Klodeckel und begann zu heulen. Ich vermisste Ingmar. Ich vermisste ihn so sehr, dass ich auf meinen Fingerknöchel biss.

Rückblende: Es war kurz nach unserer Hochzeit. Wir hatten eine dreitägige Minihochzeitsreise nach Wangerooge hinter uns – von meinen Eltern als Hochzeitsgabe spendiert – und waren wieder daheim in unserer Zweizimmerwohnung. Der Urlaub hatte unsere Ersparnisse dahinschmelzen lassen, und wir aßen an unserem wackligen Küchentisch mit dem tiefen Ratscher in der Mitte ein Käsebrot.

»Ich liebe dich«, sagte ich, aber irgendwie klang es anders als früher, und ich wusste auch, warum. Die Reise natürlich. Wir hatten unsere Hochzeitsspaziergänge bei Nieselregen unternommen – was jeden Hauch von schmalziger Romantik im Keim erstickte –, aber trotzdem hatte Ingmar das Unternehmen irritiert. Schon das Wort Honeymoon-Suite (so wurde unser Zimmer genannt) war geeignet gewesen, ihn zu reizen. Er fand die mit goldenen Eheringen bestickten Samtkissen auf unserem Bett grauenhaft, und über den Blumenstrauß mit der herzchenübersäten Glückwunschkarte, den uns der nette Portier ins Zimmer gestellt hatte, hätte es fast einen Streit gegeben.

Nun sah ich, wie er zu seiner Geige schielte, um sich damit zum Üben ins Schlafzimmer zu verziehen. Ein paar Tonleitern und ein bisschen Zwölftonmusik, um die Atmosphäre zu reinigen. Ich wusste, was er dachte: Ich bin kein spießiger Ehemann, sondern ein Künstler. Ich liebe Franzi, aber ich wünschte, ich könnte diese ganze peinliche Ehe-Angelegenheit vergessen.

Aber er musste wohl etwas in meinem Gesicht gelesen haben, denn plötzlich öffnete er die Balkontür. Draußen fand gerade ein Sonnenuntergang statt wie der vor Gelis Küchenfester und später in meinem Arbeitszimmer. Jetzt haut er ab, dachte ich. Doch stattdessen schnappte er sich die Geige, zog mich auf den Balkon – und begann *Perhaps Love* zu spielen.

Perhaps Love ist Superkitsch, sogar dann, wenn es von Placido Domingo gesungen wird. Zufällig war es auch mein Lieblingsstück, und Ingmar hatte sich daran erinnert. Ich musste mir Tränen der Rührung verkneifen, als ich meinen frischgebackenen Ehemann anschaute. Ingmar sah anbetungswürdig aus mit seinen schwarzen Kraushaaren und dem stillen Ernst, mit dem er den Bogen über die Saiten zog. Und dazu der flammende Himmel über dem mit Efeu überwucherten Mülltonnenschutzdach …

Ich starrte auf Gelis Tampondöschen für Gäste und dachte:

Scheiße ... Scheiße! Und hatte plötzlich das himmelserbärmlich-traurige Bedürfnis, auf Ingmar einzuprügeln. Er sollte nicht fort sein. Das gab's doch gar nicht. Wie hatte er es fertigbringen können, sich aus meinem Leben zu stehlen? Einfach so! Das war doch … einfach scheiße, hundsgemein …

Geli, die mich eine Viertelstunde später im Flur abfing, nahm mich in die Arme, und ich sagte noch einmal: »Scheiße«, und da zog sie mich auf die Terrasse.

Nachdem sie mich auf den bequemsten Stuhl verfrachtet und mir eine Decke um die Schultern gewickelt hatte, holte sie eine Flasche Wein, goss die Gläser voll und sagte: »Das mit Ingmar tut mir schrecklich leid.«

Pause.

Als sie merkte, dass ich über das Thema nicht reden wollte, hielt sie einfach die Klappe. Geli war schon besonders, komisch, dass mir das erst jetzt auffiel. Wir starrten in die Flamme einer dicken Honigwachskerze und hörten den Grillen zu, die hinter dem Garten in den Wiesen zirpten. Es war immer noch warm. Der Abend roch nach Ferien und Nachtblumen und der Honigkerze, und langsam beruhigte ich mich. Ingmar hätte das Ambiente schnulzig gefunden. *Na und?* Ich versuchte, ihn aus meinem Kopf zu verbannen. »Wie sieht's denn bei dir aus?«, fragte ich.

Geli zog die Schuhe aus, legte die Füße auf einen freien Stuhl und erzählte mir, dass ihr Teeladen auf die Einnahmen in den Sommermonaten angewiesen war. Die Touristen kauften ostfriesischen Tee wie verrückt. Es war ein Souvenir, das nicht irgendwann auf einer Anrichte verstaubte, sondern mit dem Umweg über das Verdauungssystems in der Kanalisation verschwand. Einfach perfekt. Ein echter Renner. Deshalb musste sie ihren Laden im Sommer auch offen halten. Sie wollte schließlich Gewinn machen.

Aber die Schwiegermutter ihrer Freundin fühlte sich in Ostfriesland wohl und hatte beschlossen, sich von Esther die Seniorenheime zeigen zu lassen. Und ein Bänderriss heilt auch nicht in vierundzwanzig Stunden. Geli war deshalb dazu verdammt, in den kommenden Tagen in aller Herrgottsfrühe, weit vor Schulbeginn, nach Aurich zu fahren. Aber Norbert konnte mit dem Fahren nicht einspringen, weil es ihn aus dem Rhythmus brachte, wenn er eine Stunde später zur Arbeit kam, obwohl das im Grundsatz möglich war. »Dein Bruder ist manchmal komisch. Darf ich das sagen?«, fragte sie.

»Hat er doch nie ein Geheimnis draus gemacht.«

Geli schwankte einen Moment zwischen Treue und Frust, dann ließ sie alle partnerschaftliche Solidarität fahren. »Er ist so ein *Miesmacher*. Mein Teeladen ist unsolide, sagt er, und orakelt die ganze Zeit, wie alles den Bach runtergehen wird. Ich soll die Buchhaltung effektiver führen und straffer einkaufen und meine Werbung ... Du verstehst schon. Er findet die getrockneten Blumen in meinem Schaufenster daneben, weil man sie abspülen muss, wegen dem Staub ... Irgendwie ist alles falsch, was ich mache. Schon aus *dem* Grund muss ich durchhalten. Muss ich doch, oder?«

»Klar. Weißt du, was ich früher gemacht habe, wenn ich ihn ärgern wollte?«

Geli nahm einen Schluck aus ihrem Weinglas und zog fragend die Augenbrauen hoch.

»Ich hab zu ihm gesagt: ›Mädchen, Mädchen!‹« Ich versuchte, meinen damaligen Tonfall zu imitieren, aber ich hatte das Äffchen leider nicht mehr richtig drauf.

»Ist es nicht komisch, wenn ein Mädchen einen Jungen damit kränkt, dass es ihn ein Mädchen nennt?«, fragte Geli.

»Klar. Deshalb hab ich's ja auch gemacht. Weil er es nicht gecheckt hat. Weil dadurch bewiesen war, wie blöd er ist. Ich hab ihn natürlich auch gern heulen sehen.«

»Ach so«, sagte Geli. Sie ist ein Einzelkind. Ich hätte ihr das Ganze nicht erzählen sollen. Geschwister muss man erlebt haben, um den Guerillakrieg zu begreifen. Weil ich mein Image wieder aufpolieren wollte, versprach ich ihr, Ole am nächsten Tag nicht nur zur Schule zu bringen, sondern auch gleich nach dem Turnbeutel zu fahnden.

»Das ist er«, sagte Ole. Er leckte eine Eislawine von dem Ed-von-Schleck, das ich ihm spendiert hatte, und harrte der Dinge, die da kommen würden oder auch nicht. Er war kein Hektiker, das hatte ich mittlerweile gemerkt. Ein Junge, der das Leben nahm, wie es kam. Es hatte ihm nichts ausgemacht, dass Arnold mit einem schwarzbezopften Mädchen davongestapft war, statt wie verabredet auf ihn zu warten. Es machte ihm auch nichts aus, dass wir mit seinem Lehrer sprechen wollten.

»Der mit dem weißen Hemd und den aufgekrempelten Ärmeln?«, vergewisserte ich mich.

Ole nickte und rieb einen Eistropfen, der ihm aufs Shirt gekleckert war, in den Stoff.

Der Mann mit dem weißen Hemd lehnte mit verschränkten Armen an einer Linde, die den Eingangsbereich der Grundschule beschattete, und beobachtete den Ausgang der gegenüberliegenden Betonschule. Er trug einen Stoppelhaarschnitt und Jeans und sah aus wie der Sportlehrer, der er auch war. Kein Bauchansatz oder sonst ein Zeichen sympathischer Genießermentalität, sondern ein durchtrainierter Schwarzenegger-Typ mit stählernen Muskeln. Sicher joggte er und kraxelte in den Sommerferien auf die Zugspitze. Nur die steilsten Wände natürlich. Allein durch Eis und Schnee. Und oben die Fahne in den

Bauch der armen Mutter Erde gerammt. Zack. Ich konnte ihn auf Anhieb nicht leiden. »Wie heißt er?«

»Herr Kremer.«

»Gut.« Es hatte keinen Zweck, Zeit zu vertrödeln. Ich tat, gefolgt von Ole, die wenigen Schritte. »Verzeihung.«

Kremer riss seinen Blick nur ungern vom Strom der Schüler los, der sich auf den Fußweg ergoss. Er musterte erst Ole, dann mich. Irgendwie von oben herab. Lehrerblick. Einfach ekelhaft.

»Es ist wegen des Turnbeutels«, erklärte ich und kämpfte gegen das Schuldgefühl an, das ich reflexartig entwickele, wenn ich vor einem Lehrer stehe. »Er ist verloren gegangen. Blöde Sache. Wir waren schon beim Hausmeister, aber der hat gesagt …«

»Moment.« Unvermutet sprintete Kremer los. Aus dem Stand auf hundert, quer über die Straße und hinein in einen Pulk von Jungen, die lässig Richtung Busparkplatz schlenderten. Er packte einen von ihnen am Genick und schleppte ihn unter die Linde. Sondereinsatzkommando Kremer. Klasse.

»Okay, Kai – das Messer«, forderte er mit einem Ton in der Stimme wie der Ruhrpott-Schimanski aus dem Fernsehen und streckte die Hand aus. Sein Opfer – ein schlaksiger Pickelknabe von etwa fünfzehn Jahren in einer Bundeswehrhose – verzog gekränkt das Gesicht. »Das hab ich doch schon abgegeben.«

»Ist mir bewusst! Ich will das andere.« Kremers Stimme klang wie ein Gewitter.

»Ich … also ehrlich ...«

»Rucksack ausräumen.«

»Da ist keins drin.«

Ole schleckte und beobachtete interessiert, wie Kai den Rucksack von der Schulter zog und begann, hier und dort hineinzugreifen.

»Hilft's, wenn ich ihn ausschütte?«, fragte Kremer ironisch.

Widerstrebend beförderte Kai etwas Schwarzes mit silbernen Metallnieten aus dem Rucksack. »Das gehört aber meinem Bruder. Muss ich zurückgeben. Keine Ahnung, wie das in meine Tasche …« Er verstummte und ließ sich das Ding abnehmen.

Kremer drückte auf einen Knopf – die Messerklinge sprang aus dem schwarzen Knauf. »Von deinem *Bruder*«, sagte er mit hochgezogenen Brauen. Er warf einen Blick auf eine Gruppe von drei Jungen, die den Vorfall aus einiger Entfernung beobachteten. Dann ließ er die Klinge wieder verschwinden. »Du erscheinst Samstag um sechzehn Uhr oben im Lehrerzimmer.«

»Aber da ist Wochenende.«

»Was bedeutet, dass wir viel Zeit füreinander haben werden. Glückspilz.«

»Aber …«

»Wenn du nicht da bist, steh ich bei deinen Eltern auf der Matte. Kapiert?«

Kai fummelte seinen Rucksack auf die Schulter und schlich mürrisch zu seinen Freunden zurück, wo er mit Schadenfreude empfangen wurde. Ich spürte, wie es mir kalt den Rücken runterlief. So sahen sie also in echt aus, diese U-Bahn-Killer mit den Messern im Gepäck. Ich hüstelte mir die Kehle frei. »Also der Turnbeutel …«

Kremer versenkte das Messer in der Tasche seiner Jeans und ging in die Knie, um Ole ins Auge zu fassen. Er betrachtete ihn einige Sekunden lang, in denen Ole weiterschleckte, nur nicht mehr mit Genuss. »Ich weiß. Er ist weg. Irgendeinen Schimmer, wo er sein könnte, junger Mann?«

Ole schüttelte den Kopf.

»Ich will mal versuchen, das zu erklären«, sagte Kremer, dieses Mal in meine Richtung. »Wenn die 2b mit dem Sportunterricht fertig ist, gehen sechsundzwanzig Schüler in die Kabinen.

Sie ziehen ihre Sportsachen aus, packen sie in die Turnbeutel, steigen in ihre Klamotten und ziehen ab. Aber einer ist da, der rafft das mit dem Zusammenpacken nicht. Die Turnhose fällt ihm vom Hintern und bleibt auf dem Fußboden liegen, und der Turnbeutel ist irgendwo im Nirwana verschwunden, was Ole?«

Ole war mit dem Eis fertig. Er hielt nur noch den Holzstil in der Hand. Kremer nahm ihm das klebrige Ding aus der Hand. »Hol mal dein Mitteilungsheft raus.«

Ole zog die Schultern nach hinten, so dass der Ranzen über die knochigen Arme zu Boden krachte. Er öffnete ihn und begann darin zu kramen wie der kriminelle U-Bahn-Messerstecher, nur mit mehr gutem Willen. In mir begann sich Empörung zu regen. Ole *wollte* ja. Aber er hätte einen Kompass gebraucht, um sich in dem muffigen Aufbewahrungsteil voller Hefte, Bücher und Plastikdinosaurier zurechtzufinden. Er war komplett überfordert, das konnte man sehen. Welche Schule verlangte von einem Siebenjährigen, eine halbe Bibliothek mit sich rumzuschleppen?

»Das hier ist ein Eoraptor«, sagte Ole und zog einen grünblauen, langbeinigen Saurier zwischen den zerknitterten Heften hervor.

In Kremers Gesicht regte sich kein Muskel. »Dein Mitteilungsheft.«

Ole verstaute den Eoraptor sorgfältig am Rand der Tasche und suchte erneut.

»Ich geb dir einen Tipp: Es liegt neben der *Zahlenwerkstatt*.«

Na bitte, mein Neffe brauchte nur ein klein wenig Hilfe, um zurechtzukommen. War es nicht die Aufgabe eines Lehrers, seine Schüler anzuleiten? Sozusagen der Kern seines Bildungsauftrags? Und musste man mit dieser Hilfe geizen, nur um zu beweisen, dass man ein Schimanski-Klon ist? Kremer nahm das Heft in Empfang. »Irgendeine Idee, was drinsteht?«

Ole schüttelte den Kopf. Wenn er ein bisschen älter gewesen wäre, mit der entsprechenden Lebenserfahrung, hätte er sich gedemütigt gefühlt. So wippte er nur ein bisschen auf den Fersen. Ich bekam das Heft in die Hand gedrückt, mit der stummen Aufforderung, den Part des Schämens zu übernehmen. *Scheiß-Schimanski.* Die Eintragungen hatten Mitte Mai begonnen.

Ole hat keinen Turnbeutel.

Könnten Sie sich bitte um Oles Turnbeutel kümmern?

Oles Turnbeutel … liest das hier eigentlich jemand?

Ole turnt demnächst nackt.

Ole braucht einen Turnbeutel!!!!

Ole braucht … Das Wort Turnbeutel war durchgestrichen. … *ein neues Mitteilungsheft.*

Haha. »Gibt's kein Telefon?«, fragte ich spitz.

»Bitte?«, fragte Kremer.

»Vielleicht hätte man diese Korrespondenz abkürzen können, indem man …«

»Korrespondenz ist, wenn Mitteilungen aus beiden Richtungen kommen, Frau Seewald. Ich schreib dir, du schreibst mir – *das* ist Korrespondenz.«

Ich zwinkerte, verwirrt, weil er mich mit meinem Mädchennamen ansprach. Bis ich kapierte, dass er mich für Oles Mutter hielt. Na großartig. Hier tauchte eine wildfremde Frau auf, nahm ein Kind in Beschlag und hätte wahrscheinlich mit ihm abhauen können, ohne dass der Lehrer auch nur einen Finger krümmte. Noch nie was von Entführungen gehört? Warum verlangte er keinen Ausweis?

»Frau Seewald …«

Ich hätte ihn gern unterbrochen. Ihm klargemacht: Mein Name

ist Franziska Brunner, ich bin die *Tante*. Und seit zwei Wochen und einem Tag *Witwe*. Ich leide, und Turnbeutel gehen mir auf den Keks. Aber ich war zu stolz dafür. Unbestimmt regte sich in mir auch ein Funken Solidarität mit Geli. »Komm, Ole, wir gehen einen Turnbeutel kaufen.«

»Auf Wiedersehen, Herr Kremer«, sagte Ole höflich.

Scheißpauker.

»Du hast es genau richtig gemacht, Ole«, erklärte ich, als wir zwischen den Stoppelfeldern mit den leuchtend roten Mohnblüten am Rand nach Hause stapften. »Dein Turnbeutel ist verloren gegangen, du hast es deinen Eltern gesagt. Und nun werden wir die Sache gemeinsam regeln. Wo *sind* deine Turnsachen eigentlich? Also die Hose und das Hemd?« Ich hatte beschlossen, das Turnbeutel-Drama zu einem perfekten Ende zu führen.

»Bei Arnold im Beutel.«

Gerührt drückte ich seine Hand, die irgendwie in meine gerutscht war. Da schau her, er hatte das Problem bereits gelöst, auf richtig pfiffige Weise. *So* war er nämlich, mein lebenstauglicher Neffe. Er hielt sein Turnzeug parat, wenn er es brauchte. Aber *das* war Schimanski-Blödmann natürlich nicht aufgefallen. Wir kauften einen blauen Turnbeutel mit einem Dinosaurier darauf.

Ole betrachtete hingerissen sein neues Eigentum. »Das ist ein Dilophosaurus«, informierte er mich. »Der wird sieben Meter lang, und wenn er dich schnappt, bist du sofort durchgebissen. Mit *einem* Knacks. Das tut richtig fies weh.« Zu Hause setzte er sich an die Schulaufgaben, ganz von allein und äußerst gewissenhaft, wie ein Blick in sein Schulheft bewies.

»Ja, das ist ein Segen bei ihm. Was die Hausaufgaben angeht, kann man sich hundertpro auf ihn verlassen«, sagte Geli, der ich es später erzählte. Es gewitterte, und wir hatten uns deshalb die Kerze und die Terrasse gespart und saßen in der Küche. Norbert sortierte nebenan im Wohnzimmer Belege für die Steuer, was ihm rote Wangen vor Vergnügen machte.

»Wie kommst du eigentlich finanziell zurecht?«, rief er zu mir rüber. Vielleicht um mich zu erinnern, dass Bürokratisches zeitnah erledigt werden muss.

»Geht so«, sagte ich. Das stimmte auch. Ich bin Übersetzerin. Nicht literarisch, sondern technisch. Mein Schwerpunkt liegt auf Gebrauchsanweisungen. Ich bekomme meine Aufträge von verschiedenen Übersetzungsbüros und habe mir im Lauf der letzten zwanzig Jahre einen Namen als die Frau gemacht, die aus jedem koreanischen, chinesischen oder estnischen Kauderwelschdeutsch einen verständlichen Text zaubern kann. *Bringen dann Drehung in anderes Fasson* transferiere ich elegant in: *Drehen Sie die Schraube entgegen dem Uhrzeigersinn*. Aus *Grundlichst in Loch fixieren und klebend jäh* mache ich: *Leimen Sie die Holzzapfen mit dem beiliegenden Kleber und pressen Sie sie bei A, A' und B ins Brett.*

Mein Erfolg beruht darauf, dass ich kapiere, was ich schreibe. Ich baue einen Schrank ohne Anleitung in zehn Minuten auf, und der spätere Käufer schafft es in schlappen siebzig Minuten, wenn er sich die Mühe macht, einen Blick auf meine Texte zu werfen. Ohne diese Mühe braucht er acht Stunden und ruft dann den Handwerker-Notdienst oder den akribischen Nachbarn aus dem Erdgeschoss.

»Was heißt ›Geht so‹ denn genau?«, fragte Norbert.

»Ich überlege, ob ich eine Bank überfallen soll.«

»Haha«, kam es missmutig durch die offene Tür.

»Die Sparkasse in Herford an der Uhlandstraße«, präzisierte ich und merkte erstaunt, wie gut mir dieser Gedanken gefiel.

Geli drückte meine Hand. »Du brauchst dir keine Sorgen zu

machen, Franzi. Echt. Wir sind für dich da, wenn es klamm wird. Auf jeden Fall! Außerdem bist du doch erst mal über dein Vermögen und dein Erbe abgesichert. Du hast doch das Haus. Oder sind da noch Hypotheken drauf?«

»Alles abbezahlt.« In diesem Punkt war Ingram kein Künstler gewesen, sondern spießiger als Norbert. Wir hatten im ICE-Tempo getilgt, obwohl das zehn Jahre lang auf Kosten des Urlaubs und der Restaurantbesuche gegangen war.

»Na siehst du.«

Als ich abends in meinem Zimmer das Licht einschaltete und Peter Pan als verwegenen Schatten über die Raufaserwand flitzen sah, kramte ich meinen Laptop aus der Reisetasche und ging ins Internet. Die Sparkasse an der Uhlandstraße besaß eine Homepage, auf der man den Eingangsbereich sehen konnte, an dessen Wänden ein halbes Dutzend Gemälde für bunte Flecken sorgten. Neben jedem Gemälde hing eine kleine Tafel, die das Kunstwerk kommentierte. Zwölf Gemälde, zwölf Kärtchen. Ich merkte, wie mir die Wut unter den Fingernägeln zu kribbeln begann, gab das Wort *Bombe* in die Suchmaschine ein und googelte mich durch die Tiefen der digitalen Parallelwelt. Das Ergebnis war erstaunlich. Eine Gebrauchsanleitung zum Bau eines Sprengkörpers, der ein mittleres Einfamilienhaus in die Luft jagen kann – oder sagen wir mal, die Sparkassenfiliale in der Uhlandstraße –, liest sich nicht komplizierter als die Bauanleitung zu einem Godmorgon-Waschbeckenschrank von Ikea.

Donnerwetter.

Natürlich plante ich *keinen* Banküberfall und schon gar keinen Bombenbau. Haha. Ich war ja nicht bescheuert. Ich wollte mich nur ein Weilchen in der Vorstellung suhlen, wie ich mein liebevoll konstruiertes Bömbchen unter die Gemälde platzierte und dann Gemälde und Sparkasse in einem großen WUMM in die Luft gingen und …

Ach Mist!

Leise schlich ich in den Keller, wo Norbert in einem Holzständer seinen Wein aufbewahrte, und langte mir die dickste Flasche heraus. Als ich in meinem Gästezimmer zurück war, nahm ich einen kräftigen Schluck. Trübsinnig prostete ich Peter Pan zu. Als mein Mann sich für die offen liegenden Heizungsrohre ausgesprochen hatte, ließ ich ihm seinen Willen, obwohl ich lieber alles verdeckt und außerdem zwei Ohrensessel und eine lindgrüne Laura-Ashley-Tapete gehabt hätte. Ich glaube, ich habe immer nachgegeben. Ich mag einfach keinen Streit. Also verbrachten wir unseren Urlaub in irgendwelchen verregneten, einsamen Gegenden von Finnland, statt durch Rom zu bummeln. Und an unseren freien Abenden schauten wir uns das *Jahrhundertprojekt Museumsinsel* im Fernsehen an, während bei der Konkurrenz der göttliche Mulder Aliens jagte. Und nun war ich achtundvierzig und in Ekelborn gestrandet, all meine Träume waren zerplatzt, und noch immer war ich brav und friedlich. Nicht einmal ein Bömbchen traute ich mich zu bauen. Franziska Brunner, sagte ich zu mir, du bist eine traurige Gestalt. Warum hast du nicht ein bisschen Peter Pan in deinen Knochen?

Ich brauchte nicht lange, um die Flasche leer zu kriegen.

2

»Gehen wir gar nicht zur Schule?«, fragte Ole. Er starrte mir direkt ins Gesicht, als ich die Augen aufschlug und verwirrt nach meiner Decke tastete. »Heute ist Mittwoch«, fügte er hinzu. »Oder Donnerstag.« Er roch nach Zahnpasta, geputzten Schuhen und Tatendrang.

»Wie spät?«

»Acht dreißig.«

»Mist.« Ich drehte mich im Bett und ächzte, weil mein Kopf sich anfühlte, als wäre er in eine Häckselmaschine geraten. Der Wein! Was zur Hölle bewahrte Norbert in seinem Kellerregal auf? Absinth? Gepantschten Fusel?

»Bist du krank?«, wollte Ole wissen.

»Unpässlich.«

»Was ist das?«

»Krank für feine Leute.«

Es war eine Tortur, auf die Beine zu kommen, und ein heldenhaftes Unterfangen, Jeans und Shirt anzuziehen und die Bürste durch die Haare zu ziehen. Ole stand die ganze Zeit neben mir, den Schulranzen auf dem mageren Rücken, bereit loszusprinten, sobald ich das Signal gab. Als ich ihn so sah, fühlte ich in meinem Elend einen Funken Stolz. *Natürlich, Herr Schimanski-Verschnitt, das kriegst du nicht mit, wie Ole Seewald sich abrackert, um pünkt-*

lich in deine bescheuerte Schule zu kommen und deine Ansprüche zu erfüllen.

»Soll ich dir erzählen, was Arnold mit der glibbrigen Banane aus der grünen Tonne gemacht hat, auf der die Maden drauf waren?«, fragte Ole, als wir durch die Felder wanderten.

»Heute lieber nicht.«

»Warum denn?«

»Ich muss nachdenken«, sagte ich, was lächerlich war, weil die Häckselmaschine in meinem Kopf jeden Gedanken, der zum Vorschein kam, gnadenlos zu Mistbeetdünger verarbeitete.

»Worüber?«

»Warum ich keine Bomben baue.«

»Das darf man nicht«, sagte Ole, nachdem er einen Moment überlegt hatte. Wir schienen vom selben braven Stern zu stammen.

Die erste Stunde war schon vorbei und die zweite auch fast, als wir die Schule erreichten. Oles Klassenzimmer lag zur Straße hin, und als wir über die Hecke durch das große Fenster lugten, sahen wir seine Lehrerin, die mit einem Lineal auf den Tisch klopfte.

»Das ist Frau Berber«, erklärte mir Ole. Wir konnten sie beide nicht leiden. Darüber brauchten wir gar kein Wort zu verlieren. Selbst als sie etwas an die Tafel schrieb, behielt sie die Klasse im Blick. Sie sah aus wie ein Frosch, bereit, sich mit der klebrigen Zunge jede Fliege ranzuschnalzen, die es wagt, mit dem Nachbarn zu wispern.

»Sie ist nett«, sagte Ole. »Wenn wir Geburtstag haben, kriegen wir immer einen Schokoladenkäfer von ihr.«

»Soso.«

In diesem Moment schrillte die Schulklingel. Der Häcksler in meinem Kopf steigerte sich auf höchste Tourenzahl. Schmerzgepeinigt sah ich zu, wie Ole sein Heft rauskramte und einen Stundenplan entfaltete. »Ich hab heute fünf Stunden«, sagte er.

»Schön.« Ich schaute resigniert zum Café.

An diesem Vormittag bestellte ich mir Mineralwasser, weil mein Magen Stärkeres nicht vertrug. Immer wenn an einer der drei Schulen die Klingel loslegte, wünschte ich mir zu sterben. »All in d' Riege?«, fragte die Bedienung.

Ich hatte keine Ahnung, was sie wollte oder welche Sprache das war, und schüttelte so sparsam wie möglich den Kopf. Die Frau brachte mir ungefragt ein kleines Glas mit etwas Durchsichtigem, das so penetrant nach Alkohol roch, dass ich einen Würgreiz bekam. »Feuer bekämpft man mit Feuer«, sagte sie, dieses Mal auf Hochdeutsch. Na, wenn das so war. Ich kippte das Zeug runter, und danach ging es mir erstaunlicherweise wirklich etwas besser.

In der großen Pause zwischen der vierten und der fünften Stunde lief Kremer draußen an den Glasscheiben vorbei. Ich überlegte kurz, ob ich rausgehen und ihn von oben herab fragen sollte, ob ihn Ole und sein Turnbeutel nun zufrieden stellten. Aber ich ließ es sein. Nur nichts tun, was den Häcksler wieder in Betrieb setzen könnte. Meine Überlegungen waren allerdings überflüssig. Kremer hatte mich hinter der Scheibe entdeckt, öffnete die Tür und setzte sich wie selbstverständlich an meinen Tisch. Ich dachte an Ingmar, der – obwohl allem Spießigen abhold – in dieser Situation sicher liebenswürdig gefragt hätte, ob mir Gesellschaft angenehm sei oder so, aber Kremer ging das ab. Er musterte mich wie Oles Schulranzen und sagte: »Hm.«

»Find ich auch«, nuschelte ich.

»Sollten Sie nicht lieber da drüben sitzen?« Er nickte in Richtung Tresen.

»Warum?«

»Weil Sie's schneller zum Klo haben, wenn Sie kotzen müssen.«

»Was?«

»Ich hab 'nen Blick dafür. Sie sehen aus wie meine Zehnte am Montagmorgen.« Er grinste. Vielleicht sollte die Grimasse Mitgefühl andeuten. Wenn ja, kam's nicht rüber. Ich verfluchte das Gläschen, das mir die Bedienung aufgedrängt hatte und das mich in eine Duftwolke aus Alkoholdünsten hüllte, trank möglichst würdevoll einen Schluck von meinem Mineralwasser und grübelte über die vernichtende Bemerkung, die ich wegen Oles Turnbeute machen wollte. Aber ich kriegte sie nicht mehr zusammen. Also schwieg ich. Dort, wo nicht Ostfriesland war, hätte man meine Einsilbigkeit als Aufforderung verstanden, sich dünnezumachen. Hier war das offenbar anders. »Soll ich ein Aspirin besorgen?«, fragte Kremer aufdringlich.

»Ole hat jetzt sein' Turnbeutel dabei, Schimanski!« Hatte ich Schimanski gesagt?

»Ist mir aufgefallen. Er könnte das Ganze noch toppen, wenn er sein Sportzeug darin transportiert.«

»Was?«

»Er turnt in seinen Straßenklamotten.«

»Quatsch. Sein Sportzeug is' in Arnolds Turnbeutel. Also zieht er's auch an.« Ich tat, als wäre das selbstverständlich, aber ganz sicher war ich mir nicht.

»Angesäuselt oder krank?«, fragte Schimanski.

»Ich bin *nie* krank.«

Er nickte, und mir ging auf, wie blöd meine Antwort gewesen war. »Femke, hast du was gegen Kopfschmerzen?«, fragte er die Kellnerin.

»Ole is klasse«, brachte ich mit schwerer Zunge hervor. »Er

macht je… jeden Tag allein Schularbeiten. Und spült, wenn er auf'm Klo war. Kennse noch 'n Kind, das nach'm Klo spült? Wussten Sie, dass mindestens 102 % Erwachsene nich spülen, nach'm Klo? Kam mal auf RTL. Total seriös. Schtatischtisch unterlegt. Kein Schwein spült. Nur Ole. Pinkeln, spülen – geht ratzfatz, als hätt er 'ne Fortbildung gehabt. Aber da sagt keiner was drüber in der Scheißschule.«

Ich fummelte nach dem Taschentuch in meiner Hosentasche. Plötzlich war mir traurig zumute. Der Schnaps und mein Kater versenkten mich in einen See aus Trübsal. Was ging mich dieser Schimanski an? Warum redete ich überhaupt mit ihm? Ich hatte meine eigenen Sorgen. Und die hießen: Ingmar. Wir hatten einmal in den Ferien nachts in einem eiskalten See gebadet, und ein Fisch war gekommen und hatte an meinem Zeh genuckelt. Hört sich jetzt ekelig an, war aber total romantisch gewesen.

Femke brachte zwei Tabletten, und ich schluckte sie mit geschlossenen Augen. »Ole weiß, in welchem Tertiär der Sprin… dings …saurus gelebt hat.«

»Er ist ein prächtiger Junge«, gab Schimanski zu. »Wenn er es noch hinkriegt, sein Sportzeug aus Arnolds Sporttasche in seine eigene zu befördern, wird er Schüler des Jahres.«

»Sein Vater sortiert Küchengewürze nach Farbe und macht die Rillen in sei'm Autoreifen mit'm Zahnstocher sauber. Hat ihn aber auch nich auf'n grünen Zweig gebracht.«

Kremer lehnte sich zurück, und mir fiel ein, dass er mich für Oles Mutter hielt und es war wahrscheinlich unfein fand, wie ich über Norbert herzog.

»Bin die Tante«, klärte ich ihn stockend auf. »Nicht von mei'm Bruder – von Ole. Deshalb darf ich das sagen. Ole is … super, wenn man an die Gene denkt. Und außerdem bau ich vielleicht doch die Bombe.«

»Aber Sie sind nicht mit dem Auto hier, ja?« Kremer blickte auf seine Uhr. Auch zum Abschied fiel ihm keine geschliffene Bemerkung ein.

»Er muss mich für eine Idiotin halten. O Himmel, ich hab in meinem ganzen Leben noch nie so einen grundbescheuerten Kram zusammengeredet«, jammerte ich abends, als ich mit Geli wieder auf der Terrasse saß und ihr mein Gespräch mit Kremer beichtete. »*Schimanski*. Ich bin sicher, ich hab *Schimanski* zu ihm gesagt. Ich vertrag keinen Alkohol, weißt du? Da setzt was bei mir aus. Da schrumpft mein Gehirn auf die Größe von so 'nem Saurierwallnussdenkgerät. Vielleicht hatte er auf dem Nachhauseweg ja einen Unfall mit Teilamnesie. Ist es unethisch, sich das zu wünschen?«

»Wieso *Schimanski?*«, fragte Geli.

»Schau ihn dir an. Er sieht aus wie einer von den Affen, die vor Muskeln nicht laufen können. Wie der aus dem Film.«

»Der Schimanski aus dem Tatort ist aber ein ganz anderer Typ.«

»Keine Ahnung. Hab ich noch nie geguckt.« Ich griff nach der Weinflasche, aber Geli nahm sie mir ab und goss uns beiden Holunderbeerensaft in die Gläser. »Im Ernst? Ole turnt in Straßenklamotten?«, fragte sie, als sie wieder bequem saß.

»Die sehen doch genau so aus wie Sportzeug heutzutage. Er spart sich einfach nur das Umziehen. Das ist effektiv und gut für die Umwelt!«

»Ich sollte darüber Bescheid wissen«, seufzte Geli. »Früher hab ich jeden Morgen Oles Schultasche kontrolliert, aber im Moment krieg ich das nicht hin. Ich hab eine Frau kennen gelernt, Sylvia Brüggemann, die im Kulturamt arbeitet und meinen Teeladen gern als Event für Lesungen und Kleinkonzerte benutzen würde. Das wäre klasse für mich. Brächte Kundschaft. Aber ich kann nicht an Lesungen und an Oles Schulranzen gleichzeitig denken. An Lesungen und an Zähneputzen geht. Lesungen und Vorsorgeuntersuchung. Lesungen und Schwimmabzeichen … Aber Lesungen und Schulranzen – keine Ahnung, krieg ich nicht hin. Hörst du das? Diesen egoistischen Ton?«, klagte sie. »Ich opfere mein Kind auf dem Altar meiner Selbstsucht.« Alkohol schien bei ihr eine ähnliche Wirkung wie bei mir zu haben. Er brachte sie völlig durcheinander.

»Geli, Quatsch! Du rackerst, damit der Knabe was zu essen hat. Das ist Liebe pur.« Ich beugte mich zu ihr und gab ihr einen Kuss und versicherte ihr, dass es völlig egal sei, in was für Shorts Ole über den Schwebebalken wackelte. »Wenn er später Bundespräsident wird, fragt ihn kein Schwein nach seinen Shorts. Denk mal drüber nach.«

»Wie wird denn nun das mit deinem Haus und so?«, wollte Geli wissen. »Ich will dich nicht nerven, aber Norbert hat schon recht. Um ein paar Dinge muss man sich kümmern, egal wie mies man drauf ist. Oder hast du alles im Griff?«

»Ich hab gar nichts im Griff. Ich fühl mich wie mitten in einem Erdbeben. Das mit Ingmar – unsere Ehe – war vielleicht nicht der Rosenmoon ...«

»Der Honeymoon. Oder der Rosengarten«, korrigierte Geli.

»... der Honigmoon also, den ich mir irgendwann mal gewünscht habe. Ist es aber doch nie, weiß man schließlich. Und … Ingmar war so … anrührend mit seiner Musik. Wenn er auf seiner Geige gespielt hat, war er komplett er selbst. Ich hätte heulen können – vor Liebe, weißt schon –, wenn er mit seinen schwarzen Wuschelhaaren am Schlafzimmerfenster stand und gespielt hat. Also die Musik … ich bin mehr der Typ für Melodien, aber trotzdem, wenn er so dastand … O Mist ...«

Geli reichte mir ein Paket Tempos rüber. »Wie war das denn, ich meine mit seinem Tod?«, fragte sie behutsam.

»Es kam ganz überraschend. Wir hatten morgens noch zusammen gefrühstückt – auf der Terrasse, so ähnlich wie wir gerade, nur mit Brötchen und Kaffee –, und danach ist er zur Probe gefahren. Und ich hab eine Gebrauchsanweisung für einen südkoreanischen Scanner formuliert, und alles war gut, wie immer eben ...«

»Und dann haben Sie aus dem Krankenhaus ...?«

»Ist keine Zervelatwurst mehr da?«, brüllte Norbert aus der Küche.

Geli verdrehte die Augen. »Doch, in der Plastikbox unten im Kühlschrank!«

»Das Schlimme war, dass es keinen richtigen Abschied gab. Ein simpler Telefonanruf, und dein Mann verschwindet aus deinem Leben, und plötzlich bricht alles zusammen.«

»Ist ja oft so bei Herzgeschichten.«

»Ich hätte was merken müssen. Ich *hab* auch was gemerkt. Es ging ihm nicht gut, in den Wochen vorher. Aber ich hab's auf die Proben geschoben. Sie hatten *Pop Meets Classic* auf dem Programm, da hatte er immer irgendwelche Beschwerden. Ich hätte ihn ansprechen müssen. So gesehen trag ich auch ...«

»In der Box ist nur Stinkekäse«, brüllte Norbert.

»Die andere Box! Die mit dem roten Deckel!«

»Ich trage auch Schuld«, brachte ich meinen Satz zu Ende und benutzte das Taschentuch. Es tat gut, sich alles einmal von der Seele zu reden.

»Die Zeit danach muss die Hölle für dich gewesen sein.«

»Das kann man wohl sagen. Ich hab mich x-mal, übergeben – als wär ich schwanger.« Wir tranken den Holunderbeerensaft, schauten über das Feld, das gleich hinter der Terrasse begann, und schwiegen. Die Sonne, die wusste, was sie einem Landstrich schuldet, der vom Tourismus lebt, tauchte den Himmel erneut in goldene Glut. Ein altes Bauernhaus stand auf der anderen Seite des Feldes, und es sah aus, als würde das Reetdach brennen.

Norbert erschien in der Terrassentür. »Brauchst du den Schmierkäse morgen zum Kochen?«

»Iss ihn einfach«, sagte Geli.

»Nicht, dass du nachher … Schon gut. Ich will dir nur die Planung nicht durcheinanderbringen. Wie sieht's denn aus, Franzi? Hast du schon überlegt, ob du dein Haus in Herford verkaufen willst? Sonst solltest du die Müllabfuhr abbestellen. Das kann man auch vorübergehend, und damit dezimierst du deine monatlichen ...«

»Ich weiß.«

»Man muss auch als Witwe das eine oder andere regeln«, muffelte Norbert und kehrte mit dem Schmierkäse in die Küche zurück.

Geli und ich ließen wieder das Himmelspanorama auf uns wirken. Wir sahen, wie auf dem Bauernhof hinter einem Fenster eine Lampe angezündet wurde. Das sah hübsch aus, als wäre die Welt ein Bilderbuch. »Geli, du bist eine prima Freundin. Ich bin zum ersten Mal seit Wochen ein bisschen glücklich. Man darf halt nicht alles in sich reinfressen.«

»Geteiltes Leid ist halbes Leid«, philosophierte Geli.

In diesem Moment klingelte das Telefon. Meine Schwägerin wartete, aber Norbert rührte sich nicht, und da ging sie schließlich selbst ran. Es dauerte einen Moment, ehe sie zurückkehrte. Als sie in der Terrassentür stand, hatte sie einen äußerst merkwürdigen Ausdruck im Gesicht.

»Was ist denn?«, fragte ich beunruhigt.

Ihr Schweigen zog sich in die Länge. Sie musterte mich, bis mir die Fußsohlen zu kribbeln begannen.

Nun sag schon: »Was ist denn los?«

»Rate mal, wer gerade angerufen hat.«

Ich versuchte ihr die Sache ganz vernünftig zu erklären. »Aber du hast gesagt, er ist *tot*«, wiederholte sie ungefähr nach jedem halben Satz, als müsste sie auf einem Weg durch einen Morast Pflöcke einschlagen, damit sich niemand verirrt. Ja doch, ja. Es machte mich nervös, ständig unterbrochen zu werden. Ich hielt mich an die bewährte Methode, mit der ich Gebrauchsanleitungen konzipiere. Jeden Schritt erläutern, in einfachen Worten, mit simpler grammatikalischer Struktur.

»Du bist komplett verrückt!«, war ihr Fazit, als ich geendet hatte. »Franzi, Mensch! Wenn man sagt, jemand ist gestorben, dann heißt das, dass er tot ist. Also richtig tot. Mausetot. Unter der Ende. Abgekratzt und hin und weg. Metaphern sind … was für Gedichte oder so. Echt!«

»Er *ist* aber doch tot«, beharrte ich finster.

»Er hat gerade eben angerufen und gesagt, dass er mit dir über die Scheidung reden muss. Das ist nicht *tot*. Das ist …«

»Meganiederträchtig?«, schlug ich vor.

»O Mann!« Geli lehnte sich in ihrem Stuhl zurück und starrte in den Abendhimmel. Mücken nutzten das Licht der Kerze als Leuchtturm und stürzten sich auf unsere nackten Oberarme. »Wer ist diese Frau denn überhaupt?«

»Eine Tussi von der Sparkasse in der Uhlandstraße«, sagte ich und wünschte mir, der Holundersaft wäre gegoren und bestünde aus reinem Alkohol. »Sie hat gesagt, dass sie gern Ingmars Bilder im Sparkassen-Foyer ausstellen würde. Weil die sie so beeindruckt hätten. Sie ist einfach in unsere Wohnung gekommen, und ich hab ihr auch noch Spritzgebäck angeboten. Also echtes, selbst gebackenes. Mit Himbeerguss.«

»Ingmar kann malen?«

Ich schüttelte den Kopf.

»Aber wieso ...«

»Er kleckst mit Farbe, und weil es abstrakt ist, behauptet er, dass es Kunst sei. Aber in Wirklichkeit ist es eben nur … Gekleckse.«

»Verstehst du was davon? Ich meine, vielleicht hat die Frau ...«

»Sie wollte ihn mir wegnehmen und hat ihm Honig ums Maul geschmiert. Die ist so intrigant wie die Weiber aus dem Fernsehen. Weißt du, was ich meine? *Liebe in Berlin?* Die Schwarzhaarige? Und Ingmar ist prompt drauf reingefallen.«

»Wenn Norbert das hört, trifft ihn der Schlag.«

»Muss er denn?«, fragte ich unbehaglich.

Geli starrte mich an. »Willst du ihm für den Rest deines Lebens verheimlichen, dass du einen Exmann hast? Das ist … irre.«

»Ich hab mich über Bomben informiert. Ich schmeiße eine in die Sparkasse, wenn Ingmar diese Dörthe abholt. Dann würd's wieder passen mit Witwe.«

»Du hast 'nen Knall.«

»Einen Bombenknall.« Ich zerklatschte eine Mücke auf dem Terrassentisch.

»Hm.« Geli seufzte. »Wart ab, bis du dich wieder besser fühlst. Und dann bringst du Norbert auf den Stand der Dinge, und am Ende … geschieden zu sein ist doch kein Drama mehr wie im Mittelalter.«

Wie es schien, hatte sie den Kern der Sache immer noch nicht erfasst. Es ging doch nicht um die Leute oder meinen Ruf. Es ging um meine scheußliche Sehnsucht nach Ingmar, die in meinen Herzkammern brannte wie ein australisches Buschfeuer. Ich hatte einen Mann, den ich liebte, und er war fort. Wäre Ingmar fremdgegangen, dann hätte ich ihn wieder heimisch machen können. Hätte er eine Auszeit gebraucht, hätte ich den Wecker stellen können. Aber er hatte unsere Ehe beendet. Komplett und vollständig, ohne Rückfahrkarte. Sein »Leb wohl, Franzi« war so endgültig wie der Tod gewesen. Also war er gestorben. Und hatte mich zur Witwe gemacht. War das so schwer zu verstehen? Deprimiert goss ich den Rest meines Holunderbeerensaftes in die Rankrosen und ging ins Bett.

Geli brauchte vier Tage, um mich zu überzeugen, dass ich mich mit Ingmar treffen müsse, um alles zu besprechen.

»Nie im Leben werde ich ihn über den Zustand meiner Herzkammern aufklären«, murrte ich.

»Musst du ja auch nicht. Nur über den Zustand deines Portemonnaies. Mach klar Schiff beim Finanziellen, und dann … vergiss den Typen. Ehrlich, das ist das einzig Mögliche.«

Ich fand, dass jemand, der mit meinem Bruder Norbert verheiratet war, gut reden hatte. Norbert hätte ich von einer Sekunde auf die nächste vergessen können.

»Und schau nicht so verbiestert. Das macht Falten.«

Am Dienstagmorgen setzte sie mich vor der Arbeit beim Leeraner Bahnhof ab, und ich fuhr durchs Rinderkino Richtung Herford.

Keine Ahnung, was ich erwartet hatte, als ich unser Grundstück betrat. Wahrscheinlich, dass Ingmar im Orchester war. Die Räume des Herforder Stadttheaters wurden vormittags vom Ravensberger Gymnasium als Schulaula genutzt, deshalb fanden die Proben nachmittags statt. Er kam dann immer zwischen sechs und sieben vor den Aufführungen auf einen Happen zum Essen ... Na ja, so irgendwie hatte ich gedacht und war deshalb ziemlich sicher gewesen, in Ruhe von meinem Zuhause Abschied nehmen zu können, bevor ich mit ihm sprach.

Die Sonne schien, und ich überlegte, ob ich mich in meinen kleinen Garten setzen und die Atmosphäre auf mich wirken lassen sollte. Ich hatte mal gelesen, dass man mit Übergängen achtsam umgehen muss. Aber irgendwie kam mir das blöd vor. Lieber rumkramen und einpacken, was mir wichtig war und problemlos in mein Handtäschchen passte.

Quatsch!, hielt ich mir vor. Hol den Koffer vom Dachboden und räume richtig ab. Alles im Haus gehörte doch zur Hälfte mir. Wenn ich eines dieser abgefeimten Weiber aus dem Fernsehen wäre, hätte ich einen Möbelwagen bestellt. Aber ich war nicht in der richtigen Stimmung.

Ich kriegte Magenweh, als ich in den Flur trat und das Licht auf die Heizungsrohre und Ingmars *Interpretation einer liebestollen Dattelfrucht* fiel, ein Bild, das aussah, als hätte Ole die Farben seines Tuschkastens aufgeweicht und über die Leinwand gespritzt. Nur nicht so schön. Trotzdem. Es hing seit über zehn Jahren an dieser Stelle. Ich hatte es einmal wöchentlich abgestaubt, zusammen mit der Kommode aus Edelstahl, die – nackt, und in kompromissloser Ehrlichkeit – zur Aufbewahrung meiner diversen Sneakers und Latschsandalen gedient hatte.

Plötzlich war mir, als tönte durch das Haus Ingmars Geige. Bernsteins *Maria*. Ein warmes Buttersemmelnstück, das Ingmar eigentlich verachtete, aber das er mir gelegentlich gegönnt hatte, wenn ich darum bettelte, weil ich es so sehr liebte. Mir traten die Tränen in die Augen, und ich musste meine Nase massieren, weil sie juckte. Halluzinationen hatte ich also auch schon.

Ich riss mich zusammen und ging ins Wohnzimmer. Dort

hatte ich Zigtausende Abende zugebracht, an denen Ingmar arbeiten musste. Ich setzte mich probeweise auf das schwarze Ledersofa, sprang aber sofort wieder auf und marschierte weiter in die Küche, in der noch meine Spezialmischung *Griechischer Salat* auf der Anrichte stand und Petersilie in einem Metalltopf vertrocknete. In der Spüle befand sich ein Glas. Nein, zwei Gläser, eines davon eindeutig mit Lippenstiftresten.

Bloß weg hier.

Mein letzter Besuch galt meinem kleinen Büro, in dem in einem ungeschminkt unehrlich aussehenden antiquarischen Bücherschrank diverse Manuskripte an die Glanzpunkte meiner beruflichen Karriere erinnerten. Das mit der Dafur-Pumpe zum Beispiel. Das Teufelsding hatte sechs Monate lang nicht arbeiten können, weil weder die Entwicklungshelfer noch die einheimischen Techniker kapierten, wie man es zum Laufen brachte. *Die geodätische Saughöhe ist begrenzt durch das erreichbare Vakuum, Freunde.* Ganz simpel, wenn man ein bisschen Polnisch kann und eine Vorstellung von der Arbeitsweise einer Pumpe hat. Ich hatte eine babyleicht verständliche Gebrauchsanleitung gemailt, und sie hatten ihr Problem innerhalb eines Tages lösen können. *Mann!*

Ein Geräusch ließ mich aufhorchen. Es kam aus dem Obergeschoss. Jemand stöhnte. Ich hielt inne wie elektrisiert. In meinem Kopf tauchte ein Bild auf: Ingmar, den der Schlag getroffen hatte, weil ihm aufgegangen war, was er sich und mir angetan hatte, und der seit Tagen hilflos auf dem Schlafzimmerteppich lag. Oder – alternativ – die Nachbarskatze, die in meinem Schlafzimmer auf dem edlen Satinbettbezug fremdkatern ging. Das tat sie manchmal. Ingmar vergaß ständig, das Fenster zu schließen.

Ich stieg die Treppe hinauf und öffnete die Tür, aber behutsam. Selbst ein gutgläubiges Geschöpf wie Franziska Brunner konnte sich noch eine dritte Möglichkeit für das Stöhnen vorstellen.

Einen Moment blieb ich mit angehaltenem Atem stehen. Ingmar hatte es nicht für nötig gehalten, nach meinem Fortgang die Bettwäsche zu wechseln. Seine nackten Füße – die übrigens eine ungewöhnlich schöne Form haben, nur um's zu erwähnen – lugten unter den gelb-roten Satinstreifen hervor. Daneben lugte ein zweites Paar Füße mit knotigen Zehen und Hornhaut an den Hacken und einem Kettchen um den linken Knöchel.

Ich wäre ruhig geblieben. Trotz der Hornhaut, die Fäden in meinen Satin riss. Trotz der Sektgläser, die auf meinem Nachttisch standen und Ringe auf dem Holz hinterließen. Trotz der kastanienroten Julia-Roberts-Mähne, die mein Kissen verunstaltete und farblich überhaupt nicht zum Stoff passte. Mir war klar, dass ich von jeder Richterin ein Schulterklopfen geerntet hätte, wenn ich mich jetzt auf das Sparkassen-Weib gestürzt und es erwürgt hätte. Aber ich weiß, was ich mir schulde. Ich bin doch kein hysterisches Soap-Opera-Weib. Ich wäre also ruhig geblieben.

Doch dann sah ich Brummel in der Ecke liegen. Brummel ist ein Kuschelwalross, das meine Eltern mir zur Trommelfellbelüftungsoperation in die Klinik gebracht hatten, als ich in Oles Alter gewesen war. Die Schwestern hatten ihn damals auf dem Krankenzimmerschrank verstaut, weil er zu riesig für mein Bett gewesen war, aber seitdem begleitete er mich auf sämtlichen Wegen, und wenn er in meine Reisetasche gepasst hätte, wäre er auch mit mir nach Ostfriesland gekommen. Ich hatte ihn im Vertrauen, dass Ingmar trotz aller Herzlosigkeit für ihn sorgen würde, auf meinem Bett zurückgelassen. Und nun lag er in der spinnwebenumwobenen Ecke zwischen Nachttisch und Fenster und heulte vor Einsamkeit und Herzleid und … verdammt! Was ist das für ein Mensch, der zulässt, dass sein schleimiges Liebchen ein zur Familie gehörendes Walross misshandelt? Nach dreiundzwanzig Ehejahren!

Ich war so wütend. Mein Blick fiel auf Ingmars Geige, die auf seiner Sockenkommode aus rohem Holz lag. Er hatte offenbar der Julia-Roberts-Mähne zur Einstimmung auf das Liebesgetümmel Bernsteins *Maria* vorgespielt. Genau wie mir damals. Hatte mich ja auch immer in Stimmung gebracht, und der Mensch weicht nicht gern vom Bewährten ab. Schwach vor Grimm pirschte ich mich – begleitet vom Gestöhne unter den Satindecken – zur Fiedel. Ich packte sie und schleuderte sie auf das Turtelpaar.

Ha! Wo auch immer die Furien über ihren Rachefeldzügen brüten: Ich sah, wie sie mir angesichts des nackten Entsetzens in Ingmars Augen und bei dem schrillen Schrei, der aus der verwuschelten Hexenmähne drang, anerkennend zuzwinkerten. Gut gemacht, Schwester!

Als ich Brummel aufhob und aus dem schwülen Lustzimmer ins Freie trug, heulte er vor Erleichterung.

3

Was für Ole der Tyrannosaurus Rex ist, war zu meiner Gruselglanzzeit der weiße Hai. Zur Erläuterung für alle, die den Film nicht kennen: Der Hai hatte eine junge Schwimmerin umgebracht. Puh. Herzklopfen im Kino. Aber gut, ist vorbei. Dann, fünf Minuten später, rennen die Badenden am Strand entlang, Schwimmreifen fliegen, das kleine Kind tapst ins Wasser uuuund … Nix passiert. Aber der Zuschauer lässt sich nicht täuschen. Der Hai taucht unter den Wellen. Man sieht seinen Schatten. Er zieht Kreise und beobachtet das arglose Volk.

Später am Anlegesteg: Ein verliebtes Pärchen küsst sich und lässt dabei die Beine im Wasser baumeln. *Im Wasser baumeln!!!* Und der weiße Hai ist keine Armlänge entfernt. Er kurvt unter dem morschen Holz und stiert aus seinen kalten Augen auf die nackigen Beine. Der Zuschauer, der die Wellen gegen die Planken schwappen sieht, wird ganz zappelig. Mensch, aufpassen! Unter euren Hintern lauert ein mordlüsternes Scheusal. Es fletscht die Zähne, um das Mädchen in dem todschicken Badeanzug ins Wasser zu ziehen und zu zerfleischen!

Norbert hatte damals zu mir gesagt: »Ein Hai lauert nicht. Er befriedigt auf naturgemäße Weise sein Bedürfnis nach Nahrung. Sein Gehirn ist für komplizierte Empfindungen wie Heimtücke zu einfach strukturiert.« Alles Mist natürlich. Im Film wurde es nicht gezeigt, aber das Vieh hatte sogar überlegt, wie es nachts durch die Wasserleitung ins Haus von Martin Brody gelangen könnte.

Warum ich das erzähle? Weil es erklärt, wieso ich so blauäugig war, als ich nach Ekelborn zurückkehrte. Ich hatte die Grausamkeit in Form von Dörthes Rubbelfersen erblickt, aber genau wie die Badenixe dachte ich, nach unserem Zusammenstoß im Schlafzimmer wäre die Sache erledigt. Ich kriegte es nicht auf den Schirm, dass unter den morschen Bohlen, auf denen sich mein Leben abspielte, ein weiteres Mal etwas lauern könnte. Wie die Leute aus Amity glaubte ich, dass nach dem ersten Zusammenstoß mit dem Hai alles geregelt wäre. Und außerdem bildete ich mir ein, dass richtig fiese Dinge nur im Fernsehen geschehen.

Hochzufrieden, meinem Gefühl einen adäquaten Ausdruck verliehen zu haben, rumpelte ich also mit Brummel im Regionalzug über Oldenburg nach Leer, und mir war dabei zumute, als hätte ich ein schief stehendes Möbel, das mich schon die ganze Zeit aufregte, endlich gerade gerückt. Franziska Brunner, die jahrzehntelang öde Sommerferien in Finnland verbrachte, hatte mit einer Geige geworfen. *Fantastisch!* Fast wünschte ich mir, einer der U-Bahn-Schläger käme in mein Abteil, damit ich ihm ordentlich die Meinung trommeln könnte.

Zwischen Dörpen und Aschendorf, als das Abteil leer war, ließ der Rausch allmählich nach. Ich schluchzte ein bisschen in Brummels Fell, aber rückgängig gemacht hätte ich die letzten Stunden trotzdem nicht.

»Sie haben's miteinander getrieben? Am *Nachmittag?*«, fragte Geli kurz darauf mit der Entrüstung eines Menschen, der fünfzehn Jahre mit Norbert zusammengelebt hat.

»In meiner Satinbettwäsche!«

»Diese Lotterziege!« Auch Geli war mit meinem Verhalten

komplett einverstanden »Weißt du was? Komm morgen Abend mit mir zur Elternversammlung. Norbert drückt sich immer, aber ich glaube, mit dir könnte es Spaß machen. Ich brauche dort jemanden mit Persönlichkeit.«

Da sieht man, wie das Ansehen steigt, wenn man erst mit Violinen wirft. Obwohl ich keine Ahnung hatte, welche Art Spaß Geli sich von meiner Begleitung versprach. Vielleicht erwartete sie, dass ich die Lehrerin mit dem Tafelschwamm attackierte? Egal. Ich war bereit.

Allerdings nur, bis ich das Schulgebäude betrat. Dann kehrte die Beklemmung meiner eigenen Schulzeit zurück. Scheußliche Gefühle, die jahrzehntelang unter einem Berg späterer Erinnerungen dahinmoderten, arbeiteten sich in mein Bewusstsein. Platon hat die Cherusker *nicht* unterworfen? Und Burma liegt *nicht* in der Schweiz? Auch nicht vor dem Zweiten Weltkrieg? Überhaupt nicht am Mittelmeer? Hätte ich die Hausarbeiten doch nur selbst abgeschrieben ... Das war damals der tägliche Stoßseufzer: Hätte ich ... hätte ich ...

»Hätte ich doch nur den Tagespunktezettel mitgenommen. Ich glaub, da stand was Wichtiges drauf«, sagte Geli.

Dass sie ähnlich empfand wie ich, tröstete mich. Wie machten die Schulleute das bloß? Betrieben sie eine Art Gehirnwäsche? Vielleicht mittels der Bohnerwachsduftstoffe? War da was reingemischt, das direkt in die Gehirnmasse aufstieg und bewirkte, dass man sich wie ein Versager fühlt? Das würde auch erklären, warum man nicht längst zu einem aktuelleren Reinigungsmittel übergegangen ist. Geheimwaffe des Kultusministeriums: *Stänkert sie ein, bis sie sich endlich anstrengt, die Saubande.* Klingt plausibel, oder?

Wir erreichten den Klassenraum und setzten uns auf die zu kleinen Stühle hinter den grünen Minitischen, die aussahen, als hätten schon unsere Urgroßeltern dahinter gelitten, und hörten uns, weiterhin von Unzulänglichkeitsgefühlen geplagt, an, was Frau Berber zum Thema Tintenkiller von sich zu geben hatte. Tintenkiller in Federmappen von Zweitklässlern killten in jedem Fall den Sympathiebonus, den Eltern zu Beginn eines Schuljahres bei ihr haben mochten, so viel stand fest. Frau Berber fragte uns, ob wir uns vorstellen könnten, welchen Einfluss es auf das Lernverhalten der Kinder habe, wenn sie jeden Fehler einfach wegkillern konnten, statt vorher sorgsam über die korrekte Lösung nachzudenken. Sie lernen ein bisschen Spontanität, hätte ich gern gesagt, aber Frau Berber hielt uns mit ihren Froschaugen in Schach. Ein Mann, der mir und Geli gegenübersaß, seufzte – das war das Höchste an Renitenz, was wir uns trauten.

Und dann kam die Sache mit der Klassenfahrt.

»Welche Klassenfahrt?«, rutschte es Geli raus. Im selben Moment biss sie sich auf die Zunge – real und mit satt Schmerz, wie ihr Gesicht verriet.

»Die ins Schullandheim Dötlingen«, erklärte Frau Berber mit Betonung auf dem letzten Wort. »Zu der wir nächste Woche aufbrechen werden.«

»Ach natürlich, *die!*« Geli nickte heftig, und Frau Berber begann mit einer umständlichen Erklärung. Die drei zweiten Klassen würden zusammen verreisen – *wie ich Ihnen ja schon auf dem gelben Mitteilungsblatt erläutert habe!!!* –, und es würden drei Lehrer mitfahren und – *wie wir es auf der letzten Elternversammlung besprochen haben!!!* – vier Mütter oder Väter. Gemeldet hatten sich bisher aber nur drei. Was bedeutete, dass immer noch eine Begleitperson aus der Gruppe der Elternschaft fehlte!

Stille trat ein und zog sich in die Länge wie ein zernuckeltes Kaugummi. Die Blicke der Elternschaft wanderten simultan zur Decke, einige auch auf die Notizblöcke, die artig beschrieben worden waren. Die Frau neben mir beugte sich so tief zu ihrer Tasche, dass sie komplett unter dem Tisch verschwand. Nur der Seufzer von gegenüber, ein Mann mit einem kleinen, schwarzen Schnauzer, lächelte. Ein bisschen sarkastisch, so wie vor dreißig Jahren Steffen Ludemann aus meinem Matheleistungskurs, der als Erster von uns kapierte, wie die Welt funktioniert, und der nur nicht entscheiden konnte, ob er als Che-Guevara-Nachfolger den südamerikanischen Kontinent zur Explosion bringen oder sich lieber als Zyniker an der Spitze eines von ihm selbst verachteten Wirtschaftsimperiums zu Tode kiffen wollte.

»Meine Schwägerin würde die Kinder gern begleiten. Hier, Frau Brunner.«

Ich zuckte zusammen, als ich meinen Namen hörte. Im ersten Moment kapierte ich gar nicht, wer sprach.

»Ja«, brachte Geli neben mir raus, »weil: Sie mag Kinder so gern und … sie hat auch ein gutes Händchen – mit Kindern, meine ich. Mit Jungs.«

»Im Ernst?« Frau Berber schaute mich an. Alle schauten mich an. Als wäre Mr Spock zwischen den Schultischen materialisiert. Donnerwetter, eine Freiwillige für die Klassenfahrt! Das Grinsen des Schnauzbärtigen wurde breiter.

»Stimmt doch, Franzi, oder?«, stotterte Geli. »Ich meine, du würdest doch gern … und so …«

Gegen das Schienbein treten würde ich dich gern, wollte ich sie anblaffen. Drei Teufel noch mal! Aber ich schaffte es nicht. Wenn man, sagen wir mal als Nichtschwimmer von der Fähre Norddeich-Wangerooge in die Nordsee plumpst, dann sieht man in einem Moment sein ganzes Leben an sich vorbeiziehen. Und so ähnlich war es in diesem Moment bei mir. Nur dass nicht *mein* Leben vorbeizog, sondern das von Geli. Ihre Heirat mit Norbert, der ihr wahrscheinlich in der Hochzeitsnacht zwischen leidenschaftlichen Umarmungen erläutert hatte, in welchem Umfang und Abständen ehelicher Sex optimal die Gesundheit fördere. Dann kam der Teeladen, der möglicherweise gar kein Teeladen war, sondern ein Rettungsring, um in der Norbert-Ehe – 'tschuldigung, Bruder – nicht zu ersaufen. Schließlich Oles Geburt, die alles durcheinanderbrachte, was sie sich mühsam aufgebaut hatte. (Er war ein Wunschkind, aber eines, das mit jahrelanger Verspätung in die Ehe platzte, ungefähr so wie ein Schokoladenweihnachtsmann in ein Badeseepicknick.) Und nun, seit einem Jahr, musste Geli sich dem Monster Schule stellen, und prompt lieferte sie ein suboptimales Kind im Unterricht ab. *Pfuipfuipfui, meine Dame. Nichts als die eigene Karriere im Sinn, was? Kein Interesse an Turnbeuteln und Klassenfahrten! Einsatz mangelhaft. Versetzung gefährdet. Setzen. Sechs.*

Und das, wo Geli es doch immer allen recht machen wollte. Sie hatte Tränen in den Augen, ohne Wasser, aber es waren echte Tränen.

Die Berber räusperte sich. »Es ist vielleicht ein bisschen ungewöhnlich, aber ich wüsste nicht, was gegen eine Tante als Begleitperson einzuwenden wäre. Also ... ich sehe da kein Hindernis ... rechtlich ...«

Erleichterung durchflutete den Raum. Die Eltern lehnten sich zurück und tuschelten wieder miteinander. Meine Tischnachbarin tauchte aus der Versenkung auf. Der Schnauzbart zwinkerte mir zu. Nur Geli starrte angestrengt auf die Tischplatte.

»Gleich im Anschluss an diese Versammlung findet im Raum der 2c ein Treffen statt, bei dem die wichtigsten Informationen über die Klassenfahrt ausgegeben werden. Ich zeige Ihnen, wie Sie hinfinden«, sagte die Berber zu mir. »Und ... ich muss sagen, solch ein Engagement ist überaus erfreulich, Frau ...«

»Brunner.«

»Genau.« Ebenfalls setzen. Eins plus mit Sternchen. Für alle beide nun – auch Geli musste keinen blauen Brief mehr befürchten.

Die Frau, die neben mir saß, stieß mich an. »Merle verträgt kein Soja«, flüsterte sie. »Und sie ist morgens Orangensaft gewöhnt. Und sie hat Angst vor Vögeln … also Kanarienvögel, die echten sind okay …«

»Tut mir leid … tut mir leid … tut mir leid …«, wisperte Geli, als wir eine halbe Stunde später durch den Bohnerwachsflur zum nächsten Klassenraum gingen.

»Grrrr«, wisperte ich zurück, was hieß: Das macht's auch nicht wieder gut, egal, wie beschissen dein Lebensfilm abgelaufen ist. Und da fällt mir ein, *mein* Leben kommt auch nicht aus der Hollywoodtraumfabrik! Aber ich musste mir die Empörung verkneifen, weil sich der Schnauzbart zu uns gesellte. Er war allein, fiel mir auf. Ungewöhnlich. Die anderen Väter, soweit sie überhaupt gekommen waren, trotteten als Anhängsel ihrer Frauen durch den Flur. Ich schüttelte die Hand, die er mir entgegenstreckte.

»Ocke Bünting. Ortsbürgermeister von Ekelborn«, stellte er sich vor. »Und so etwas wie ein Freund der Familie, was natürlich wieder mal keiner erwähnt hat. Hallo, Geli. Schön, dich zu sehen. Wenn Sie erlauben, Frau Brunner – ich möchte Ihnen mein Mitgefühl aussprechen.«

»Danke«, antwortete ich griesgrämig und gleichzeitig ein bisschen getröstet, weil ich vor dem Schnauzbart keine Begeisterung für Klassenfahrten zu heucheln brauchte.

»Ich habe es in der Zeitung gelesen.«

Was?

»Wirklich bitter. Tut mir herzlich leid.«

Er hatte es in der Zeitung gelesen? Wieso …

Bünting hüstelte. »In solchen schlimmen Situationen ist es wahrlich ein Glück, wenn man eine Familie hat, die einem beisteht.«

»Es stand in der Zeitung?«

»Heute Morgen, ja. Wundert mich nicht, wenn einiges an Ihnen vorbeizieht. Ich weiß, wie das ist. Meine Frau ist ebenfalls verstorben. Vor vier Jahren. Da war eine Zeitlang alles wie ein großer Nebel für mich.«

»Ockes Frau hatte einen Unfall«, flocht Geli hilfsbereit ein. Ihr Augenlid zuckte. Und da begann ich endlich zu begreifen. Norbert, dachte ich. Verdammt, Norbert, du pickelpunktgenaues Bürokratenmonster. Norbert musste eine Todesanzeige für Ingmar aufgegeben haben. *Gehört sich so, Franzi, wirst du doch verstehen*. Kuhkacke! Nichts gehörte sich.

Ich wollte etwas sagen, wusste aber nicht, was, und in diesem Moment ging eine Klassentür auf, und die Berber flüsterte dem Mann, der rauskam, etwas zu und nickte in meine Richtung. Es handelte sich um Schimanski. Er sah nicht sonderlich erfreut aus, als er auf uns zukam. »Na, so was«, meinte er gedehnt. »Sie fahren mit nach Dötlingen, Frau ...?«

»Brunner.«

»Ehrenamtliches Engagement – ist viel zu selten geworden, in unserer Gesellschaft«, lobte Ocke Bünting.

»Tja.« Die Schöpfung hatte kein Pokerface mehr im Regal gehabt, als sie Schimanski fürs Erdenleben ausstattete. Er musterte mich – die Säuferin, die zu blöd war, um einen Turnbeutel zu managen –, und es war deutlich zu erkennen, was er dachte: Wahrscheinlich würde Frau Brunner die ganze Zeit an einer Wodkaflasche nuckeln, und er müsste morgens irgendwo Kotze aufwischen und den Kindern erklären, warum die Tante nicht in ganzen Sätzen sprechen konnte.

»Es geht mir nicht besonders gut, seit mein Mann verstorben ist«, erklärte ich mit einem Lächeln, dem ich eine Prise Tapferkeit beigab. »Aber bis Dötlingen ist es ja auch noch etwas hin – ich bin sicher, es wird eine wunderbare Zeit.«

Mr No-Pokerface sortierte die Informationen. Die Säuferin war also gar keine Säuferin, sondern eine vom Schicksal hart getroffene Dame, die sich mutig dem Leben stellte? Mist. Das gefiel ihm nicht. Keiner mag es, wenn man Menschen aus der Schublade, in der man sie gerade erst mühevoll verstaut hat, wieder hervorkramen muss. »*Wunderbar* ist so eine Sache«, meinte er lahm.

»Wenn man Kinder mag, kann doch gar nichts schiefgehen, oder?«

»Na ja …«

»Bewundernswert, Ihre Einstellung, Frau Brunner«, erklärte Bünting. »Ich meine damit nicht nur die zu Kindern.«

Ich schenkte ihm einen warmen Blick und fand, dass er gar nicht so unrecht hatte. Da war ich gerade Witwe geworden, es ging mir hundeschlecht, aber ich lehnte es ab, den Rest meines Lebens wie ein depressionsgeplagtes Nacktschneckchen vor mich hin zu kümmern. Stattdessen wandte ich mich mutig dem Morgen zu. Im Grunde meines Herzens war ich eben *doch* eine Kämpfernatur.

»Dann kommen Sie mal.« Schimanski trottete in die Klasse zurück, und Ocke Bünting – *»Bitte sagen Sie Ocke zu mir«* – gab mir noch einmal die Hand, um sich zu verabschieden.

»Franzi«, flüsterte Geli, die mich notgedrungen in den Klassenraum begleiten musste, weil wir nur ein Auto dabeihatten, »hör auf mit diesem Quatsch. Du *bist* keine Witwe. Um eine Witwe zu sein, braucht man einen toten Mann.«

»Manchmal kannst du echt penetrant sein«, beschwerte ich

mich. Mein Schreck hatte sich gelegt und war einer Hochstimmung undurchsichtigen Ursprungs gewichen. Ich begab mich in den kleinen Kreis der Engagierten, lotste Geli an einen der vorderen Tische und stellte erstaunt fest, dass ich klare Vorstellungen über den Verlauf einer Klassenfahrt hatte. Keine Museen, dafür aber jede Menge Zeit zum Spielen, das war mein Basiskonzept. Am besten auch schwimmen gehen.

Die Berber nickte zu allem, was ich vorschlug, sogar zu der Fahrt in den Freizeitpark, obwohl die teuer war. Wahrscheinlich wollte sie nicht riskieren, dass ich wieder absprang. Die Lehrer und die drei Mütter, die die Karawane gemeinsam mit mir begleiten sollten, diskutierten. Und Schimanski ärgerte sich. Besonders als ich darauf bestand, dass das morgendliche Wecken erst gegen acht stattfinden sollte.

»Dann ist der Tag doch fast schon vorbei.«

»Was ist schlimm daran, wenn wir es gemütlich angehen?«, fragte ich spitz.

»Klassenfahrten sind alles Mögliche. Aber nicht gemütlich.«

»Und wenn wir trotzdem ein bisschen Mensch bleiben würden?«

Geli stieß mich unter dem Tisch an. Lass das, Franzi, stand in ihrem Gesicht. Der Kerl hat noch drei Jahre Zeit, Ole zu quälen. Etwas in mir gab ihr recht. Aber ich hatte an diesem Abend keine Lust, vernünftig zu sein. Nicht bei Schimanski, der mich für eine Säuferin hielt. »Wenn man gerade seinen Mann verloren hat«, wisperte ich Geli zu, »ist es schwer genug …«

»Du *hast* ihn aber nicht verloren. Ihr habt euch …«

»Jajaja!«

Ich fand es noch wichtig durchzusetzen, dass die Schränke nicht kontrolliert wurden. Bei einer meiner Klassenfahrten hatte mein Lehrer meinen Süßigkeitenkonsum moniert, was schrecklich gewesen war, weil ich zu der Zeit mit Babyspeck kämpfte. Und dann vor der ganzen Klasse! Vor Melanie, die mir immer »Franzi ... Panzi!« nachrief, was einen Angriff auf meine Figur darstellte, auch wenn sich das heute an dem Reim nicht mehr konkret nachvollziehen lässt.

»Das gibt Probleme«, behauptete Schimanski.

»Wenn man Probleme sehen will, gibt es überall welche, Herr Kollege«, sagte die Berber spitz und schenkte mir einen Komplizenblick. Entspannt lehnte ich mich zurück. Innerhalb weniger Stunden war es mir gelungen, mein Schultrauma zu überwinden. Ich hatte es geschafft, mich gegen die geballte Macht einer Autorität zur Wehr zu setzen. Wunderbar!

Wunderbar!, dachte ich auch noch, als ich zwei Stunden später mit Geli nach Hause fuhr. Und genau wie dem Mädchen aus dem *Weißen Hai* entging mir, dass unter meinem Hintern sachte die Wellen gegen die Bohlen schwappten.

Am nächsten Tag erzählte uns Ole, dass Arnolds Mutter Arnolds Bruder verdroschen hatte. Nicht Herbert, sondern Sebastian. Wir wollten wissen, warum, aber das hatte Arnold ihm nicht gesagt. Wir entrüsteten uns über die Brutalität in der Familie und klärten Ole darüber auf, wie schlimm es ist, wenn jemand einen anderen haut. »Arnold haut manchmal Julius«, sagte Ole. »Aber der ist auch blöd. Der spuckt.«

»Mit Schlägen kann man die Gesellschaft nicht verändern«, dozierte Norbert.

»*Ich* hau nur, wenn mich jemand ärgert«, erklärte Ole tugendhaft. Er war ein bisschen traurig, als wir ihm das ebenfalls verboten, und wahrscheinlich bereute er, dass er uns ins Vertrauen gezogen hatte.

Abends kam Ocke Bünting mit seiner Tochter Judith vorbei,

um kurz reinzuschauen und sich ein weiteres Mal zu bedanken, dass ich mich für die Schule engagierte. Als Ortsbürgermeister war ihm das natürlich ein Anliegen. Ole verschwand mit Judith, um ihr seine Dinosaurier zu zeigen.

»Es ist ja nicht selbstverständlich heutzutage, dass sich jemand einfach aus dem uneigennützigen Willen zu helfen in etwas reinhängt«, meinte Bünting, und ich erfuhr, dass er sein Bürgermeisteramt ebenfalls ehrenamtlich ausübte und das ganz sicher nicht wegen der mickerigen Aufwandsentschädigung. Sein Geld verdiente er mit einem kleinen Baumarkt, der Mühe hatte, sich gegen die Ketten der Konkurrenz zu behaupten, aber es lief. »Die Leute wissen halt, dass sie bei mir einen erstklassigen Service bekommen. Damit klappt's.«

»Wann hast du den Laden noch von deinem Vater übernommen?«, fragte Norbert.

»Vor neun Jahren. Und im Ernst – die erste Zeit sah's übel aus. Man muss innovativ sein. Hatte ich meinem Vater ja schon lange gepredigt, aber der war wie vernagelt. Andere Werbestrategien, Internetpräsentation, Wagemut beim Sortiment … Man kann nicht einfach immer nur auf Schrauben bauen, hab ich ihm gesagt. Da gibt es Neuheiten auf den Messen – zum Beispiel elektronische Messgeräte für Mauerfeuchte …«

Das stimmte. Ich hatte zwar noch keine Gebrauchsanweisung für so etwas übersetzt, aber als wir Schimmel über einer unserer offen liegenden Rohrleitungen entdeckten, hatte ich mir ein T 600 Feuchtemessgerät Mikrowelle aus dem Baumarkt ausgeliehen und … Schade, wenn Ingmar etwas mehr Interesse aufgebracht hätte, hätte er auf meinem Computer eine dreidimensionale Darstellung über den Feuchtigkeitsgrad in den Böden und Wänden unseres Hauses bestaunen können. »Kennen Sie den T 600 Mikrowelle?«, fragte ich.

»Klar. Prima Gerät. Geht bis zu dreißig Zentimeter tief.« Ocke strahlte mich mit neuem Interesse an. In Gedanken sah ich ihn durch seine Regale laufen und per iPhone Schraubenschlüssel mit Ratschenmechanismus und Spiralbohrer bestellen ... Was für ein angenehmer Mensch!

Norbert schob sich einen von Gelis selbst gebackenen Keksen in den Mund. »Franzi schreibt Bastelanleitungen.«

»Ich übersetze sie nur«, sagte ich und hätte ihn am liebsten getreten. »Im Moment gerade ein litauisches Benutzerhandbuch für einen Benzin-Stromerzeuger mit Inverter-Technologie und Ökoschaltung für verbrauchsarmen Betrieb und mit patentierter Luftkühlung. Dauerleistung 0,9 kW, Notstromleistung 1,0 kW. Tankinhalt 2,6 l. Findet hier in Deutschland reißenden Absatz.«

»Donnerwetter.« Ocke war so beeindruckt, wie er sein sollte. »Hätte ich gar nicht gedacht, dass Sie in dieser Richtung tätig sind, Franziska. Man muss doch die ganze Technik verstehen, um so was zu schreiben oder?«

»Na ja ...«

»Dauerleistung 0,9 kW?«

»Mindestens. Ich glaube, man könnte noch was dran drehen. Aber ich bin natürlich kein Maschinenbauer«, erklärte ich bescheiden.

»Sie sind mir ja eine ungewöhnliche Nummer.«

Eben!!!!! Ich lehnte mich in meinem Plastikstuhl zurück und versuchte wie eine ungewöhnliche Nummer auszusehen.

»Ocke baggert dich an«, flüsterte Geli, als wir kurz drauf in der Küche eine Melone zerlegten.

»Quatsch«, sagte ich und sortierte errötend Melonenschnitzel auf einem Teller mit Olivenmuster. Es war lange her, dass mich jemand angebaggert hatte. Dreiundzwanzig Jahre, um genau zu sein, wenn man den Kerl abzog, der beim Wochenmarkt immer die Putenbrüstchen für Kilo 5,99 verkaufte und es witzig fand, allem, was weiblich war, hinterherzupfeifen.

Als wir auf die Terrasse zurückkehrten, hatte Ocke seine Tochter Judith auf dem Schoß, die wissen wollte, ob es stimmt, dass ein Krake durch jede Öffnung schlüpfen kann, die größer als sein Auge ist. Das hatte Ole ihr nämlich erzählt. Das Auge ist offenbar das einzige Teil an dem Vieh, das nicht beliebig dehn- und pressbar ist, wenn man Ole glauben durfte. Wo sich das Auge durchzwängen kann, flutscht der Rest des Kraken einfach hinterher. Ole demonstrierte das anhand seines Fingers und der Lochtischdecke auf dem Terrassentisch, und Judith, die nicht wusste, dass Frauen mittlerweile doppelt so cool wie Männer sind, begann zu heulen.

Norbert überkam sofort seine Heulsusenallergie. »Du hast übrigens Post«, flüsterte er mir zu und flüchtete vor den weiblichen Emotionen zum Nussbaum-Furnier-Schuhschrank in der Diele, auf dem die eingehenden und ausgehenden Briefe zwischengelagert wurden.

Ole hatte seinen Finger wieder aus der Tischdecke befreit. »In deinem Kinderzimmer«, erklärte er Judith in der Hoffnung, sie durch interessante Fakten aufzuheitern, »könnte so ein Krake sich glatt durch das Schlüsselloch reinzwängen. Das macht der in einer Sekunde. Und es gibt ganz eklige. Die sind blau mit Ringen und sehen schön aus, aber die sind so giftig …«

Geli gab ihrem Sohn einen Klaps an den Hinterkopf.

»Man soll nicht hauen, Mama. Du hast gesagt, das ist …«

»Nun lass schon, Ole«, übertönte Norbert seinen Sohn und reichte mir den Brief. Ich nahm ihn entgegen und wollte ihn nach einem flüchtigen Blick beiseitewerfen … Doch in diesem Moment gefror etwas in mir zu Eis. Das Kuvert bestand aus grau-rosa gestreiftem Papier, und auf der Umrandung trotteten Elche. Dieses Briefpapier gehörte mir. Es war ein Souvenir, das ich in unserem letzten Urlaub in einem Laden in Mikkeli oben in Finnland gekauft hatte. Ingmar hatte es nicht gemocht, obwohl das Grau der Elche prima zum Beton unserer Wände passte. Er war überhaupt nicht für Briefpapier, außer für reinweißes. Und jetzt hielt ich einen Brief mit meinen Elchen in der Hand. Ich merkte, wie mir Tränen in die Augen stiegen.

Geli sagte »Psst« zu Judith. Und dann zu mir: »Alles in Ordnung?«

»Der Brief ist von Ingmar«, presste ich heraus.

Ich nehme an, dass die kleine Terrassenrunde mich anstarrte. Jedenfalls wurde es mucksmäuschenstill. Schließlich ertönte Norberts vernünftige Stimme: »Das geht nicht, Franziska. Ingmar ist tot.«

»Er hat mir geschrieben.« Irgendwie seltsam. Ich war von zu Hause ausgezogen, aber dieser Auszug hatte sich wie ein Intermezzo angefühlt. Ich wohnte bei Norbert und Geli, futterte ihnen die Brötchen weg, belegte ihr Gästezimmer und trank ihren Wein – aber in der felsenfesten Überzeugung, dass in Herford ein Heim auf mich wartete. Mit meiner Satinbettwäsche, die zugegebenermaßen von einer grässlichen Frau beschmutzt worden war, doch das konnte man schließlich waschen. Und die Matratze desinfizieren. Es gab ja diese Sprays, die Gerüche beseitigten, das zeigen sie doch immer in der Werbung ... Und nun schickte mir Ingmar einen Brief, als wäre ich ausgezogen und hätte eine neue Adresse.

»Wie kann er dir schreiben, wenn er tot ist?«, fragte Norbert irritiert.

»Was?«

Geli klopfte hektisch mit der Faust auf den Tisch. »Also ...«, sie lachte fröhlich, »… das hab ich schon mal gelesen, bei Yahoo oder so. Da hat jemand einen Brief geschrieben, danach ist er gestorben. Aber der Brief wurde erst mit Verspätung zugestellt, wegen irgendwas, und – eigentlich war das lustig. Der Tote war mit dem Flieger unterwegs gewesen und hatte den Brief anschließend in der Flughafenlounge geschrieben. Da lebte er natürlich noch. Der Autounfall kam erst später. Er hatte geschrieben: *Hier unten ist es höllisch heiß, aber mir geht es gut* … Also, stellt euch mal vor, wie das auf seine Angehörigen gewirkt haben muss. Die haben ja gedacht, dass der Mann den Brief erst *nach* seinem Tod geschrieben hat …«

Ich starrte Geli an. Sie wollte mir helfen, das war klar. Es musste eine Genmutation bei ihr vorliegen, aus der Neandertalerzeit. Wenn etwas schiefzugehen drohte, geriet sie unter Druck und versuchte zwanghaft, die Harmonie wiederherzustellen. Der Mann, der mit ihrer Urmutter liiert gewesen war, dürfte einiges auszustehen gehabt haben: *Das Mammut frisst dich nicht – es will dich nur sauber lecken.*

»Ach du meine Güte«, brachte Norbert entsetzt hervor, nachdem er sich die Sache mit dem Flughafen noch zweimal hatte erklären lassen. »Das tut mir leid, Franzi. Also wirklich, früher, vor der Privatisierung, war die Post noch zuverlässig.«

Ockes Blicke wanderten von einem Gesicht zum anderen. Dann tätschelte er mir die Hand und seufzte. Er war so taktvoll, kurz darauf zu gehen.

Als er fort war, trug ich den Brief in mein Zimmer hinauf und warf mich auf das Bett. Mir war eiskalt und ein bisschen übel. Schließlich riss ich den Umschlag auf.

Liebe Franziska,

ich hoffe, Du bist nicht wütend, dass ich Dir schreibe, aber … Du kannst Dir gar nicht vorstellen, wie mir zumute ist. Das war … also wirklich, es tut mir so leid!

Ingmar tat selten etwas leid. Ich schnüffelte und fühlte mich ein bisschen getröstet.

Dass Du uns aber auch so erwischen musstest! Ich hätte Dörthe nicht in unser Haus bringen sollen, bis … Na, Du weißt schon. Keine Ahnung, wie das geschehen konnte. Ich wusste natürlich nicht, dass Du kommen würdest. Und vielleicht wäre es besser gewesen, Du hättest vorher kurz angerufen. Aber am Ende ist es vielleicht gut, dass nun alles geklärt ist, oder?

Hast Du eigentlich, was Du brauchst? Genügend Geld und so? Du musst Dich melden, wenn Dir etwas fehlt.

Mit freundlichen Grüßen
Ingmar

MIT FREUNDLICHEN GRÜSSEN … Er hatte mit freundlichen Grüßen geendet. Ich schreibe nur Gebrauchsanweisungen für Benzin-Stromerzeuger mit Inverter-Technologie und so. Von Ingmars Feingefühl, das ihn dazu befähigt, einen ganzen Konzertsaal in Wehmut zu versetzen, bin ich Meilen entfernt. Aber trotzdem kapierte ich, dass man einen Brief wie diesen nicht *mit freundlichen Grüßen* schließt. *Mit freundlichen Grüßen* kündigt man einen Mietvertrag. Beherrschte Menschen unterschreiben so, wenn sie ihre Steuererklärung ans Finanzamt senden. Aber man schickt damit nicht die Frau in die Wüste, mit der man dreiundzwanzig mehr oder minder glückliche Ehejahre verbracht hat. *Mit freundlichen Grüßen* traf mich ins Herz, mehr als der ganze Rest des Briefes. Es wischte alle Rührung vom Tisch. Scheiße, dachte ich und trat gegen das hintere Bettteil. »Scheiße«, sagte ich zu Peter Pan, der bestürzt auf mich herabblickte. Ich merkte, wie sich in mir bitterböse, völlig ungewohnte Gefühle regten.

4

Die Klassenfahrt fand natürlich trotz meiner miesen Stimmung statt. Wir starteten vom Schulgebäude bei Nieselregen und Matschwetter. Geli hatte wegen ihres schlechten Gewissen beschlossen, den Teeladen zwei Stunden später zu öffnen, und schleppte mir eine Kiste voller Süßigkeiten, Cola und Paprikachips hinterher, damit ich es auch wirklich nett haben würde bei der Klassenfahrt. Ole war ein bisschen traurig, weil er seine Bildersammlung der ekligsten Kraken durch ein Kinderbuch mit dem bescheuerten Titel *Wurzels lustige Streiche* ersetzen musste – aber darauf hatte Geli, die seinen Koffer kontrollierte, bestanden. Wahrscheinlich hatte sie Alpträume, in denen die Berber sie anpflaumte, weil ihr Sohn mit seinen blutigen Fantasien die Mitschüler traumatisierte.

Melancholisch schaute ich dem Gewusel zu. Ingmar würde sich weiter mit Dörthe in meinem Bett wälzen. Daran konnte ich nichts ändern. Sein Brief lag in meiner Nachttischkommodenschublade, und ich musste mich damit abfinden, dass er sich von mir getrennt hatte. Meine Rachegelüste erschienen mir bei Tageslicht kindisch. Ich sah, wie Schimanski die Ärmel hochkrempelte und gemeinsam mit dem Busfahrer Koffer und Reisetaschen ins Gepäckfach wuchtete. Frau Berber zählte die Kinder und forschte nach einer Inga-Lena. Und die beiden anderen Lehrerinnen trösteten Eltern, die ihre Sorgen durch gerötete Augen verrieten. Die drei Mütter, die gemeinsam mit mir den Exodus begleiteten, tuschelten miteinander.

»Es wird dir Spaß machen, pass nur auf«, flötete Gelis Neandertal-Gen. Arnold kam auf den letzten Drücker und mutterseelenallein mit einem Rucksack angezischt, in den kaum mehr als eine Unterhose passen konnte. Er zog seinen Spinosaurus aus dem Rücksack, woraufhin das braune Stoffbehältnis in sich zusammenfiel wie ein kaputter Luftballon und jegliche Hoffnung auf eine Unterhose zunichtemachte. »Ab marsch«, sagte ich zu ihm.

»Prima, dass ihr so schönes Wetter habt«, rief Geli mir nach, während ich in den Bus stieg und mir den Regen aus dem Gesicht wischte.

Ich setzte mich neben eine der Mütter. Sie hieß Caro, hatte Zwillinge in Oles Parallelklasse und außerdem Migräne und wollte in Ruhe gelassen werden, was mir passte. Ich musste immer noch an Ingmars Grüße denken und verdrückte eine Träne, während ich zuhörte, wie die Kinder ihren Müttern und Vätern per Handy erklärten, dass es ihnen gut gehe.

Als wir die Jugendherberge erreichten, half Schimanski wieder bei den Koffern, und da fiel ihm auf, wie spärlich Arnold ausgerüstet war. »Du hast nur den Rucksack dabei?«, wollte er wissen. Arnold nickte, öffnete das ramponierte Teil und zog eine Zahnbürste heraus.

»Das Kind ist verwahrlost. Man sollte das Jugendamt einschalten«, sagte die Berber.

Keine Ahnung, ob Arnold verstand, was sie meinte, aber er langte eingeschüchtert in seine Hosentasche und förderte noch einen Waschlappen zutage.

»Damit kommst du eine Woche aus?«, fragte Schimanski. Arnold nickte, und Schimanski ließ ihn ziehen. »Aus dem wird mal ein Rucksacktourist. Das ist nicht das Schlechteste«, sagte er zur Berber und pfiff auf den Fingern nach den Kindern, um ihnen zu verklickern, was sie in den nächsten Tagen zu tun und was sie auf jeden Fall zu unterlassen hatten. Frau Berber kramte eine Liste mit Elternwünschen hervor, um ihren Kolleginnen zu erklären, wer bei wem schlafen wollte und wer bei wem auf keinen Fall und wer wohl wollte, aber trotzdem nicht durfte. Man merkte: Die beiden hatten Routine.

Ich kam mir überflüssig vor und blickte mich um. Auf einem Grenzstein saß ein Mädchen und stopfte kleine Schaumgummi-Teufelchen aus einer Vorratsdose voller Süßkram in sich hinein. »Zucker ist gut für das Gehirn«, sagte ich ihr. Sie starrte mich an, dann stopfte sie weiter.

Das Schullandheim Dötlingen war ein burgartiges Gebäude mit hellen Räumen und rot karierter Bettwäsche im Erdgeschoss und blau karierter Bettwäsche im Dachgeschoss, was es einfach machte, die Räume zwischen den Jungs und Mädchen aufzuteilen. Ich selbst suchte mir zusammen mit Caro ein Zimmer mit Kühlschrank und dachte daran, dass Dörthe wahrscheinlich gerade meinen wollenen Winterlieblingspullover in einen Umzugskarton packte, um ihre Seidenreizwäsche in meinem Schrank zu deponieren. Ich hätte so gern meine Hände um ihren Hals gelegt. Wenn man den Kehlkopf erwischt, braucht man gar nicht viel Kraft, hab ich gehört.

Nachmittags machten wir eine Wanderung durch die nähere Umgebung. Abends, als es wieder regnete, kramten wir die Spielesammlung der Jugendherberge heraus. Sie hatte Napoleon und die beiden Weltkriege unbeschadet überstanden, und wir Erwachsenen bekamen von einer vollbusigen Dame mit einer karierten Schürze den Auftrag, dafür zu sorgen, dass sie auch in unserer Woche nicht das Zeitliche segnete.

Ich gewann bei *Spitz pass auf* und brachte damit einen kleinen Rotschopf, den sie *Spongebob* nannten, zum Heulen, was eine der beiden Mütter – nicht Caro – zu der spitzen Bemerkung verleitete, dass der Umgang mit Kindern doch ein bisschen mehr Talent erfordere, als lediglich irgendjemandes Tante zu sein.

»Kommt, Leute, machen wir sie fertig«, sagte Schimanski zu den Knirpsen, die ich gerade fertiggemacht hatte, und setzte sich zu uns an den Tisch. Mit diesem Satz wurde aus der Heulsusengruppe eine verschworene Mannschaft, die sich vornahm, Franziska Brunner das Fürchten zu lehren. »Vergesst es«, sagte ich. Die Kinder beobachteten mit Argusaugen den Becher, unter dem der Würfel lag, und warteten auf die 1 oder 6. Sie waren schnell und skrupellos. Aber ich war schneller und skrupelloser. Kaum eine Runde, in der nicht einer der kleinen Einfaltspinsel auf meine Scheinattacken reinfiel. Ich sagte »Ha!« und schnitt ihnen Grimassen. Geschickter als ich war nur noch ein blasser Krümel, der bei jedem Sieg gegen das Tischbein trat.

»Frau Brunner schummelt«, meinte der Krümel, als es mir in einem Blitzangriff gelungen war, seinen Kegel zu grapschen.

»Man kann hierbei nicht schummeln«, erklärte Schimanski. »Aber wenn es ginge, würde sie es tun.«

»Klar würde ich.« Ich schnappte mir mühelos seinen eigenen Kegel. Selbst schuld, wenn er sich ablenken ließ. Der Krümel nutzte meinen Siegestaumel zu einem hinterhältigen Täuschungsmanöver, ergatterte den Becher und hatte in der nächsten Runde auch noch meine rote Figur unterm Becher. Er malträtierte das arme Tischbein. »Der Krümel schummelt«, beklagte ich mich.

»Ich bin kein Krümel. Ich heiß Max«, sagte der Krümel und passte einen Moment nicht auf, so dass er den Becher auf die Tischplatte krachen ließ, obwohl der Würfel nur eine 5 zeigte.

Wieder rumste er gegen das Tischbein, dabei war er doch gerade gescheitert. »Das hat sie absichtlich gemacht«, heulte er.

Ich feixte. Das Mädchen neben mir feixte auch und fing sich vom Krümel einen Rippenstoß ein, der sicher mir gegolten hatte.

»Himmel!«, sagte Schimanski und rollte die Augen. Am Ende verlief der Abend gar nicht so schlecht für eine Frau, die mit dem Gram des Witwenstandes und unerfüllbaren Rachegelüsten zu kämpfen hatte.

Anstrengend wurde es beim Aufstehen. Die Kinder kapierten offenbar nicht, welches Privileg ich ihnen mit dem Achtuhrwecken erkämpft hatte. Sie hüpften um fünf Uhr aus den Federn und wollten etwas unternehmen und unternahmen auch das eine oder andere, und nichts davon machte die Berber glücklich. Nur zur Information: Zahnpaste auf Türklinken ist immer noch das Highlight unter den Streichen. Wobei ich persönlich das Schaumerlebnis interessanter fand, als sie vier Flaschen Shampoo in einen WC-Spülkasten entleert hatten.

»Du musst den Jungswaschraum unter Kontrolle halten«, sagte die Berber zu Schimanski.

»Mach ich auch. Ab acht Uhr«, sagte Schimanski. Und damit hing was Biestiges in der Luft, das die ganzen fünf Tage nicht weichen wollte. Er weigerte sich beharrlich, vor acht Uhr – offizielles Wecken – tätig zu werden. Die Berber flüsterte mit den anderen Begleiterinnen darüber, und ich merkte, sie wollte auch mit mir flüstern, aber ich zog die Gesellschaft von Cora vor, die im verdunkelten Zimmer Eisbeutel gegen ihre Schläfen presste und zu sterben wünschte. »Ich halte den Lärm nicht aus. Kann man die Kinder nicht zum Schweigen bringen?«, hauchte sie.

»Klar. Aber das gibt lebenslänglich. Und in den Gefängnissen schlagen sie mit Löffeln auf die Heizungsrohre, um heimlich miteinander zu kommunizieren«, gab ich zu bedenken.

»Dann nicht«, sagte Caro.

»Komisch, mir hat es richtig gut gefallen«, erklärte ich so allgemein in die Lehrer- und Mütterrunde, als wir am letzten Abend die Meute in den Betten hatten und draußen vor der Tür auf einer Bank saßen und gern eine geraucht hätten, wenn wir Raucher gewesen wären, was wir aber allesamt nicht waren. »Es sind nette Kinder.«

»Sorgen macht mir Arnold«, meinte die Berber. »Er wird vernachlässigt. Man sollte den Leuten vom Jugendamt einen Wink geben. Schließlich trägt man eine Verantwortung.«

»Ich hab ein Auge auf ihn«, brummte Schimanski.

»Was genau kann man sich denn darunter vorstellen?«, kam es spitz von der Kollegin, die sich die ganze Woche bemüht hatte, den Abwaschplan am Laufen zu halten, und darüber entsprechend abgenervt war.

»Ich mach das schon.«

Als die anderen ins Haus gegangen waren und ich mit Schimanski nur noch allein auf der Bank saß, sagte ich: »Die Mutter von Arnold misshandelt ihre Kinder.«

Schimanski kaute auf seinem Kaugummi. »Im Ernst?«

»Also einen von ihnen. Sie hat ihm eine runtergehaun.«

»Herbert?«

»Ich glaube, es war Sebastian.«

Schimanski nickte bedächtig. »Also, um das mal ein bisschen zurechtzurücken: Wenn Frau Müller dem Sebastian eine klebt, ist das keine Misshandlung. Misshandlung wäre, wenn es umgekehrt geschähe. Wenn Sebastian zuschlägt. Der ist nämlich drei Köpfe größer als seine Mutter und hat Schultern wie ein Grizzly.«

»Aber die Jungs lernen daraus was Blödes.«

Schimanski beugte sich vor. Er verschränkte die Hände, stützte die Ellenbogen auf den Oberschenkeln ab und kaute wieder.

»Finden Sie es in Ordnung, wenn ein Mensch einen anderen Menschen schlägt?«, wollte ich wissen.

Er dachte drüber nach. Dann wies er zu dem Schuppen, in dem das Jugendheim seine Gartengeräte aufbewahrte. Über dem Dach des Schuppens funkelten die Nachtgestirne – ein Haufen goldener Krümel, die Frau Mond vom Tisch zu wischen vergessen hatte. »Sehen Sie den Stern dort oben links über der Buche?«

Ich bin kein Biologe, ich weiß nicht, wie eine Buche aussieht. Auch die Sterne waren für mich eine einzige glitzernde Unordnung.

»Er heißt *Polaris*«, erklärte Schimanski. »Polarstern. Er ist der letzte Stern an der Achse des kleinen Wagens. Der hellste Stern am Himmel, wenn man sich auf sein Auge verlässt.«

Ich nickte beeindruckt.

»Bei den Griechen nannten sie ihn *Phoenice*, bei den Astronomen heißt er *Alpha UMi*. Eigentlich ist er ein Doppelstern mit einem weiteren, kleineren Begleiter, es handelt sich also um ein Dreifachsternsystem. Polaris Aa ist dabei ein Überriese und ungefähr zweitausendmal so hell wie die Sonne.«

»Mannomann!«

Schimanski stieß ein Steinchen mit dem Fuß beiseite. »In der Schifffahrt hat man früher mit Hilfe von Polaris den Kurs bestimmt. Aber die Sterne bewegen sich. In etwa 12 000 Jahren wird die Wega der neue Polarstern sein.«

»Ach!« Ich wartete.

»Was ich damit sagen will … Wenn Frau Müller ihrem Sebastian eine klebt, ist das nicht schön, aber keiner von den beiden nimmt's schwer. Es ist eine Art Ritual in der Familie, mit dem

Frau Müller ausdrückt, dass ihr ihre Jungs etwas bedeuten und dass sie sie deshalb auf dem Pfad der Tugend halten will. Ich billige es nicht, ich würde es ändern, wenn ich könnte, aber ich schaff's auch nicht, mich darüber wirklich aufzuregen. Die echte Katastrophe kommt nämlich erst nächstes Jahr, wenn Sebastian keine Lehrstelle findet. Das wird beiden – Frau Müller *und* dem Jungen – richtig an die Nieren gehen.«

»Oje.«

Schimanski nickte. »Und es sieht mau aus, weil Sebastian es nicht mit der Pünktlichkeit hat und deshalb aus jedem Praktikum fliegen wird und denkbar schlecht bei den Bewerbungen startet.«

»Könnte man ihm das mit der Pünktlichkeit nicht erklären?«, schlug ich vor.

»Er kapiert es nicht. Sebastian besteht aus einem Dutzend Inselbegabungen und hat damit das Potential, durchs Leben zu kommen. Leider gehört Pünktlichkeit nicht dazu.« Schimanski hob ratlos die Schultern.

»Also, ohne jetzt ablenken zu wollen – was hat das mit Polaris zu tun?«

Er seufzte. Ein aufmerksamer Beobachter hätte Rauch aus seiner imaginären Zigarette aufsteigen sehen können. »Das ist der Punkt, wo ich selbst ins Spiel komme. Ich bin Sebastians Lehrer. Ich sollte etwas unternehmen. Erziehen. Kreativ einschreiten. Aber ich merke, dass ich in letzter Zeit anfange, Sebastian und seine Zu-spät-komm-Katastrophe anders einzuschätzen. Sehen Sie, gemessen an der Tatsache, dass in 12 000 Jahren die Wega die Stelle des Polaris eingenommen hat und in 7,59 Milliarden Jahren unsere Erde in der Sonne verglüht – ist es da nicht blöd, sich Sorgen um Sebastians Einstellung zur Pünktlichkeit zu machen?«

»O Gott«, sagte ich. Und dann: »Nein, nein … neinneinnein, das geht nicht. Auf keinen Fall. Man darf den Sebastian und sein Zeitgefühl nicht im Licht einer verglühenden Erde betrachten. Das ist … schofelig. Haben Sie nicht einen Hippokrates-Eid für Lehrer geleistet?«

Schimanski grinste traurig. »Das Tragische ist, dass wir es mit einer Weichenstellung zu tun haben. Sebastian ist wie eine von diesen Loks, die in den Kellern alter Einfamilienhäuser über die Schienen düsen. Er hat kein übertrieben komplexes Gehirn. Aber wenn man ihn einmal in Bewegung setzt – auf dem richtigen Gleis, versteht sich –, dann würde er sich daran gewöhnen, wann er aus den Federn muss, und er würde im Kreis zuckeln bis zur Rente, und alles wäre gut. Man könnte also etwas erreichen. Und Sie haben ganz recht: Ich bin der Kerl, der die Weiche stellen sollte. Ich bin nur so müde, Franziska. Das Weichenstellen strengt mich an.«

»Mensch.« Ich war gerührt, wie viele Gedanken Schimanski sich machte, und stieß ihm meinen Ellbogen in die Seite. Wir schauten beide zu Polaris hinauf – also ich zu dem, was ich dafür hielt –, und ich versuchte mir Sebastian als paffende Lokomotive vorzustellen, die zwischen den Glitzerpunkten kurvte. Ich kann Ihnen versichern: Der Anblick wärmt das Herz. Eine Zeitlang schwiegen wir wie zwei alte Indianer, wenn das Lagerfeuer verglüht. Traurig, aber auf eine erhebende Art.

Als ich schließlich meine Beine ausstreckte, weil mein Fuß einzuschlafen drohte, war mir einen Moment, als schwappte etwas gegen meine Zehen. Eine Welle, die möglicherweise von der Bewegung eines großen Fisches herrührte. Aber ich achtete nicht darauf. Ich war doch gerade so krümelsternchenzufrieden.

Als ich von der Klassenfahrt zurückkam, erzählte mir Geli schon an der Haustür, dass Norbert sich in meinem Namen bei der Post beschwert hatte. Er hatte in einem Protestschreiben mit vielen Ausrufezeichen und überraschendem emotionalem Einsatz dargelegt, wie Ingmars verspätet zugestellter Brief dessen Witwe ins Herz traf. Auf der Kommode lag ein Formbrief der Post mit einer Entschuldigung, der man gleich noch ein Angebot für ein gebührenfreies Girokonto und eine Anlageberatung beigelegt hatte. »Solche Idioten!«, rief Norbert entrüstet, als ich ihm den Schrieb zeigte. Ich kniff ihn in den Arm und sagte ihm, wie viel mir sein Beistand bedeute.

»Mensch, Franzi, aber du *bist* gar keine Witwe«, hielt mir Geli später in der Küche wieder vor, und ich sagte ihr, dass sie keine bescheuerten Geschichten über tote Flugzeugpassagiere erzählen dürfe, wenn mein Witwenstand sie so aufrege. Und außerdem könne man sich ja wohl noch freuen, wenn man einen Bruder hat, der für seine Schwester auf die Barrikaden steigt.

»Du musst Norbert reinen Wein einschenken!« Geli schwenkte ein Petersilienbüschel, das sie gerade in einem Glas Wasser verstauen wollte, unter meiner Nase, um mir klarzumachen, wie ernst sie es meinte.

»Ja doch. Aber dafür brauche ich den passenden Zeitpunkt. Und der ist definitiv nicht jetzt, wo er gerade 55 Cent in Porto und noch mehr Geld in eine Todesanzeige investiert hat. Du weißt doch, wie er Verschwendung hasst. Er reibt mir heute noch unter die Nase, dass ich die Vogelkacke auf eurem Flitterwochenauto mit fünf Tempos abgewischt habe, wo ich's auch mit dreien hätte schaffen können. Aber …« Ergeben hob ich die Hände: »Ich mach's schon noch.«

Die Gelegenheit kam am Wochenende. Norbert trug erneut einen Brief ins Wohnzimmer. »Er ist von einer Anwaltskanzlei,

Franzi. Brötje und Kellermann. Komisch. Was hast du denn mit einem Anwalt zu tun?«

Ich formulierte die Antwort versuchsweise im Kopf vor: »Das mag dir jetzt merkwürdig erscheinen, irgendwie, aber Ingmar will sich von mir scheiden lassen, und das hier ist sicher ein Brief von seinem Scheidungsanwalt, und … ja, so richtig tot ist er auch nicht …«

Norbert musterte mich. Sein Hemd spannte unter der vor Lebenskompetenz aufgeplusterten Brust. Noch war er voller Anteilnahme, aber ich konnte schon sehen, wie seine Lippen sich vorstülpen und sein Mund sich zu einem Schlund formen würde. *Waaaas?*

Ich bin sensibel. Meine Kindheit war erfüllt von niederträchtigsten Tiefschlägen: »Mama, lass *mich* die Sprudelflasche aufmachen. Franzi spritzt nur … Lass *mich* die Pfannkuchen umdrehen. Franzi kleckert ...« Als Mutter uns erzählte, dass ich vierzehn Stunden für die Geburt gebraucht habe, Norbert aber nur sechs, hatte er mir das monatelang aufs Butterbrot geschmiert und sich dabei zu Demonstrationszwecken auf dem Sofa gewunden wie ein armer Wüstentourist, der im Treibsand zappelt. »Franzi brauchte vierzehn Stunden ätschbätsch …«

Geli, die uns gehört hatte, stand in der Tür, wo sie ähnliche Bewegungen vollführte, mit denen sie mich zu einer Beichte ermuntern wollte, aber ich hörte nur Norberts oberlehrerhaft entrüstetes: *Waaaas?* Himmel, so ein Wichtigtuer!

»Sicher ist es wegen der Beerdigung«, sagte ich. »Die Friedhofsgärtnerei hatte die falschen Blumen geliefert.«

»Und deshalb konsultierst du einen Anwalt?«, fragte Norbert verblüfft.

»Der Sarg war auch falsch. Aber daran hatte das Beerdigungsinstitut Schuld. Eigentlich an beidem – an den Blumen *und* dem Sarg.«

Jetzt leuchtete Norbert der Anwalt ein. Er regte sich über die Schlamperei auf und tröstete mich. »Donnerwetter, wenn ich dran denke, was man hinlegt für den Service, und dann so was! Franzi, aber du hättest dich nicht selbst darum kümmern müssen. Genau für so was hat man schließlich Verwandtschaft.«

Ich murmelte etwas, und Geli zog sich zum Eierpellen in die Küche zurück. Um Norberts Fragen zu entgehen, stieg ich mit dem Brief in mein Zimmer hinauf. Ich hielt das Kuvert in der Hand und wollte es schon öffnen, doch dann zögerte ich.

Haben Sie noch präsent, wie Martin Brody zum ersten Mal mit dem weißen Hai konfrontiert wurde? Wenn ich mich recht entsinne, erhielt er einen Anruf: »Hallo, wir haben eine tote Schwimmerin gefunden und … ey, die sieht komisch aus. Irgendwie angeknabbert.« Noch nichts Dramatisches, aber Brody hatte sofort das Gefühl, dass etwas nicht stimmte.

Der Brief hatte auf mich eine ähnliche Wirkung. Er erzeugte ein ungutes Gefühl. Dann fand ich es aber zu deprimierend, etwas über Scheidungen zu lesen, und genau darum würde es in dem Brief doch gehen, nicht wahr? Ich dachte: *Ingmar, du kannst mich mal!*, und legte das Schreiben in die Nachttischschublade und vergaß es, bis die Sache mit den Bionicles passierte.

Das war am Freitagabend. Ich kam mit Geli vom Einkaufen zurück, und wir trugen gerade die Sachen ins Haus zurück, als wir Oles zitternde Stimme hörten: »Hab ich aber gar nicht.« Alarmiert ließ Geli den Einkaufskorb auf den Küchentisch sinken.

»Und wie würdest *du* es nennen, wenn jemand ein Spielzeug in die Hosentasche steckt und damit rausgeht, ohne zu bezahlen?« Das war Norberts Stimme, schwül und drohend wie ein Gewitter.

»Ich hab den Mut geprobt«, sagte Ole.

Wir liefen ins Wohnzimmer. Norbert saß auf der Couch, Ole stand vor ihm wie ein kleiner Sünder. Im Sessel hatte es sich eine Frau in einer Polizeiuniform bequem gemacht.

»Dein Sohn hat gestohlen«, rief Norbert tragisch, als er Gelis ansichtig wurde. Er hob die Arme und ließ sie wieder sinken. Ein Mann, der getan hatte, was in seinen Kräften steht, um sein Kind zu einem anständigen Menschen zu erziehen. Nur dass Geli mit ihrer ständigen Nachsicht alles zunichtemachte. Ist schon spannend, was man mit einem einzigen Armeheben und -senken alles ausdrücken kann.

»Gestohlen?«, fragte Geli verdattert.

»Na ja – er hat was mitgehen lassen bei Edeka«, mischte sich die Polizistin ein. »Eine von diesen komischen Lego-Monsterfiguren, auf die die Kinder so scharf sind.«

»Ein Monster«, schrie Norbert und hob noch einmal die Arme. Sein Sohn spielte mit Monstern, und zweifellos erdachte er dabei brutalste Gewaltszenarien. Das hatte Geli also auch versaut. Wo man doch in jeder Zeitung lesen konnte, was dieses schreckliche Zeug in Kinderseelen anrichtete. Nur noch eine Frage der Zeit, bis der Junge mit einer Maschinenpistole durch das Ekelborner Einkaufszentrum lief.

Ole schaute durchs Fenster in den Garten, wo er jetzt sicher gern gewesen wäre.

»Er ist ja noch nicht strafmündig«, beschwichtigte die Polizistin. »Aber nachhaken muss man schon. Dieser andere, der Junge, mit dem er zusammen war, ist nämlich ein Gewohnheitsklauer.«

Es war keine Überraschung, dass Norbert erneut die Arme hob. Geli schrumpfte auf Nippesfigurengröße. Ich bin sicher, in diesem Moment verfluchte sie ihren Teeladen, der sie dazu verleitet hatte, ihr kostbares Fleisch und Blut in den Abgrund des Verbrechens gleiten zu lassen. Aber an Oles Freund trug sie keine Schuld, das wurde mir schlagartig klar, als die Frau sagte: »Der Junge heißt Arnold Müller. Einer von diesen Frühkriminellen.«

»O Gott!«, rutschte es mir raus.

»Bitte?«, fragte die Polizistin. Diese Kriminalbeamten haben ein Auge dafür, wer mit ihrer verbrecherischen Klientel unter einer Decke steckt.

»Ich meine nur – ich kenne Arnold. Auf mich wirkte er ganz nett«, sagte ich lahm.

»Wir wollten nur den Mut proben«, erklärte mir Ole. Auf dem Esszimmertisch lag eine Papierschwalbe, die er gebastelt hatte, bevor er auf seinen Raubzug ging. Ein niedliches, kleines Ding, etwas schief, wie Kinder eben basteln. Es trug einen offiziell aussehenden Absender, der mich einen Moment lang irritierte, aber Norberts Stimme lenkte mich sofort wieder ab. »Mein Sohn treibt sich also mit einem netten Gewohnheitsdieb herum, den wir in fünf Jahren auf Steuerzahlerkosten zur Resozialisierung in die Karibik schicken, damit er lernt, seine schmutzigen kleinen Finger aus anderer Leute Taschen zu lassen«, meinte er sarkastisch.

Blödsinn, hätte ich gern gesagt. In fünf Jahren würde Arnold viel zu viel damit zu tun haben, das Baby zu wickeln, das er aus Versehen gezeugt hatte. Ich hasse Vorurteile!

»Dieser Kontakt wird natürlich mit sofortiger Wirkung unterbunden«, verkündete Norbert.

»Das heißt, dass du dich nicht mehr mit Arnold treffen darfst«, übersetzte Geli ihrem Sohn.

Ole machte ein verstocktes Gesicht. Wahrscheinlich weil er an den Spinosaurus dachte. Oder aus tieferen Kameradschaftsgefühlen. Er musste in sein Zimmer gehen, und die Polizistin ließ sich versichern, dass wir uns um das Früchtchen, das wir großzogen, kümmern würden. Norbert verschwand in seinem Arbeitszimmer und tröstete sich mit der Überprüfung der Telefonrechnung, und Geli legte kreidebleich das feuchte Klopapier in die Schublade im Gäste-WC.

Ich selbst stand einen Moment lang ratlos im Wohnzimmer. Dann rettete ich Oles Flieger, indem ich ihn in mein Zimmer brachte, ohne allerdings einen weiteren Blick auf den Absender zu verschwenden. Stattdessen machte ich mich auf den Weg zu Müllers, um ihnen zu erklären, dass Oles und Arnolds Freundschaft ein Ende hatte. So viel war ich Geli schuldig, nachdem sie mich selbstlos aufgenommen hatte.

Die Gegend, in der die Müllers wohnten, konnte man nicht gerade als fein bezeichnen. Es sah aus, als hätte in einer Gerümpelecke des properen Ostfrieslands das Nachkriegsdeutschland überlebt. Überall standen triste Wohnblocks, von deren Wänden die Farbe blätterte. Die wenigen Büsche auf dem ungepflegten Rasen sahen staubig aus, und die Hummeln, die über dem Unkraut flogen, wackelten angeödet mit den Hinterteilen. Einzig ein Fahrradskelett, das seinen angerosteten Lenker gen Himmel streckte, zeigte noch ein wenig Kampfgeist. Aber ich hätte es schäbig gefunden, über Arnolds Heim die Nase zu rümpfen. Das Schicksal spielt mit gezinkten Karten, und nicht jeder hat das Glück, ein Haus mit nackten Betonwänden und offenen liegenden Heizungsrohren abzubekommen. Trotzdem hatte ich Schiss. Was weiß man schon, wie eine prügelnde Mutter darauf reagiert, wenn man einem ihrer Jungs die Freundschaft kündigt?

Ich klingelte und sandte ein inbrünstiges Gebet zum Himmel, dass mir niemand öffnen möge. Der Herrgott war aber anderweitig beschäftigt – der Summer ertönte augenblicklich. Mit einem flauen Gefühl im Magen stapfte ich die Stufen hinauf.

Die Tür in der dritten Etage stand offen. Zögernd trat ich in einen dunklen Flur, der von Pizzaduft erfüllt war. »Hallo?«, flüsterte ich, bereit, sofort wieder ins Freie zu stürzen, sollte man mich nicht bemerken.

Ich hatte Pech. Eine Zimmertür ging auf und Arnold schaute durch den Spalt. Er war cleverer als Ole, er wusste sofort, was mein Besuch zu bedeuten hatte, und knallte die Zimmertür wieder zu. Abhauen ging nun nicht mehr, wollte ich nicht den letzten Rest Selbstachtung verlieren. Ich drückte mich an den schweren Lederjacken vorbei, die an der Flurgarderobe hingen, klopfte an die Wohnzimmertür und trat nach einem Moment des Zögerns ein.

Arnolds Brüder saßen vor mir auf dem Sofa – drei Kerle, denen die berstenden Oberarmmuskeln die T-Shirts ruinierten und die sichtlich schlecht drauf waren. Das Verwirrende an ihnen waren die engelhaften Gesichter, die sie mit Arnold teilten. Lauter kleine Botticellis. Nur mit einer Ausstrahlung wie die Hells Angels, fand ich. In einem Sessel hatte es sich die prügelnde Sippenmutter bequem gemacht. Sie war eine rundliche, kleine Dame mit einer hinreißenden Lockenkurzhaarfrisur, die aussah, wie von einem Starfriseur kreiert, auch wenn sie vermutlich mit einer Nagelschere über dem Waschbecken geschnitten worden war. Manche Menschen haben einfach Glück. Ich entdeckte einen weiteren Müller-Sohn, den ich im Alter zwischen Arnold und den Großen schätzte. Er hockte auf dem Boden und zappte sich durchs Fernsehprogramm.

Und dann saß da noch in einem dunkel gemusterten Sessel mit abgeschabten Lehnen – Schimanski. Keine Ahnung, was ihn genau in diesem Moment zu den Müllers verschlagen haben mochte. Normalerweise neigt das Schicksal ja eher dazu, uns eins reinzuwürgen.

»… kriegen wir das hin«, hatte Schimanski gerade gesagt, als ich eintrat. Ich hätte ihn umarmen mögen – den Mann, der verhindern würde, dass man die arrogante Zicke zusammenschlug, die Arnold den Umgang mit ihrem Nesthäkchen verbieten wollte. Vor einem Lehrer würde die Bande sich doch zusammenreißen, oder?

»Ole kann morgen nicht mit Arnold spielen. Also … eigentlich die ganze Woche nicht«, brachte ich meine Botschaft raus.

Einer der Jungs ließ die Fingerknöchel knacken. Vor ihm auf dem Kacheltisch lagen mehrere grünlich schimmernde Skelett-Roboterfiguren mit Waffen in den Händen, die aussahen wie eine Kreuzung aus Flitzebogen und Maschinengewehr. Daneben eine seltsam geformte Pappschachtel mit der Aufschrift *Bionicle*. Teil des Diebesguts, ohne Zweifel.

»Ole hat so viel mit den Schularbeiten zu tun«, ergänzte ich. »Leider.«

Schimanski stand auf und gab mir die Hand. »Ist ja ein Jammer«, meinte er.

Frau Müller war in Gedanken offenbar immer noch beim Gespräch. »Basti steht pünktlich um sieben beim Kredowski auf die Matte«, versprach sie und schlug einem ihrer Söhne, wahrscheinlich Sebastian, auf den Hinterkopf. Der Junge gab ein zustimmendes Knurren von sich. »Mein Basti is 'n braven Kerl. Nur faul wie Scheiße«, klärte Frau Müller mich über den Charakter ihres Sohnes auf. Basti nickte zustimmend, dieses Mal ohne Kopfnuss.

Schimanski nickte auch. »Und ich warte auf dich, kapiert? Wenn du nur eine Sekunde zu spät bist, kriegst du den Ärger deines Lebens.«

Einer von Sebastians Brüdern gab ein gackerndes Geräusch von sich, das wie Häme klang und mich an mich selbst erinnerte, damals, als Norbert aus Versehen Mamas Hochzeitssammelteller von der Esszimmerwand geschossen hatte. »Halt die Klappe, Herbert«, sagte Frau Müller.

»Ole hat keine Zeit mehr zum Spielen?«, fragte mich Schimanski, als wir wenig später im Freien standen.

»Also genau genommen mögen wir nicht, dass Arnold ihn zum Klauen verführt«, gestand ich.

»Ach!« Schimanski trat zu einem silbernen Motorrad, das protzig neben dem Hauseingang stand. »Was haben die beiden denn geklaut?«

»Solche grünen Gestalten wie die, die oben auf dem Tisch bei den Müllers lagen.«

»Bionicles?«

»Ja.«

»Ist denn sicher, dass es nicht umgekehrt war?«

»Was?«

»Na, dass es nicht Ole war, der den Arnold zum Klauen anstiftete?« Schimanski zog die Brauen hoch, als er mein entrüstetes Gesicht sah. »Ich weise nur drauf hin. Kinderseelen sind voller Abgründe. Wie lange gilt denn das Spielverbot?«

»Für immer und ewig und sechseinhalb Stunden. Ich hoffe, ich hab das oben rüberbringen können?«

Schimanski lachte. Er stieg auf seine Maschine und tat, was man tun muss, damit sie erdbebenartige Geräusche von sich gibt.

»Könnten Sie Arnold nicht erklären, dass Klauen untolerierbar ist?«, bat ich mit erhöhter Lautstärke.

»Worauf Sie Gift nehmen können. Und Ole kriegt sein Fett auch weg. Sind Sie zu Fuß gekommen?«

»Was?«

»Sind Sie zu Fuß hier rüber?«

Ich nickte, und weil es schon so spät war und Schimanski es so nett anbot, ließ ich mich von ihm heimfahren.

Oben in meinem Zimmer lag auf dem Bett immer noch der Flieger von Ole. Ich legte ihn auf die Kommode und wollte mich schon abwenden, und genau in diesem Moment kam mir wieder der Absender in den Blick. *Brötje und Kellermann.* Es dauerte einen Moment, ehe es bei mir klickte. Das war doch der Schrieb aus Ingmars Kanzlei. Offenbar hatte sich Ole bei dem Papier für seine Basteleien in meinem Nachttisch bedient – was Schimanskis hingeworfener Bemerkung, dass auch Ole der Anstifter zum Diebstahl hätte sein können, neue Substanz verlieh.

Zögernd setzte ich mich auf die Bettkante. Ich fand, dass ich mich nicht länger drücken konnte, und entfaltete den Flieger. *Sehr geehrte Frau Brunner …*

Ich vertiefte mich in das Schreiben, und während ich es entzifferte, Wort für Wort, zur Musik der Nussknackersuite, die Norbert im Wohnzimmer hörte, mutierten die Buchstaben zu spitzen Haizähnen. Ein scharfer Schmerz schnitt sich durch meinen Körper.

5

»Das glaub ich nicht!«, schrie Geli fassungslos. Sie glaubte es aber doch, weil sie Ingmar inzwischen alles zutraute. Die es nicht glauben konnte, war ich.

Rückblende: Es war Nikolaus 2000 nachts um halb zwei. Ich hatte eine Freundin besucht, mich verquatscht, mich anschließend in den Bielefelder Bundes- und Nebenstraßen verfahren und war mit einem Bambi zusammengestoßen, das nicht wusste, dass es sich ausschließlich während der Dämmerung vor die Autos schmeißen durfte, weshalb ich nicht vorbereitet war, als es mir vor den Kühler lief. Die Polizei war gekommen und tat ihre Pflicht, aber mir war schlecht, und der Scheinwerfer vom Auto war kaputt und der Polizist wollte meine Fahrzeugpapiere sehen, obwohl doch jeder weiß, dass man die nicht im Auto lassen darf, wo sie gestohlen werden, und das arme Bambi … egal.

Der Polizist ließ mich zu Hause anrufen, und Ingmar sprang aus dem Bett und kam mit einem Affenzahn über die B476 nach Siedinghausen gerast, um mir beizustehen. Er hatte sogar an Tabletten gegen Übelkeit gedacht und stimmte allem zu, was ich über den Intelligenzquotienten des Polizisten zu sagen hatte. Er war wie die Kuscheldecke, in die ich früher mein Gesicht knautschte, wenn mir zum Heulen zumute war.

Weitere Rückblende: Zu Weihnachten, zwei oder drei Jahre

später, hatte Ingmar meiner Mutter die sündhaft teure Porzellanteller-Sammelkollektion »Mit Katzenkindern durch das Jahr« spendiert, weil es mich so kränkte, dass Norbert mir die Fritteuse weggeschnappt hatte, die sie sich wünschte. (Aber nur halb so sehnlich wie die Katzen. Hoffentlich denkst du jeden Heiligabend daran zurück, Bruder – sie hat die Teller länger als die Friteuse in der Hand gehalten und *doppelt so breit* gegrinst!) Ingmar und ich waren ein Team – das will ich sagen. Zwei Menschen, die durch dick und dünn zusammenhielten. Die sich aufeinander verlassen konnten.

»Es kann doch nicht sein, dass so ein blödes Holzding hundertfünfzigtausend Euro wert ist«, stöhnte Geli. Sie hatte sich auf dem Rand des Sandkastens neben der Terrasse niedergelassen und studierte beim Schein des Lichts, das aus dem Küchenfenster drang, immer noch den Brief, den Ingmar mir durch seinen Anwalt hatte schicken lassen.

Sehr geehrte Frau Brunner, blablabla … und da diese von Ihnen mutwillig zerstörte Niccolo-Gagliano-Geige einen Wert von wenigstens hundertfünfzigtausend Euro (in Zahlen 150.000,- € – Schätzung durch einen Experten ist beigelegt) besitzt und dieser Schaden selbstverständlich durch Ihre Person zu tragen ist, stellen wir Ihnen – nach Aufrechnung Ihres Anteils am ehelichen Vermögen wie unten aufgeführt, und blablabla, sodass wir Sie bitten möchten, eine Restsumme von 124,67 € auf das Konto meines Mandanten zu überweisen. Sollten wir uns rasch einigen können blablabla … und mein Mandant wäre bereit, von einer Anzeige wegen Körperverletzung abzusehen und … bla!«

»Ihr hattet wirklich ein so teures Ding im Haus?«

»Keine Ahnung«, sagte ich hilflos. »Ich meine – ja, ich wusste, dass es eine gute Geige ist, aber doch nicht, was sie kostet. Sie war eben immer da. Mensch …« Ich begann darüber zu grübeln, wann Ingmar 150.000,- € auf unserem ständig im Miesen stehenden Konto abgezweigt haben mochte. Hatte er vielleicht geerbt, als sein Vater starb, ohne mir davon zu erzählen?

Geli war mit ihren Gedanken schon weiter. »Man kann einen Menschen mit einer Geige gar nicht verletzen. Vielleicht mit einem Kontrabass oder einem Cello. Das lässt sich bestimmt ausrechnen: Flugkraft mal Masse durch Zentimeter oder so. Eine Geige ...«

»Er hat mir nach meinem Besuch geschrieben und sich entschuldigt, dass er mir wehgetan hat. Ingmar bei *mir«,* betonte ich.

»Wirklich?«

»Ja. Weil es ihm wahnsinnig leidgetan hat, dass ich ihn mit dieser Dörthe im Bett erwischt habe.«

»Dörthe heißt das Miststück?«

»Sie hat rote Locken, das Hexenrot aus der Werbung, das aussieht, als hätte man einem brunftigen Hirsch die Mähne geklaut.«

»Ich glaube, die haben keine Mähne, sondern ein Geweih. Es sei denn, du meinst das Fell, aber ...«

»Geli«, unterbrach ich meine Schwägerin gequält.

Sie stand auf, faltete den Brief vom Anwalt zusammen, trug ihn auf den Tisch und stellte mein Glas darauf, damit er nicht davonflog. Keine Ahnung, warum sie das verhindern wollte. »Dörthe und Arnold«, sagte sie düster, während sie sich in einen Terrassenstuhl plumpsen ließ. »Wir sind Opfer fremder Bösartigkeit, Franzi. Warum kann Arnold nicht mit anderen kleinen Dieben spielen und Ole in Ruhe lassen? Und Dörthe sich einen Liebhaber ... Hat sie keinen Beruf?«

»Sparkasse.«

»Dann kann sie sich doch einen Lover vom Schalter angeln und es mit ihm im Tresorraum treiben, wo sie auch niemandem lästig fallen würden mit ihrem schamlosen Benehmen.«

Ich schaute meine Schwägerin liebevoll über Glas und Anwaltsbrief hinweg an. Echt, verdammt! Was täte ich nur ohne sie?

»Und nun?«, fragte sie, während sie deprimiert nach den Mücken wedelte. »Ich meine … bist du jetzt finanziell am Ende?«

Ich verdiente mit meinen Übersetzungen ungefähr 2000,- € im Monat, mal mehr, mal weniger. Keine Ahnung, ob mir damit der Hungertod drohte. Ingmar und ich hatten nie viel gerechnet – da waren wir beide Künstlernaturen gewesen. Wir waren eben immer gerade so ausgekommen. Irgendwie. Und wovon wir die Geige … Ach zum Teufel, diese Geige! Ich versank in Trübsinn. Hatte vielleicht Dörthe den Anwalt beauftragt? Ohne Ingmars Wissen? Kaum vorstellbar. Der Mann hatte ja immerhin Ingmar als Mandanten angegeben. Wie es aussah, hing mein Exmann an den Schnüren seiner Gespielin und tat, was sie wollte. Das Anwaltsschreiben war sicher Dörthes kalkulierendem Gehirn entsprungen, aber Ingmar wusste davon.

In der folgenden Nacht gab ich einem Hang zum Masochismus nach, von dem ich gar nicht gewusst hatte, dass ich ihn besaß. Ich öffnete das Internet und setzte mich auf Dörthes Spuren. Das widerliche Weib hatte am Herforder *Königin-Mathilde-Gymnasium* Abi gemacht. Ich fand sie in der Ehemaligen-Datenbank mitsamt Foto und dem Hinweis, dass sie mit ihrem Alice-im-Wunderland-Auftritt beim Kreativnachmittag des Gymnasiums die Herzen der Eltern erobert hatte. Da war sie dreizehn gewesen. Keine Ahnung, warum jemand bescheuerte Fotos aus der Dinosaurierzeit aufbewahrte, um damit im Hier und Jetzt die Datenautobahnen zu verstopfen.

Dörthe hatte 1988 Abi gemacht. Und sich wahrscheinlich dabei nicht mit Ruhm bekleckert, denn sie begann im Herbst eine Lehre bei der Sparkasse. Da hatte sie es dann allerdings flink zur

Filialleiterin gebracht. Ich fand sie etliche Male im Westfalenblatt erwähnt, meist mit Bild. Sie war eine engagierte Frau, die sich anfangs für bedrohte Tierarten einsetzte und später – ab 1997 – für Künstler. Der Zusammenhang leuchtete ein.

Zu den Künstlern war sie wohl gewechselt, weil mit ihnen mehr Öffentlichkeit zu erzielen war. Denn nun glänzte Dörthe fast quartalsmäßig vor Gemäldeausstellungen im Foyer ihrer Sparkasse, oder sie hing an den Armen bärtiger Schriftsteller bei launigen Sektempfängen, die entweder ebenfalls in der Sparkasse oder in einem in der Nähe liegenden Edel-Lokal stattfanden. Sie trug immer hautenge Kleider, die ein bisschen verrucht aussahen und ihr – verdammt, ich hätte heulen können – auch noch standen. Ihre Mähne wallte. Und vielleicht war ich die einzige, die den Giftzahn in der Perlenreihe zwischen ihren Lippen entdeckte. Er saß links oben, und ich wünschte ihr Karius und Baktus auf den schneeweißen Schmelz.

Das aktuellste Bild zeigte sie neben Ingmar, der ihr mit einem vertrottelten Lächeln die Sparkassenfilialentür aufhielt. Im Hintergrund konnte ich eines seiner Bilder erkennen. Viel bunte Farbe, die ineinandergelaufen war und an die Schmiere erinnerte, die im Abwaschbecken zurückbleibt, wenn man das Spülwasser hat rauslaufen lassen, ohne nachzuputzen. Ich erinnerte mich, dass Ingmar es *Interpretation eines hedonistischen Wohlstandsidylls* genannt hatte. Er nannte seine Bilder gern *Interpretation* – keine Ahnung, warum. Die Farben waren übrigens aus Versehen ineinandergelaufen. Ich weiß noch, wie er geflucht hatte, weil ich gegen sein Pinselglas gestoßen war. Nachher hatte es ihm aber doch gefallen. Eigentlich gefiel ihm alles, was am Ende eines Tages seine Leinwand füllte.

Im Artikel zum Foto stand zu lesen, dass die Kunstkritik den kompromisslosen Mut lobte, mit dem Ingmar einer durch hysterische Selbstbespiegelung zersetzten Generation die Maske des geheuchelten Glücks vom Gesicht riss. Der kompromisslose Mut bezog sich vielleicht auf den deutlich erkennbaren Zahnpastaklecks am Rand des Bildes, den ich ebenfalls verschuldet hatte und den er hatte stehen lassen, obwohl er ihn eklig fand.

Dörthe strahlte in die Kamera und erklärte, wie tief es sie bewege, dass sie einen klitzekleinen Beitrag dazu habe leisten können, einen der begabtesten Künstler der Gegenwart ins Licht der Öffentlichkeit zu locken. Ihre wohlgeformten Finger lagen auf Ingmars Orchesterjackett, und jeder ihrer passend zur Haarfarbe lackierten Nägel giftete: Meins!

Ich ballte die Fäuste. Mein Blick traf sich mit dem Peter Pans. Sie ist zu weit gegangen, flüsterte ich. Sein Daumen zeigte nach oben, und das war der Augenblick, in dem ich mir schwor, es den beiden heimzuzahlen.

Vorerst fehlte mir dafür allerdings der brillante Einfall. Dafür klopfte Ocke Bünting bei uns an und lud mich ein, mit ihm zu einem Jazzkonzert des norwegischen *Mathias Eick Quartet* zu gehen, das im *Haus des Gastes* stattfinden sollte. Widerstrebend ließ ich das Rache trommelnde Männchen in meinem Herzen eine Pause einlegen. Denn Mathias Eick war Klasse. Ich hatte seine Band einmal in Hannover gehört und war seitdem ein Fan. Und was für einer. Bei den melancholischen Stücken mit der Trompete, die von Eick selbst gespielt wurden, konnte ich wegschmelzen. »Mensch«, sagte ich, »Mathias Eick! Mensch!«

Ocke strich sich das schwarze Schnauzbärtchen, und ich sah, dass er sich freute. Ingmar hatte mit Jazz nicht viel am Hut gehabt. »Kneipengekuschel« hatte er es immer genannt, und zu Mathias Eick hatte er mich nur begleitet, weil er vergessen hatte, das Auto zum TÜV zu bringen und ich deshalb Ärger bei einer

Polizeikontrolle bekommen hatte und er das wiedergutmachen wollte. Aber Ocke hatte die Karten selbst ausgesucht. Ich konnte mein Glück kaum fassen.

Als wir uns am Samstagabend dem *Haus des Gastes* näherten – einem achteckigen Klinkergebäude mit roten Ziegeln und grünen Bänken für die Touristen –, tröpfelte es und der Wind blies frisch. Der Sommer war in den Herbst übergangen. Ocke machte für mich eine Privatführung und zeigte mir den Raum hinter der Bühne, wo ich einen Blick auf den Schlagzeuger von Mathias Eick erhaschte, der Gurkenscheiben auf einem Salamibrot drapierte und Anstalten machte, die restlichen Gurken auf seinem Gesicht zu verteilen. Ich mag Menschen, die, wo auch immer sie sind, in sich ruhen. »Klasse, was?«, sagte ich zu Ocke.

Danach hörten wir den schönsten Jazz seit Louis Armstrong. Ich dachte gelegentlich an Ingmar, der an Ockes Stelle nach meiner Hand hätte tasten sollen, und zerdrückte eine halbe Träne, aber nach dem Konzert trat ich glücklich wie lange nicht an Ockes Seite hinaus in den Nieselregen.

In diesem Moment flogen die Eier.

Die Wurfattacke kam aus einem Holunderbeerenstrauch, der an dem Weg vom Parkplatz zum *Haus des Gastes* wucherte, und gleich das erste Ei erwischte mich am Hals. Es war ein rohes Ei, damit klar ist, worüber wir reden. Und ich trug ein Sommerkleid aus Seide und hatte den Schwabbel sofort im Ausschnitt und spürte, wie er mir zwischen den Brüsten in Richtung Bauchnabel lief. Ich hätte nicht schockierter sein können, wenn es sich um eine Handgranate gehandelt hätte.

Das nächste Ei flog gegen die Fensterscheibe des *Hauses des Gastes*, und dann folgten so viele Eier auf einmal, dass ich den Überblick verlor. Ocke wurde von einem dort getroffen, wo die

Fußballer beim Elfmeter immer ihre Hände hinhalten, und vielleicht erklärte das, warum er so komplett und vollständig ausrastete. Er brüllte, rannte zum Strauch, fuchtelte mit den Händen und benutzte Ausdrücke, die, sag ich mal, auf einem Priesterseminar weniger gern gehört werden. Doch plötzlich blieb er stehen wie festgenagelt. Eine Bande Halbwüchsiger tauchte hinter dem Busch auf und kam auf ihn zu.

Da waren sie – die Kerle aus meinen Alpträumen. Groß wie Kleiderschränke. Verroht bis in die pickligen Herzen. Wahrscheinlich von Drogen zugedröhnt oder besoffen. Ein durch Computerspiele abgestumpftes Pack, das sich zusammengerottet hatte, um das Ekelborner *Haus des Gastes* in eine U-Bahn-Station zu verwandeln. Natürlich meinten sie's nicht bös. Ich sah die Polizeiprotokolle schon vor mir: *»Warum habt ihr sie totgeschlagen?« »Weiß nicht. Irgendwie so. Kann ich mal 'ne Fluppe?«*

Es waren Hunderte. Oder wenigstens fünf. Einer von ihnen war ein arabisch aussehender Kerl, von dem man sicher annehmen konnte, dass er seine Ferien in den Camps von *al-Qaida* verbrachte. Der neben ihm erinnerte an Mackie Messer. Der dritte an Gerd Fröbe, wie er dem kleinen Mädchen Schokoladenkäfer anbietet. Und die beiden anderen an Herbert und Sebastian Müller. Ocke war keiner, der sich schnell einschüchtern ließ. Ich hoffte, dass nicht meine Person der Grund war, denn eigentlich bin ich in solchen Situationen mehr für Fersengeld-Geben. »Was soll das, ihr Idioten?«, brüllte er.

Beruhigt sah ich, dass sich hinter uns ein Pulk aus Konzertbesuchern sammelte. Obwohl man sich davon ja nicht zu viel versprechen darf. In den U-Bahn-Stationen wimmelt es auch von Menschen, und keiner tut was, wenn es hart auf hart kommt. Der al-Qaida-Terrorist bückte sich, vermutlich um sein Maschinengewehr aus dem Busch vorzukramen. Ich war schon halb auf dem Sprung, aber dann sah ich, dass er nur eine Papierrolle hervorzog, die er zum Schutz gegen den Regen in zwei Aldi-Plastiktüten gehüllt hatte.

Sein Kumpel, der wie Herbert Müller aussah, und zwar so haargenau, dass es sich vermutlich um Herbert Müller handelte, packte das andere Ende der Papierrolle, sie zogen sie auseinander, und ich las in dicken roten Permanentmarkerbuchstaben: *Gleiches Recht für alle. Die Hauptschule will auch einen Spielplatz.*

»Ja, seid ihr denn übergeschnappt?«, fragte Ocke verdutzt. »Das hier ist … also, das ist Sachbeschädigung. Körperverletzung. Ein Delikt. Ein *Delikt* ist das!« Er freute sich, das passende Wort gefunden zu haben. »Mann … ihr landet im Knast, allesamt … Jugendarrest …«

In diesem Moment kamen Mathias Eick und seine Bandmitglieder mit ihren Instrumentenkoffern aus dem Kulturhaus, und da wurde es Ocke peinlich, dass er sich so echauffierte. Er rückte seine Krawatte zurecht und lächelte in Richtung unserer ausländischen Gäste. Ich lächelte auch, obwohl mir das Ei mittlerweile in Regionen rann, über die selbst nach dem Erscheinen von *Feuchtgebiete* noch ungern gesprochen wird.

Der al-Qaida-Junge begann zu skandieren: »Gleiches Recht für alle … gleiches Recht für alle …«, und die anderen Jungs fielen ein. Andreas Ulvo, der Pianist der norwegischen Band, der nicht kapierte, dass es sich hier um einen Aufruhr handelte, blieb stehen, kramte ein Foto aus der Hosentasche, schrieb seinen Namen drauf und drückte es Sebastian in die Hand. Der Junge bedankte sich artig. Herbert, der auch eine Karte wollte, ließ sein Ende des Transparents fallen, so dass es in eine Pfütze plumpste. Er hob's schuldbewusst wieder auf, aber dabei riss das Plakat ein, und das tat ihm leid, und er versuchte, mit dem Ärmel seines Pullis wenigstens den Dreck von der Schrift zu wischen, was dazu führte, dass die revolutionäre Botschaft zu einem riesenroten Klecks mutierte. Als Ulvo ihm ebenfalls ein Autogramm zusteckte, sackte der Krempel wieder in den Matsch.

Ich sah, wie der Terrorist die funkelnden Augen verdrehte. Er schien plötzlich genug zu haben. Von dem starrenden Pack in Anzug und Abendkleidern. Von seinen dilettantischen Kodemonstranten. Verärgert schmiss er seinen Teil des Plakats – mit einer gewissen Nonchalance, das fiel mir auf – ebenfalls zu Boden. Was er zu Ocke sagte, blieb im Dunkeln, weil er flüsterte, und wahrscheinlich war es sowieso arabisch, aber ganz sicher wollte er ihn damit beleidigen. Er war angepisst und machte keinen Hehl daraus.

Mathias Eick und seine Leute verschwanden Richtung Parkplatz. Jemand hinter mir sagte, dass er diese Kerle – damit meinte er Herbert & Co – zum Kotzen finde, und ein anderer rief per Handy die Polizei. *Polizei* war für die beiden Müller-Jungs ein Stichwort, das sie auf Trab brachte. Sie rannten den Araber fast um, als sie sich davonmachten. Er und die anderen Jungs trollten sich ebenfalls. Mackie Messer pfriemelte dabei rasch noch die Papierfetzen aus dem Busch, was ich löblich fand, denn die Straßenkehrer arbeiten ja auch unter einem gewissen Zeitdruck.

»Idioten«, sagte Ocke, als er zu mir zurückkam.

Ich versuchte, mir mit einem Papiertaschentuch das Ei aus meinem Ausschnitt zu tupfen, und fragte: »Was wollten die denn?«

»Sozialneid«, erklärte Ocke. »Die sind von der Hauptschule. Kriegen nichts auf die Reihe, aber wenn man dem Gymnasium ein paar neue Spielgeräte genehmigt, rasten die gleich aus. Denen müsste mal jemand verklickern, was Arbeit heißt. Frag nicht, Franziska, warum das nicht klappt. Viel Geld hat's zu unserer Zeit im Sozialsystem und in der Bildung auch nicht gegeben, und wir wissen trotzdem, wie man den Hintern hochkriegt. Mensch, das tut mir leid. Ist dein Kleid ruiniert?«

Ich schüttelte den Kopf.

»Normalerweise sind wir hier nicht so«, mischte sich eine Dame in einem schicken, kleinen Schwarzen ins Gespräch. Sie war mit ihrer Tochter gekommen, einem hübschen Mädchen mit einer Hochsteckfrisur. Die Tochter reichte mir lächelnd die Hand und stellte sich als Luise Brüggemann vor. Ihre Mutter hieß Sylvia und leitete das Kulturzentrum, und die beiden mochten Jazz ebenfalls. Na ja, Sylvia vielleicht mehr als ihre Tochter. Luise musterte Ocke aus dem Augenwinkel, als wären die Eierwürfe das wahre Highlight des Abends gewesen. Sylvia begann von den Autorenlesungen zu schwärmen, die sie bei Geli im Teeladen veranstalten wollte, und da fiel mir wieder ein, dass Geli von ihr gesprochen hatte. Die Kulturmanagerin oder so. »Natürlich kann man nach Ekelborn keine Bestsellerautoren einladen. Die fordern ein Heidengeld, reine Raffkes sind das, fürchterliches Pack. Aber jemand Regionales … in ein oder zwei Monaten, wenn es draußen wieder richtig ungemütlich wird …«

Ich fand Sylvie nett, doch das Ei war am Trocknen, und meine Feuchtgebiete reagierten darauf ähnlich wie das ostfriesische Moor, wenn man ihm das Wasser entzog – nämlich irritiert. Ich räusperte mich.

»Die Bengels kriegen jedenfalls was zu hören«, sagte Ocke und bot mir charmant den Arm, um mich heimzubringen. Als er sich vor der Haustür von mir verabschiedete, meinte er: »Franziska, ich fand es großartig, wie du auf diese Eierattacke reagiert hast. Souverän, wirklich, das muss man sagen. Nicht jeder steckt so was mit einem Lächeln weg und … darf ich mir ein offenes Wort erlauben?«

Ich nickte.

»Also … du stehst nach deinem tragischen Schicksalsschlag ja irgendwie allein da … obwohl du natürlich Familie hast, und das ist ein großer Segen, aber … Was ich sagen will: Du bist nicht ohne Freunde.« Damit ich auch kapierte, dass er nicht nur so daherschwätzte, fügte er hinzu: »Wenn du jemanden brauchst, bin ich für dich da. Großes Ostfriesenehrenwort!«

Ich küsste ihn gerührt auf die Wange.

Keine Ahnung, wie es mit den Jungs weiterlief. Ob das Delikt offiziell wurde und sich die Polizei dahinterklemmte oder ob Ocke die Sache im Sande verlaufen ließ oder selbst mit al-Qaida und Frau Müller telefonierte. Ich hatte übrigens einen Moment lang überlegt, ob ich Schimanski wegen Herbert und Sebastian Bericht erstatten sollte, von wegen Verantwortung und so, hatte es dann aber gelassen. *Petze, Petze ging in Laden …* Wir sind geprägt von den Weisheiten unserer Kindheit, nicht wahr?

Schimanski musste aber trotzdem rausgekriegt haben, was gelaufen war. Das erfuhr ich am nächsten Tag, als ich Ole von der Schule abholte. Mein Neffe und sein diebischer Freund Arnold saßen hoffnungsfroh nebeneinander auf der Betontreppe im Foyer der Schule und fragten, ob sie wieder miteinander spielen dürften. Sie sahen aus wie zwei Dackel, kreuzbrav. Und dachten natürlich, mit der Tante hätten sie leichtes Spiel.

Ich setzte meine strengste Miene auf und sagte zu ihnen, dass Klauen verkehrt sei und jeder, der so was tut, ein Dieb. Und am Ende droht das Gefängnis mit Wasser und Brot. Alles ganz übel also! Ole wandte wieder ein, dass sie nur ihren Mut hatten proben wollen. Arnold sagte gar nichts. Er saß einfach da, mit seinen Sonnenlöckchen und den lichtblauen Kulleraugen, und schaute mich an. Mensch! Hatte Schimanski vielleicht doch recht? Es war überhaupt nicht erwiesen, von welchem der beiden Tunichtgute der Diebeszug ausgebrütet worden war. Ole hatte immerhin Bastelpapier aus meinem Nachttisch stibitzt.

In diesem Moment hörte ich Frau Berber, die mit ein paar Kollegen vor dem Pausenkiosk stand. Sie war einer der Menschen, die gern nölen, wenn sie sich ärgern, um zu signalisieren, unter welchen Zumutungen sie leiden. »Natürlich finde ich es *richtig*, dass Karl ihnen die Meinung sagt«, nölte sie, »aber er darf sich dabei nicht sprachlich auf das Niveau der Schüler begeben. Ich meine, damit hält er doch diesen negativen Kreislauf aufrecht. Die Kinder identifizieren sich über ihre Fäkalsprache, und wenn er sie ebenfalls benutzt, ist das wie eine öffentliche Anerkennung.«

»Ich glaub, er will nur, dass sie ihn verstehen«, wandte schüchtern eine ihrer Kolleginnen ein, die noch sehr jung war und ihr Haar zu Pippi-Langstrumpf-Zöpfen gebunden hatte.

»Aber dazu muss er doch keine Kraftausdrücke benutzen ... wirklich! Man hat schließlich eine Vorbildfunktion als Mitglied des Lehrkörpers.«

»Geh rüber und sag ihm das«, schlug eine Frau, die ich nicht kannte, vor. »Die stehen immer noch zusammen.«

Karl war der Vorname von Schimanski, das wusste ich von der Klassenfahrt. Interessiert spitzte ich die Ohren. Aber ich kriegte nichts mehr mit, denn Ole zupfte mich am Ärmel. »Darf ich nun?«

»Was?«

»Mit Arnold spielen.«

Arnold schob den Daumen in den Mund. Der Junge war nicht dumm. Er kapierte, dass die Tante glaubte, er wäre ein Gauner. Ich fühlte mich gemein und wuschelte halbherzig seine Lockenpracht. »Gut, also ... Ich lade euch zwei ins Schwimmbad ein. Wir treffen uns heut Nachmittag um drei vor dem Eingang.«

Ein genialer Einfall, dachte ich hochzufrieden. Das Spielverbot wurde offiziell eingehalten, denn man konnte Arnold kaum verbieten, sich an einem öffentlichen Platz aufzuhalten. Und die beiden würden trotzdem ihren Spaß haben.

Ich schaute rüber zum Pausenkiosk, aber die Lehrer waren inzwischen verschwunden. »Da geht es nicht nach Hause«, sagte Ole zu mir, als wir beide auf der Straße angelangt waren und ich mich nach links drehte, dorthin, wo das Freigelände der Hauptschule lag. »Nee, komm mal«, meinte ich.

Der Pausenhof war von mehreren Mauern umsäumt und sah aus wie einer von den Gefängnishöfen, die sie im Fernsehen gelegentlich zeigen. Nur nicht so gemütlich. Eine Holzbank, von der die Rückenlehne zertrümmert worden war, sollte Behaglichkeit verströmen. Sonst gab's nur gefühlte hunderttausend Quadratmeter Beton, und auf dem Grundstück hinter dem Schulhof konnte ich die obere Hälfte eines Denkmals für tote Soldaten ausmachen.

Ich lehnte mich mit Ole an die Mauer und tat so, als machten wir dort zufällig ein Päuschen. Schimanski hatte sich vor seinen Schülern aufgebaut. Selbst für einen Menschen wie mich, der sich mit Jugendlichen nicht auskennt, war erkennbar, dass dort keine Ohommmm-Yoga-Tai-Chi-Gruppe zusammenstand, um den Frieden in sich selbst zu suchen. Die Klasse hielt deutlich Abstand zu ihrem Lehrer. Alle schwiegen. Schimanski verdrossen. Die Schüler wütend oder gelangweilt.

»Ihr kriegt's nicht auf den Schirm, was?«, fauchte Schimanski nach einer Pause, die so lang war, dass ein auf RTL genordeter Mensch nervöses Hautjucken bekam. Er wirkte abgekämpft. Die pädagogische Schlacht war offenbar bereits geschlagen, und er hatte sein Waterloo hinnehmen müssen.

»War's das?«, fragte einer der Jungs. Der arabische Terrorist.

»Nein, Sami, das war's nicht!« Schimanski schaute erst den Araber und dann seine anderen Schüler an. Jungs in engen Jeans mit T-Shirts, auf denen *I don't give a fuck* stand, und Mädchen mit Piercings, wo auch immer sich eine Nadel durchstechen ließ. Seine Arme waren über der Brust verschränkt. Wahrscheinlich hätte er am liebsten selbst ein *Fuck you*-T-Shirt getragen. »Hat einer von euch was mit Drogen am Laufen?«, fragte er, ohne die Stimme zu heben.

Ich konnte förmlich spüren, wie die Stimmung umschlug. Die Jungs schauten betont lässig in die Gegend, eines der Mädchen kicherte. Niemand war mehr gelangweilt. Und alles Nette war aus Schimanskis Gesicht verschwunden. Er sah plötzlich aus wie dieser neue James-Bond-Typ mit den Stoppelhaaren, der seine Feinde mit dem Messer tranchiert wie unsereins das Weihnachtshühnchen. Ganz ehrlich – an Stelle der Jugendlichen hätte ich in diesem Moment gar nichts zugegeben. Nicht mal 'n Kaugummi.

»Quatsch«, sagte Sami. »Wir sind doch nicht blöd.«

Schimanski musterte ihn. »Ah ja? Nur damit es klar ist: Bei Drogen kenn ich kein Pardon. Das steht für mich auf einer Ebene mit Totschlag.«

»Und?«, fragte Sami aggressiv. Zufällig blickte er in meine Richtung. Ich sah, wie er stutzte, und schrumpfte zusammen. Kein Zweifel, er hatte das Weib mit den Eiern – die er vielleicht eigenhändig auf mich geworfen hatte – erkannt. Mein Hals wurde trocken. Möglicherweise reagierte ich ein bisschen über, als ich Ole bei der Hand packte und eiligst mit ihm die Flucht ergriff, aber Samis Blick war so … bohrend gewesen. Was wusste ich, was in den Hirnen arabischer Terroristen vor sich ging? Sollte Schimanski sich kümmern.

Geli fand es wahnsinnig nett von mir, dass ich mit Ole ins Schwimmbad wollte. »Schmier ihn nur jede halbe Stunde mit Sonnencreme ein. Und er kann *nicht* schwimmen – egal was er sagt. Und pass auf ...«

»Ich hüte ihn wie meinen Augapfel«, versprach ich. Kurz vor drei machten wir uns auf den Weg ins Ekelborner *Funparadies*. Es bestand aus einer Halle mit Schwimmer- und Nichtschwimmerbecken und einer Baby-Pinkel-Pfütze und hatte in seinen besseren Tagen wahrscheinlich schlicht *Hallenbad* geheißen. Rote Plastikliegen säumten die Becken, und es roch so stark nach Chlor, dass ich zuerst an einen Gasunfall glaubte. Alles wie früher also. Den Wandel vom Hallen- zum Funbad hatte das Ekelborner Sportjuwel steuerzahlerfreundlich mit einem neuen Schild über dem Eingangsbereich geschafft.

Arnold kannte sich offenbar in Schwimmbädern nicht aus. Als wir in die Schwimmhalle kamen, begutachtete er die Becken so misstrauisch, als rollte ihm ein Ozean entgegen. »Ich geh da nicht rein!«, verkündete er.

»Machst du doch, aber nur bis zum Bauchnabel«, stellte ich klar. »Weißt du, was ein Bauchnabel ist?«

Er bohrte seinen Finger in die entsprechende Öffnung, und ich war zufrieden. Ole war inzwischen schon um das halbe Becken gerannt. Gerade noch rechtzeitig konnte ich ihn davon abhalten, ins Schwimmerbecken zu springen. »Aber ich *kann* schwimmen!«, protestierte er.

»Ich bleibt beide auf *dieser* Seite vom Becken, links von dem komischen Band mit den Perlen dran. Wisst ihr, wo links ist?« Nee, wussten sie nicht. Ich setzte mich in einen der roten Plastikstühle, um sie von dort aus zu bewachen.

Bald stellte ich fest, dass Verantwortung eine langweilige Sache ist. Die Jungs planschten durch das Nichtschwimmerbecken, ärgerten die Mädchen – musste man da eigentlich einschreiten? – und pflügten mit dem Spinosaurus, den Ole trotzt Leibesvisitation irgendwie in die Badehalle geschmuggelt hatte, durch die Wellen, die sie selbst erzeugten. Ein Bild des Friedens. Ich mochte sie trotzdem nicht aus den Augen lassen. Wer konnte wissen, ob sie nicht ein weiteres Mal ihren Mut proben wollten und wie das dann ausging? Wieso ich dann trotzdem eingenickt bin, kann ich nicht erklären. Jedenfalls wurde ich davon geweckt, dass Schimanski mich ansprach. »Ole kann *nicht* schwimmen, er glaubt es nur.«

»Was?« Mühsam kehrte ich aus einem Traum zurück, in dem Ingmar sich mit Dörthe unter einem Wasserfall vergnügte. Sie trug nichts als lila lackierte Fingernägel, das hinterhältige Biest.

»Ein bisschen Rumpaddeln reicht nicht fürs Schwimmerbecken«, sagte Schimanski. »Ich hab ihn wieder rausgescheucht.«

»Hä?« Mit verquollenen Augen starrte ich zu Ole, der unschuldig auf den Stufen des Nichtschwimmerbeckens saß und seine Was-willst-du-denn-ich-mach-doch-gar-nichts-Miene aufgesetzt hatte. Im nächsten Moment suchte ich hektisch die Halle nach Arnold ab. *Frau Müller bringt mich um … Frau Müller bringt mich um … Frau Müller …* Aber der kleine Botticelliengel hockte brav neben den Duschen und pulte zwischen seinen Zehen. Goldschatz!

»Sie petzen's doch nicht weiter?«, fragte ich und ärgerte mich sofort über die blöde Bemerkung. Erstens weil Schimanski ja gar nichts von Gelis Ermahnungen wusste, und zweitens … *Zweitens* fiel mir nicht ein. Dörthe und ihre gierigen Tentakel belegten immer noch den größten Teil meiner mentalen Festplatte.

Schimanski ließ sich auf dem Liegestuhl neben mir nieder. Einen Moment war ich verwundert, ihn hier im Schwimmbad zu treffen, wo es doch sicher von Schülern nur so wimmelte. Ich hätte gedacht, Lehrer meiden ihre Schutzbefohlenen in der Freizeit, so wie Busfahrer öffentliche Verkehrsmittel meiden und Ärzte Sanitätshäuser. Aber wahrscheinlich gab es kein anderes Bad im Umkreis, und irgendwo musste das Sixpack an seinem Bauch ja herkommen. Ich zog meinen eigenen Bauch, über dem sich weiche Rundungen und Röllchen wölbten, ein.

»Und Sie selbst? Gar keine Lust auf Schwimmen?«, fragte Schimanski.

»Ich kann nicht. Ich hab zu schwere Knochen.«

Schimanski drehte den Kopf und blickte mich an.

»Is so, wirklich.« Was sonst wäre die Erklärung dafür, dass mich Bassinböden von Schwimmbädern magnetisch anziehen? Sollte ich mich wegen eines Gendefekts ersäufen? Ich schloss die Augen – und riss sie wieder auf, weil mir einfiel, dass ich ja Ole und Arnold beaufsichtigen musste. Die Jungs saßen jetzt auf dem Boden des Babybeckens und würgten einander gegenseitig die Fußgelenke.

»Nett, dass Sie ihn mit zum Schwimmen nehmen, nach alledem«, sagte Schimanski.

»Was?«

»Arnold. Nach den Eiern, meine ich. Man hätt auch sauer sein können auf die Familie Müller.«

»Nee, das … also das stimmt nicht. Arnold ist rein zufällig hier.« Ich *musste* das behaupten. Offiziell hatten die Jungs ja ein Spiele-, wenn nicht gar Kontaktverbot. Ich rekelte mich auf meinem roten Liegestuhl, wobei es ein saugendes Geräusch gab, das Dörthe auf keinen Fall passiert wäre, und fragte: »Wie haben Sie von dem Eierwurf gehört?«

»Dschungelpost.«

»Quatsch. Ein Dschungel besteht aus Pflanzen. So was gibt's in Ostfriesland nicht. Nur Wiese, Himmel und Kühe.«

»Und Wallhecken.«

»Was?«

»Das sind diese Erdwälle mit den Bäumen drauf.«

Ich sah, wie Ole Richtung Selbstmordbassin wanderte. Er schielte zu mir rüber, der Satansbraten, um zu sehen, ob ich ihn immer noch im Auge hatte, und ich senkte den Daumen. Gehorsam trottete er zu Arnold zurück. Allmählich kapierte ich, wie Kindererziehung funktioniert. Vielleicht war es doch schade, dass Ingmar und ich auf die niedlichen Bälger verzichtet hatten. Da besaß ich ein Talent und hatte es einfach vergeudet.

»Um ehrlich zu sein: Ich weiß es, weil ich die Jungs selbst losgeschickt habe«, brachte Schimanski sich wieder in Erinnerung. »Ich wollte, dass sie aktiv werden. Ich habe ihnen gesagt, wenn es sie wurmt, dass sie benachteiligt werden, müssen sie den Hintern hochkriegen. Und zum Beispiel zum Kulturzentrum gehen und vor möglichst vielen Menschen ihre Position vertreten.«

»Indem sie Eier schmeißen?«

»Na ja, richtig unter Kontrolle hat man solche Aktionen ja nie«, meinte Schimanski mit einem Grinsen. »Von mir hatten sie nur den Tipp mit dem Plakat.«

»Warum brauchen solche großen Kerle eine Schaukel?«

»Das ist was Grundsätzliches. Sehen Sie, das Edzard-Gymnasium – das ist die Schule, die links von der Hauptschule liegt – hat im vorletzten Jahr einen Zuschuss zum neuen Biosaal bekommen. Dieses Frühjahr kriegten sie eine Mensa, piekfein, mit Salat und so. Und jetzt ist ein Satz neuer Laptops dran. Die Hauptschüler bekommen nichts als den Rat, sich nicht hängen zu lassen. Fühlen Sie da keinerlei Empörung? Keinen Drang zur Rebellion?«

»Ich bin nicht gut im Rebellieren«, entschuldigte ich mich. »Ich durfte zu Hause nicht.«

»Wenn man dem Wort Rebellion auf den Grund geht«, meinte Schimanski pedantisch, »möchte man glauben, es sei gang und gäbe, sich das Erlaubnis-Einholen zu sparen.«

Scheißlehrer. Der kannte meine Mutter ja nicht. »Sebastian und seine Gang brauchen keine Schaukel«, behauptete ich stur.

»Nicht die Großen, aber die aus der Fünften und Sechsten. Außerdem geht es nicht um Schaukeln, sondern um Respekt.«

Ole und Arnold kamen angeschlendert. »Dürfen wir ein Eis?«, fragte Ole.

»Ja, aber erst nach dem Schwimmen. Ich hab mein Geld im Schließfach.«

»Darf ich nächstes Mal auch wieder mit?«, wollte Arnold wissen.

Ich sah Schimanski grinsen und wurde rot. »Na ja …« Rasch hielt ich den Bengeln eine Predigt über die Gefahren des Ertrinkens, die niemanden interessierte, und erklärte dann gegen das Maulen der Jungs, dass es Zeit sei zu gehen.

6

An nächsten Tag kam zum dritten Mal Post von Ingmar. Es war der *dritte* Brief, verstehen Sie? Also wie im Märchen, wo an dieser Stelle bekanntlich alles schiefgeht. Bei Rotkäppchens *dritter* Frage nach der Physiognomie des Wolfes schnappt das Untier zu. Beim *dritten* Tanzvergnügen hat Aschenputtel Pech mit ihren High Heels. Beim *dritten* Kuss schlägt Dornröschen die Augen und … na gut, ob das ein Unglück war, wird im Märchen ja nicht weiter erläutert. Jedenfalls: Beim dritten Mal kommt der hammerharte Showdown, und so war es auch bei mir. Okay, wenn man den Brief aus Finnland und den aus Herford separat zählte, dann wäre der Herford-Brief das *vierte* Mal gewesen, aber beide kamen an einem Tag, und deshalb nehme ich sie als Einheit.

Eigentlich hatte ich mich schon wieder abgeregt, als ich nach dem Schwimmen heimkam und die Umschläge liegen sah. Ich war zwar immer noch verletzt, und irgendwie würde ich auch die Sache mit dem Ehevermögen regeln müssen, aber der Racheteufel, der die Zähne in etwas schlagen und Blut spritzen sehen wollte, muckte kaum noch auf. Vielleicht weil es so nett war in Ekelborn.

Ich öffnete zuerst den Finnland-Brief und durfte erfahren, dass es dem *Sokos Hotel Ilves* in Tampere ein Vergnügen war, mir das goldene Fußkettchen nachzuschicken, das ich dort vergessen hatte, und hoffentlich war mir der Aufenthalt angenehm gewesen und hoffentlich würde ich das Hotel bald wieder beehren ... Ich drehte den gepolsterten Umschlag. Er war an mich adressiert, an Frau Brunner in Herford. Und mir nach Ekelborn nachgeschickt worden, wie meine gesamte Post.

Langsam ließ ich das Kettchen in meine Hand gleiten. Es war massiv und sicher nicht billig gewesen. Ich starrte auf die goldenen Kettenglieder, dann wieder auf die Karte mit dem Emblem des Hotels. Und kapierte, dass Ingmar den Urlaub, den wir im Winter gebucht hatten, tatsächlich angetreten hatte – nur halt mit Dörthe statt mit mir.

Schön, das war in Ordnung. Wäre ja auch blöd gewesen, die Anzahlung verfallen zu lassen. Alles okay. Als erwachsene Frau mit einer gewissen Reife weiß man Unabänderliches zu akzeptieren. Ingmar schnarcht übrigens. Er leugnet das, weil es so was Spießiges hat, aber er tut's tatsächlich. Da konnte man nur hoffen, dass Dörthe ein Auge zubekommen hatte, in ihrem ersten Urlaub mit meinem Mann! Das wirklich Irritierende bei Ingmars Schnarchen waren die Aussetzer. Stellen Sie sich das so vor: Er macht: Schnnnnnrrrrrrr-hpppp – drei oder viermal hintereinander, und dann … Stille. Damit meine ich: Atemstillstand. Als wäre er gerade gestorben. Kann den Bettnachbarn ziemlich nervös machen. Ich hatte immer die Sekunden gezählt und ihn bei fünfzehn angestoßen. Und ihn tausendmal gebeten, ins Schlaflabor zu gehen, aber das hatte er abgelehnt. Krankenhäuser machen nämlich *ihn* nervös. Na gut – war nicht mehr mein Problem. Alles prima … alles bestens …

Dann nahm ich den zweiten Brief in die Hand. Er war ohne Absender, es sei denn, man wollte die grauen Elche, die über den Rand trabten, als Wohnortangabe betrachten. Ich riss den

Umschlag auf. Nicht Ingmar, sondern Dörthe hatte den Brief aufgesetzt. Sie besaß eine steile, energische Schrift. Dass sie mein Briefpapier benutzt hatte, hieß wohl, dass sie sich an meinen antiken Schreibtisch gesetzt und meine antike Schublade aufgezogen hatte, während ihr Hintern auf meinem Gründerzeit-Armlehnenstuhl das Kissen durchgescheuert hatte. Und wahrscheinlich hatte sie auch meinen Lieblingskuli mit dem goldenen Knöpfchen obendrauf benutzt. Na gut – Schwamm drüber.

Liebe Frau Brunner …

Wenigstens hatte sie mir noch meinen Namen gelassen!

wie Sie sich erinnern werden, haben Sie im vergangenen Winter mit Termin vom 12. Dezember einen Pauschalurlaub in Finnland gebucht, der mit Kosten in Höhe von 1 255,36 € zu Buche schlug. Da der Urlaub aus den Ihnen bekannten Gründen nicht mehr angetreten und auch nicht rückgebucht werden konnte, entstand anteilsmäßig ein Schaden in Höhe von 627,68 €. Ich möchte Sie bitten, das Geld mit einer Frist von 14 Tagen auf das Ihnen bekannte Konto zu überweisen.

Hochachtungsvoll,
Krakelkrakel

PS. Liebe Franziska, ich hoffe, es geht Dir gut. Mit freundlichen Grüßen, Ingmar.

Ich sackte auf die unterste Treppenstufe. Es war Freitagvormittag gegen elf Uhr. Ole befand sich in der Schule, Norbert im Wasser- und Schifffahrtsamt, Geli im Teeladen. Ich war also allein. Das gab mir die Möglichkeit, meine Gedanken zu sortieren. Ich musste nur noch eben das Gefühl loswerden, mir hätte ein Elefant in den Magen getreten. Sicherheitshalber lief ich zum Klo, denn mein Magen mochte keine Elefantentritte. Es kam aber nichts raus.

Also zurück zur Treppe. Und kühle Distanz in den Kopf. Dörthe hatte ein grundverlogenes, kreuzteuflisches Schriftstück aufgesetzt, um mir Geld abzuluchsen. Das war Punkt 1. Punkt 2: Ich würde sie für den Rest meines Lebens hassen. Punkt 3: Ingmar hatte die handverfasste Bosheit gelesen und nicht protestiert. Oder – andere Variante – er hatte sie *nicht* gelesen, weil er sich schon denken konnte, dass ihn der Inhalt ein Stückchen Seelenruhe kosten würde, und einfach seine freundlichen Grüße daruntergekleckst.

Ich hoffe, es geht Dir gut ... Mehr als Hoffnung bleibt auch nicht, nachdem du dieses raffgierige Miststück Dörthe an deine Seite geholt hast, du Scheißkerl!

Wenn man sich noch einmal die Sache mit dem Hai in Amity vergegenwärtigt, dann konnte man Ingmars Handeln im günstigsten Fall so interpretieren, dass er tatenlos zugesehen hatte, wie seine Franziska von der Bestie gepackt und in die Tiefe gerissen wurde. *Echt, da war ein Hai? O Mann, ist mir gar nicht aufgefallen.*

Mit einem geballten Stück Zorn im Magen zerriss ich den Brief. Half aber nicht. Frühstücksei und Cornflakes rebellierten erneut, und dieses Mal fanden sie den Weg in die Freiheit. Anschließend putzte ich das Klo und setzte mich wieder auf die Treppe. Stand auf. Setzte mich. Etwas in mir schrie: *Hilfe* ... Und fragte: Wo zum Teufel steckt Martin Brody?

Ocke Brody-Bünting war einigermaßen erstaunt, mich zu sehen, aber man merkte, dass er sich freute. Sein Baumarkt war nicht besonders groß, wenn man ihn mit diesen Riesenhallen verglich, in denen es Lakritz an den Kassen zu kaufen gibt. Ocke verhökerte kein Lakritz, dafür hatte er eine Regalwand mit Kleinteilen, die in Holzschubladen sortiert waren und die man einzeln erwerben konnte. Stück 17 Cent oder 3,19 €, je nachdem. Die Schubladenwand hatte auf mich eine beinahe meditative Wirkung. Rändelschrauben, Rohrschellen, Sechskantmuttern, Spreiznieten … alles mit DIN-Bezeichnung, Durchmesser und Materialangabe … So ein Anblick erdet. »Das ist schön«, entfuhr es mir.

Ocke führte mich durch sein Geschäft, und wir fachsimpelten über die Schwierigkeit, *geben aneinander und leiten unter mit Kraft viel mit Kabel beiliegen* ins Deutsche zu übersetzen.

»Ich rücke meine Übersetzungen erst raus, wenn ich selbst kapiert habe, wie das Ding funktionieren soll«, sagte ich, und Ocke fand, das sei die Einstellung, die Deutschland groß gemacht habe. Schade, dass du nicht tot bist, Ingmar, dachte ich, sonst könntest du dir das jetzt von da oben reinziehen.

Ocke drückte meinen Arm. »Irgendetwas sagt mir aber, dass dich nicht mein Kleinteilsortiment zu mir geführt hat, Franziska.« Er bat mich in sein Büro, in dem ein überdimensionaler schwarzer Ledersessel zeigte, dass er gern Chef eines Baumarktes war. »Erzähl mal.«

O Gott. Ich holte Luft, um mir alles von der Seele zu reden. Den ganzen verkorksten Mist. Die komplette Scheiße. Und – verdammt, es würde mir guttun. Aber Ocke war schneller. »Ich weiß genau, wie dir zumute ist«, sagte er. »Du fühlst dich, als wäre alles zu Ende.«

Punktgenau! Ich wollte es ein bisschen präzisieren und vor allem die Sache mit der Sparkassenhexe erklären. Nur redete Ocke schon weiter. »Als Martina gestorben ist – meine Frau –, da ging es mir genau so. Ich dachte, die Welt geht unter. Ist doch völlig normal, Franziska. Aber die Zeit heilt alle Wunden, wie man so schön sagt. Auf Täler folgen Höhen. Und von irgendwo kommt immer ein Lichtlein her.«

Na schön, aber darum ging's doch gar nicht. »Was mich fertigmacht, Ocke, ist, dass ich reingelegt werde, und zwar auf hundsgemeine Weise von ...« Wie erklärte man das jetzt so rasch? »... von der Neuen meines Exmannes.«

»Deines ...? Ach du liebes Taubenei! Dann bist du also zweimal verheiratet gewesen?«

Verblüfft starrte ihn an. Donnerwetter, ja. Wenn man's genau überlegte – treffender hätte er es gar nicht ausdrücken können. Es gab tatsächlich zwei Ehemänner. Einmal Ingmar, meinen Musiker, der mich zum zwanzigsten Hochzeitstag in ein Eishotel nach Jukkasjärvi eingeladen hatte, wo wir in einem aus Eisblöcken gebauten Theater Ibsens *Nora* angesehen und er mir in den Pausen unanständige Angebote für die Nacht zugeflüstert hatte. Dieser Ingmar war irgendwann in den letzten Monaten gestorben. Und nun war ich mit Ingmar-dem-Verräter verheiratet, der mich hängen ließ wegen einer Sparkassendörthe, die ihm zuckersüßen Mist über seine Leinwandklatschereien ins Ohr flötete. Die beiden Männer hatten nichts miteinander gemein. Mein richtiger Ingmar hätte den Treulos-Ingmar verachtet. Er hätte mir zur Seite gestanden. Er hätte Brummel bis aufs Blut verteidigt und um meinen antiken Schreibtisch einen Stacheldrahtzaun errichtet.

Ich fokussierte meine Aufmerksamkeit auf Dörthe, um nicht loszuheulen. »Das Weib versucht mir die Kosten für einen Urlaub aufzubrummen, den sie selbst zusammen mit Ingmar verbracht hat.«

»Ingmar? Ich dachte ... also, ich dachte, das ist dein verstorbener Mann«, sagte Ocke verwirrt.

»Sie heißen beide Ingmar. Und diese Dörthe – das ist der

Name von dem Weib –, Dörthe hat sich an den neuen Ingmar rangemacht. Meinen Ex.«

»Ach so, also … Also, mit Verlaub: Dieser … Ingmar sollte sich schämen, dass er so eine Gemeinheit zulässt. Falls es nicht sogar auf seine Initiative hin geschehen ist. Mit Expartnern kann man ja einiges erleben.«

»Er ist nicht so«, wandte ich schwach ein. »Er ist Künstler und …« Die Liebe meines Lebens, hätte ich gern gesagt, aber das klang so erbärmlich. Ich wollte nicht, dass Ocke mich für erbärmlich hielt. Eigentlich wollte ich auch nicht mehr mit ihm über meine Ehen reden. Keine Ahnung, was mich überhaupt in den Baumarkt getrieben hatte.

»Jedenfalls darfst du es nicht hinnehmen«, beschloss Ocke. »Allein wegen deiner Selbstachtung. Und damit sie es nicht noch ärger treiben. Du musst diesem Pack Paroli bieten. Zeig sie an.«

Ich sah uns im Gerichtssaal sitzen. Franziska Brunner auf der einen Seite mit einem Taschentuch in der Hand und jeder Menge Herzeleid in der Brust. Und auf der anderen Seite Ingmar, der den Arm um Dörthe gelegt hatte, die ihm immer wieder falsche Komplimente über seine Gemälde ins Ohr zischte, damit er ja nicht darauf kam, zu mir hinüberzublicken. Und dann würde der Richter ihnen womöglich auch noch recht geben. Was wusste man schon. Nein, das wollte ich nicht. Es wäre unerträglich.

Ich wollte, dass Ingmar zu mir zurückkehrte und zugab, dass er eine Riesendummheit begangen hatte, die ihm schrecklich leidtat und … Ach Quatsch! Er hatte Dörthes Schmiererei vor sich liegen gehabt, bevor er seine besten Wünsche für mein Wohlergehen daruntersetzte. Er hatte mich feige verraten. *Und alles, weil sie dir vorlügt, dass du ein begnadeter Maler bist. Wie kann man nur so eitel sein!*

»Franziska, du musst dich zur Wehr setzen«, wiederholte Ocke ernst.

O ja. Aber nicht vor einem Gericht. Ich starrte meinen Baumarktbesitzer an und sah ihn plötzlich wieder, mit Eiern beschmiert, vor dem *Haus des Gastes* stehen. Und da kam mir der Geistesblitz. Die Vision einer wahrhaft göttlichen Rache. Einer Rache, die meinen treulosen Ehemann mitsamt seiner bösartigen Ränkeschmiedin zermalmen würde.

»Tja«, sagte Geli, als sie ihren Wagen mit gewohnter Geistesabwesenheit durch den Ekelborner Verkehr zum Kinderarzt steuerte. Sie übersah einen kleinen gelben Smart, der vertrauensselig seine Vorfahrt geltend machten wollte, und ich glaube, dass sie auch die Hupe nicht hörte, in die der Fahrer seine Faust rammte, nachdem er ihr fast das Heck abrasiert hatte. Ich beneidete sie um ihre Ausgeglichenheit. »Tja«, sagte sie, »ich glaube, du bist verrückt.«

»Weil ich es ihm heimzahlen will?«

»Andere Frauen wollen das auch. Aber sie gehen dafür zu einem Scheidungsanwalt, der weiß, wie man seinem Ex auf fiese Art das Leben zur Hölle macht. Also auf *normal* fiese Art. Glaubst du wirklich, es könnte funktionieren?«

»Das hängt von Sylvie ... Der Radfahrer!«

»Welcher?«, fragte Geli. Sie schaute eine geschätzte Viertelstunde in den Rückspiegel, währenddessen ich vorsorglich für sie den Verkehr im Auge behielt.

»Von Sylvie Brüggemann. Es hängt von Sylvie ab«, sagte ich. »Glaubst du, sie würde mitmachen?«

»Keine Ahnung. Sie ist so oft geschieden worden, dass sie vielleicht meint, man sollte keinen Aufstand aus so einer Sache machen.«

»Würdest du sie fragen?«

»Ich weiß nicht, ob Norbert es in Ordnung fände.«

»Ach, Norbert!«, sagte ich abschätzig. Wir fuhren auf den Parkplatz der Praxis. Der Kinderarzt bewohnte ein kleines weißes Häuschen mit roten Kletterrosen, und an seiner Haustür hing neben dem Blechschild mit den Praxiszeiten ein buntes, selbst gefertigtes Tongebilde, auf dem Luftballons in die Luft stiegen und das die Besucher herzlich willkommen hieß. War das Sarkasmus? Ein bauchwehkrankes Kind mit Angst vor Spritzen zu begrüßen, als käme es zu einem Spaßevent? Ich beschloss, ihn im Auge zu behalten. Ich mag es nicht, wenn sich Sadisten an meinem Neffen zu schaffen machten.

Ole war übrigens nicht krank. Aber Norbert sorgte sich, dass er nicht richtig hören könnte, weil er ihm alles dreimal sagen musste. Ich persönlich fand, dass mein Neffe einfach eine grundsolide Überlebensstrategie praktizierte. Ich hatte Geli angeboten, allein mit ihm zu gehen, aber da war meine Schwägerin konsequent. In Krisenzeiten war sie für ihren Sohn da. »Und wenn es ihm Spaß macht?«, fragte sie.

»Was?«

»Deinem Ingmar. Wenn es ihm Spaß macht, Vorträge über seine Bilder zu halten?«

Ich lächelte ein Lächeln, das man ohne weitere Bearbeitung als Gruseleffekt in *Schweigen der Lämmer* hätte übernehmen können. »Ingmar *hasst* es, vor Menschen zu sprechen, Geli. Sobald er vor Publikum steht, gerät er in Panik. Das ist … krankhaft. Er kriegt Luftnot und Pickel am Knie und muss aufs Klo. Vielleicht wäre er ein begehrter Sologeiger geworden, wenn er diese Macke nicht hätte. Im Orchester klappt's einigermaßen, da fühlt er sich in der Masse geborgen. Aber wenn er allein auf die Bühne muss, geht er unter. Weißt du nicht mehr, wie er die Magengrippe vorgetäuscht hat, als er zu Mamas Siebzigstem die Rede halten sollte? Eine Magengrippe von *achtzehn Minuten* Dauer? Und da ging es nur darum, Pipifax vom Blatt abzulesen.«

»Seine Grippe war vorgetäuscht?«

»*Psychosomatisch* nennt man das wohl.«

»Sag das ja nicht Norbert. Er hat sich deswegen abends die Hände mit Sagrotan eingesprüht, und irgendwann in der Nacht ist er aufgewacht und hat seine Haut untersucht, weil ihm eingefallen ist, dass das Sprayzeug giftig sein könnte, und dann hat er den Computer angemacht, um nachzusehen, was dort bei Google stand, und ist dabei über das Verlängerungskabel gestolpert …«

»Ich kann's mir genau vorstellen.«

»Glaub ich nicht«, sagte Geli. »Wir mussten in die Klinik. Kreuzbandriss. Danach konnte er Ingmar nicht mehr leiden.«

»Er konnte ihn *nie* leiden.«

»Ja, aber danach noch weniger.«

»Blödmann«, sagte ich und biss mir auf die Zunge, als ich merkte, dass ich Ingmar reflexartig verteidigte. Andererseits nahm ich ja nur den *toten* Ingmar in Schutz, den, dessen Witwe ich war und auf den ich nichts kommen zu lassen brauchte, und nicht den treulosen, der sich von Dörthe einwickeln ließ. Ich fand die Unterscheidung hilfreich.

Die Sprechstundenhilfe brachte uns in ein Wartezimmer voller Spielzeug und Bakterien – die wirbeln einem nach einem Sagrotangespräch wie Flusen ins Gesicht –, und wir setzten uns auf die Stühle.

»Also nehmen wir mal an, dass Sylvie Ingmar tatsächlich zu einem Vortrag über seine Bilder ins Kulturhaus einlädt. Egal, ob ihm das schmeichelt – wenn er wirklich so panische Angst vor Publikum hat, wird er einfach absagen. Peng!« Geli flüsterte, was uns sofort die Aufmerksamkeit des gesamten Wartezimmers eintrug.

»Aber das kann er nicht.«

»Wieso?«

Eine Mutter, die ein kleines schwarzhäutiges Mädchen mit Schnoddernase auf dem Schoß hielt, beugte sich vor, um meine Antwort mitzubekommen.

»Hast du Dörthes Brief nicht gelesen? Diese Frau ist … knallhart. Die hat sich einen Künstler geangelt, und mit dem will sie angeben, und wenn er eine Einladung zu einem Vortrag bekommt, dann wird sie ihn zwingen hinzugehen. Die ist eine, die kein Pardon kennt. Sie will durch ihn ein bisschen Glanz in ihr Leben bringen, und dafür zahlt sie mit Sex und Schmeichelei, und sie wird dafür sorgen, dass er seinen Teil des Geschäfts ebenfalls erfüllt. Wahrscheinlich wird sie für den Anlass die weinroten Lederpumps aus meinem Kleiderschrank klauen …«

»Hat er denn so wenig Mumm?«, wisperte Geli.

»Er ist Künstler. Künstler haben jede Menge Scheiß-Emotionen, aber keinen Funken Mumm.«

»Die Tante hat Scheiße gesagt«, flötete ein Knirps, der in einer grünen Latzhose in einem imitierten Sandkasten voller Legos saß.

»Und selbst wenn er ablehnen würde … Ich stünde nicht schlechter da als vorher«, sagte ich.

»Aber er würde sich schrecklich aufregen.«

»Das *soll* er doch auch. Es ist der *Sinn* der Aktion. Er soll leiden, sich grottenschlecht fühlen. Mindestens zwei Stunden lang soll es ihm so gehen, wie es mir seit Wochen geht, kapiert?«

»Ja natürlich, aber …« Gelis Harmonie-Gen randalierte gegen meinen Plan und versuchte einen Dreh zu finden, den Verräter-Ingmar leiden zu lassen und ihn gleichzeitig davon abzuhalten, sich in irgendeiner Weise aufzuregen. Das war aber nicht machbar. Ich gab ihr ein paar Augenblicke, es einzusehen.

Die Frau mit dem Schnoddernasenmädchen beugte sich vertraulich zu mir. »Künstler sind echte Scheißtypen«, sagte sie. »Wenn er durch ist mit seinem Vortrag, dann sorgen Sie dafür, dass jemand von der Mafia ihn in ein Säurebad schmeißt.«

»Die Tante hat auch Scheiße gesagt«, flötete der Legoknirps.

»Weil Scheiße manchmal Scheiße ist, und dann gibt's eben kein anderes Wort«, sagte die Frau. Wenn wir nicht in diesem Moment ins Sprechzimmer gerufen worden wären, hätte vielleicht eine wundervolle Freundschaft ihren Anfang genommen.

Die nächsten Tage waren von finsteren Gedanken erfüllt. Geli musste hundert Mal Dörthes Brief lesen und die Fußkette und die Homepage über das Eishotel in Jukkasjärvi anschauen, und ich zeigte ihr auf dem beigelegten Grundgriss die Stelle, wo Ingmar und ich, als alles noch gut gewesen war, unser Eisbett stehen gehabt hatten. Dann musste sie den Brief vom *Sokos Hotel Ilves* lesen, und irgendwann hatte ich sie überzeugt, dass mein Leid gerächt werden musste, und sie machte sich mit mir auf den Weg zu Sylvie Brüggemann.

Sylvie wohnte in einem Bungalow mit picobello Vorgarten und notierte routiniert, was Geli ihr von dem Künstler Ingmar Brunner vorschwärmte, der zurzeit in Herford mit seinen Bildern Furore machte.

»Brunner? Irgendwelche Verwandtschaft von Ihnen?«, fragte sie mich. »Ich mein, wegen des Namens.«

»Mein Ex.«

»Es ist immer schön, wenn sich zwei Menschen nach einer Scheidung noch vertragen können«, brummelte Sylvie ohne große Überzeugung.

»Klar. Na ja … vertragen … Also, ich würde nicht selbst zu seinen Vorträgen gehen. Das wäre mir zu viel. Mir ist sogar wichtig, dass er gar nicht erfährt, durch wen er die Einladung vermittelt bekommen hat. Aber er ist einfach großartig. Als Künstler sowieso, und auch als Redner. Und das sollte man für Ekelborn doch als Chance wahrnehmen. Wenn er seine Vorträge hält, kommt das nicht wissenschaftlich trocken rüber, sondern … mit dem besonderen Charme der Künstler eben.«

Aus dem Kinderzimmer, das neben dem Wohnzimmer lag, drang Techno-Musik. Keine Ahnung, vielleicht auch Hip-Pop, ich kenne mich da nicht aus. Krach jedenfalls. Sylvie ging in den Flur und brüllte: »Mach das leiser!«, aber Luise reagierte nicht. Vielleicht war sie längst ertaubt, und Sylvie hatte es nur noch nicht mitbekommen.

»Kein Kommentar dazu«, wisperte Geli mir warnend zu. »*Sylvie und ihre Tochter* ist ein brisantes Terrain. Luise hat das Gymnasium nicht geschafft, die Realschule auch nicht, und da musste sie auf ein Internat. Aber Sylvie fand es schrecklich, dass die Kleine ohne sie aufwuchs, und das Internat war auch nicht so klasse … und teuer und so … Und deshalb ist Luise wieder hier, und zwar auf der Hauptschule. Darüber fliegen die Fetzen.«

»Ehrlich?«, fragte ich schockiert.

Sylvie kehrte mit verkniffenem Gesicht ins Wohnzimmer zurück. »Große Gagen können wir aber nicht zahlen.«

»Ist völlig in Ordnung«, erklärte ich rasch. »Ingmar hält diese Vorträge sowieso mehr aus Hingabe an die Kunst. Gewissermaßen aus einer inneren Leidenschaft heraus. Allerdings ist er ein bisschen schüchtern. Es könnte sein, dass er sich ziert, wenn Sie ihn ansprechen. Dem dürfen Sie auf keinen Fall nachgeben. Sie wissen ja: Künstler wollen umworben sein.«

Sylvie zuckte mit den Schultern. »Ocke Bünting hat auch eine

Leidenschaft für die Kunst. Könnte also klappen«, sagte sie und brüllte dann los: »RUHE, verdammt, Luise, stell … augenblicklich … den Scheißlärm … ab!!!!« Sie schnappte nach Luft. Ihr *Scheißlärm* hallte nach, als hätte man es in die Tiroler Berge gebrüllt.

Geli schluckte, zwinkerte und zauberte schließlich ein Lächeln in ihr Gesicht. »Ihre Kleine hat eine hübsche Frisur, also … von der Seite betrachtet. Von links.«

Ich nickte.

7

Dann kam der Tag, an dem Schimanski den Büffel fuhr. Ich brachte Ole wie jeden Morgen zur Schule und setzte mich selbst mit meinem Laptop und einem Stapel maschinell übersetzter Betriebsanleitungen ins Café. An diesem Tag ging es um einen Föhn, und … Donnerwetter, wo lag der Haken, wenn der Hersteller meinte, die Funktion auf sieben Seiten erklären zu müssen?

Nachdem ich mich ein wenig hineingefuchst hatte, wurde klar, dass einer der Schalter zum Ein- und Ausschalten diente und der andere, um die Wärme zu regulieren. Sensation! Ich kaute auf meinem Kuli. Die Hersteller mögen keine Zwei-Zeilen-Gebrauchsanweisungen. Es gibt ihnen das Gefühl, ihr Gerät wäre simpel, und Simples verkauft sich schlecht. Aber mich nervte das. Schlecht gelaunt fabrizierte ich Worthülsen.

Wahrscheinlich war gar nicht der Föhn an meiner miesen Stimmung schuld, sondern die Tatsache, dass Sylvie sich nicht meldete. Nachdem ich einmal auf Rache eingeschworen war, wollte ich, dass die Sache voranging. Langfristige Intrigen à la *Verliebt in Berlin* liegen mir nicht. Wenn mir nicht meine christlich-abendländische Erziehung im Wege gestanden hätte, wäre ich wahrscheinlich eher ein Typ für den al-Qaida-Trupp gewesen. Zack, die Handgranate geschmissen, und gut!

Plötzlich schlenderte ein Rokoko-Engel an meinem Fenster vorbei. Sebastian Müller. Er entdeckte mich und … nein, ich fände es fies zu sagen, dass er glotzte. Er schaute mich also lange und intensiv an und brachte sein Gehirn auf Trab, um rauszufinden, wer da an einer Kaffeetasse nippte. Und ging weiter. Und kehrte noch mal um. Und … kam ins Cafè. Ohne Umstände setzte er sich zu mir an den Tisch und sagte: »Ich soll von Mama grüßen.«

Danke, du Eierwerfer. Die Reinigung meines Lieblingskleides hat neunzehn Euro fuffzig gekostet, und die Krähe, die sich meinen Mann geangelt hat, bescheißt mich, und ich bin grottenschlechter Laune. »Wusste sie denn, dass wir uns treffen würden?«, fragte ich sarkastisch.

»Nee, ich sag das nur so von wegen dem Benehmen«, klärte Sebastian mich auf. »Damit Sie wissen, dass ich eins hab.«

Die Bedienung – nicht Femke, sondern eine Kollegin – kam an unseren Tisch und fragte ihn: »Willste 'n Kaffee?«

»Nee, ich sitz hier nur.«

Genau. Und das war die Schwierigkeit bei Typen wie Sebastian. Sie schmeißen sich an Leute ran, ohne ein Gespür dafür zu haben, dass das Werfen eines rohen Eies auf ein Seidenkleid einer Beziehung einen Knacks versetzen könnte. *Du werfen Ei an mein Kleid – wir jetzt Feind!* War das so schwer zu kapieren?

»Ich bin nämlich rausgeflogen«, sagte Sebastian.

»Was?«

»Aus dem Praktikum.« Trübsinnig starrte Sebastian auf die Tischdecke.

»Mir wäre lieb, wenn der junge Mann doch was bestellt, weil ich sonst Ärger mit dem Chef krieg«, sagte die Bedienung. Es war eine Dame im Rentenalter, mit einem Dutt wie meine Urgroßmutter. Wahrscheinlich hatte sie sieben Kinder großgezogen, und nun reichte es trotzdem nicht für die Rente, und sie ärgerte sich über Sebastian, der mit seiner Arbeitskraft dafür sorgen sollte, dass sie ihr täglich Brötchen auf den Teller bekam, und stattdessen sein Praktikum vergeigte. Ich hatte Verständnis dafür und orderte einen zweiten Milchkaffee.

»Und nun fährt Goethe den Büffel«, sagte Sebastian.

»Bitte?«

»Den Büffel«, wiederholte Sebastian so laut, als glaubte er, dass alle Leute in meinem Alter einen Gehörschaden haben.

Ich schob meinen Stuhl ein paar Zentimeter zurück. »Was hat Goethe mit deinem Praktikum und einem Büffel zu tun?«

»Na ja, Kremer. Wir nennen den Goethe, weil er Deutsch bei uns macht. Goethe war 'n Dichter.«

»Ach was!«

»Macht nix, wenn Sie den nich kennen«, tröstete mich Sebastian. »Ich glaub, der ist schon tot.«

»Und Goe... Kremer ... Was heißt das – er fährt den Büffel?«

»Er ist Scheiße drauf. Er macht uns fertig.«

»Er macht *dich* fertig.«

»Nee, uns alle. Aber mich besonders. Weil ich doch rausgeflogen bin.«

»Aus dem Praktikum.«

»Ja.«

Armer Schimanski. Ich dachte an unser Gespräch bei der Klassenfahrt. An die Sebastian-Lokomotive, die er über den Himmel zuckeln sah. Er hatte die Weichen gestellt, aber Sebastian hatte die Sache, genau wie er vorausgesehen hatte, vermasselt. Kein Wunder, dass er den Büffel fuhr.

»Und nun?«, fragte ich die entgleiste Lokomotive.

»Ich dachte, Sie könnten vielleicht mal hingehen zu mei'm Praktikum. Und fragen, ob ich nich doch weitermachen kann?«

Ich? *Ich?* Die Dame, der er das Seidenkleid mit Eiermatsch zugekleistert hatte? Ein Kleid, das 180,- € gekostet hatte? Im *Sonderangebot?*

»Weil Sie doch so nett sind«, meinte Sebastian unsicher.

Herrgott! Man musste diesem missratenen Botticelli-Verschnitt mal erklären, wie die Welt funktionierte. Ihn in die Nesseln brettern und selbst zusehen lassen, wie und ob er wieder hinauskam. Und wenn er es nicht schaffte: Entgleiste Lokomotiven gehören zum Landschaftsbild – jetzt mal metaphorisch gesehen, unter Einbezug des Sternenhimmels, nicht wahr?

»Goethe sagt, wenn ich nich mal das Praktikum schaff, krieg ich auch den Abschluss nich hin, und dann werd ich einer von den Idioten, die mit'm Bierchen vor der Glotze vergammeln.« Trübe senkte Sebastian seinen Löffel in den Milchkaffee, den die alte Dame vor ihm abgestellt hatte. »Das will ich aber nich. Ich will arbeiten und 'n Haus ham und Kinder. Drei. Un'n BMW Touring.«

Ich starrte auf das Häufchen Elend und fragte widerwillig gerührt: »Warum bist du denn rausgeflogen?«

»Weil ich zu spät gekommen bin.«

»Dann geh hin und entschuldige dich.«

»Hab ich schon. Vier Mal.«

»Du hast dich vier Mal entschuldigt?«

»Weil ich ja auch vier Mal zu spät gekommen bin«, erläuterte Sebastian.

»Wie lange geht dein Praktikum denn schon?«

»Sechs Tage.«

»Donnerwetter – dann warst du ja an zweien pünktlich!«

»Nee, war doch 'n Wochenende zwischen«, sagte Sebastian, taub für alle Ironie.

»Junge, du hast dein Schicksal verdient.«

»Könn' Se nich trotzdem mal mit ihm reden?«

»Mit wem?«

»Herr Kredowski. Auf 'n Erwachsenen hört der. Aber Goethe hat kein Bock mehr drauf. Er sagt, er hat's satt. Obwohl ich glaub, dass er eigentlich nur auf Sami sauer ist.«

»Wieso das denn?«

»Na, wegen der Demonstration.«

»Sebastian – weißt du, dass du sehr viel Ähnlichkeit mit einer maschinellen Übersetzung hast?«

Der Botticelli-Engel nickte.

»Was ist denn mit Sami und der Demonstration?«

»Sami kapiert nicht, dass man durchhalten muss.«

»Soll er noch mehr Eier schmeißen?«

»Ich weiß nich. Eigentlich soll er aufs Gymnasium. *Muss* ich das trinken?« Sebastian schaute auf seinen Milchkaffee, als wäre es Sokrates' Schierlingsbecher.

»Musst du, ja.«

»Und täten Sie mir denn helfen bei Kredowski?« In den blauen Augen schwamm ein ganzer Eimer voller Hoffnung.

Am Samstagabend, zwischen den Mainzelmännchen und Jan Hofer von der Tagesschau, kam Ocke, und nachdem er Norbert zu seinem neuen Akku-Garagentorantrieb gratuliert hatte, erlöste er mich aus der Ungewissheit, was Ingmars Vernichtung anging. Er breitete die Arme aus, zog mich an die Brust und erklärte gerührt: »Franziska – du bist ein grundanständiger Mensch! Donnerwetter, ich kenne keine andere Frau, die so mit ihrem Ex umgehen würde. Noch dazu mit einem, der ihr derart übel mitgespielt hat. Ja, Sylvie hat mich angesprochen wegen des Vortrags, und ich finde deine Einstellung ... souverän, wenn ich das sagen darf. Kein Scheidungsgezicke ... prima, echt!«

Ich lotste ihn auf die Terrasse, obwohl es für ein Schwätzchen im Freien schon zu kühl war, aber ich wollte nicht, dass Norbert das mit meinem Ex mitbekam. Er haderte sowieso mit mir, weil ich immer noch nichts in der Sache mit den überteuerten Beerdigungskosten unternommen hatte. Ich hatte eine Ahnung, dass der Ex, den ich ihm verschwiegen hatte, ihn zusätzlich aufbringen könnte.

»Es ist ja nur die Sparkassen-Dörthe, auf die ich sauer bin«, flüstere ich Ocke zu. »Und Ingmar ist ein Ausnahmekünstler. Einer, der ganz groß werden könnte, von dem sie noch in hundert Jahren reden. In seinen Kreisen – also diesen Künstlerdings, bei denen sie immer Heroin rauchen und auf den Tischen bunga-bunga ... du weißt schon ... da sind sie grottenneidisch auf ihn. Alles, was ihm zum Durchbruch fehlt, ist der kleine Schubs.«

»Klar, Franziska. Kennt man doch. Denk nur an Picasso vor seiner Entdeckung. Der musste im Winter den Ofen mit seinen Bildern heizen.«

»Ehrlich?«

Ocke nickte, während er mich auf den Rand des Sandkastens zog, von dem aus man einen prima Blick auf Norberts Gartenteich und die beiden angelnden Steinhutzelmännchen hatte. »In seiner frühen Pariser Episode. Das war, bevor er von Leo Stein entdeckt wurde. Ich kenn mich da ein bisschen aus. Glaubt man ja nicht bei einem Baumarktbesitzer«, meinte er bescheiden, »aber ich habe ein echtes Interesse an der Kunst. Also, ich hab mir die Werke von deinem Brunner im Internet angesehen, auf seiner Homepage. Und obwohl ich kein Kunstwissenschaftler bin ... Ich find's genial!«

Das Wort *Homepage* gab mir einen Stich. Ingmar lehnte Computer und dieses ganze technische Teufelszeug ab. Wir hatten sogar eine kleine Ehekrise gehabt, als ich per Homepage Werbung für mein Übersetzungsbüro machen wollte. Und nun hatte er sich selbst eine zugelegt. Sicher auf Dörthes Zuraten, und höchstwahrscheinlich hatte sie sie auch zusammengeschustert, und vielleicht wusste er gar nichts von ihrer Existenz, aber wahrscheinlich doch, und … »Ich bin ganz deiner Meinung. Ingmars Genie muss gefördert werden«, flötete ich. »Ehrlich, du tätest mir einen richtig großen Gefallen, wenn du ihn herkommen ließest.«

»Ich hab mir Brunners *Interpretation einer übersättigten Glühbirne* angeschaut und kann nur sagen: Der Mann hat was auf dem Kasten.«

»Ist wirklich eine Glühbirne darauf zu sehen?«, fragte ich eifersüchtig. Das Werk musste neueren Datums sein. Dörthe schien ihm als Muse zu dienen.

»Nur die *Interpretation* einer Glühbirne.«

»Natürlich. Das kann er am besten.« Mit einem Mal fühlte ich mich schrecklich einsam. Vor ein paar Monaten noch hatte Ingmar mit mir auf einem Kopfkissen geschlafen. Nun musste ich mir von Fremden anhören, wie sich sein Leben veränderte. Dörthe tat Ingmar gut. Sie machte ihn glücklich und ließ ihn Seiten an sich entdecken, über die ich mich immer nur lustig gemacht hatte. Sie war die Frau, nach der er sich möglicherweise seit dem Anblick unserer samtenen Hochzeitsreiseneheringkissen gesehnt hatte. Aber hätte er nicht irgendwann sagen können, dass ihm etwas fehlte? Eine Ehe wird immer von zwei Parteien in den Sand gesetzt. Grollend bat ich: »Gib ihm mindestens zwei Stunden Redezeit. Er hasst es, wenn er seine Ideen in eine Kurzfassung quetschen muss.«

»Er kann reden, so lange er will!«, stimmte Ocke bereitwillig zu.

Das Gespräch deprimierte mich, und weil ich wollte, dass wenigstens noch *etwas* reell Gutes dabei raussprang, sprach ich ihn auf Sebastian Müller an. »Der Junge ist ein lieber Kerl, und in die Sache mit den Eiern ist er aus purer Dummheit geraten. Ich habe bei seiner Praktikumsfirma angerufen, um für ihn ein gutes Wort einzulegen. Nur hat es nichts genutzt. Kredowski war nämlich gerade in richtig mieser Stimmung, weil ihm eine Ratte im Abwasserrohr krepiert ist und sein Klo verstopft hat und der Dreck …«

»Der Mann hat kein soziales Gewissen«, stellte Ocke fest.

»Genau. Gib Sebastian eine letzte Chance. Er hat hoch und heilig versprochen, dass er es dieses Mal packt. Er wird kommen und pünktlich sein und echt ranklotzen, also dir eine richtige Hilfe sein …« Und irgendwann als Diesellock seine Bahnen durchs Universum ziehen, dachte ich.

Ocke versprach, es mit ihm zu versuchen. »Dir zuliebe, Franziska.«

Ich schaffte es nicht, die gute Nachricht für mich zu behalten, und deshalb ging ich, nachdem Ocke sich verabschiedet hatte, zu Schimanski. Ein Kernproblem der Begeisterung besteht darin, dass sie sich nicht gut übertragen lässt. Weiß jeder, der mal versucht hat, seine Oma an Weihnachten zu einem Sushi-Essen zu überreden. Man müsste versuchen, sie mit einem Schnupfenvirus zu kreuzen, damit sie sich ungehindert ausbreiten kann, dachte ich, als ich auf Schimanskis Sofa saß und ihn verdrossen eine Bierflasche öffnen sah.

»So«, knurrte er und reichte mir die Flasche. Er hatte gerade die Tagesthemen geschaut. Während er den Fernseher ausstellte, sah ich mir sein Wohnzimmer an. Die Einrichtung bestand aus einem riesigen Ledersofa, zwei Sesseln, einer Bücherwand und sonst nichts. Nirgendwo Deko. Kein noch so winziges angelndes Steinhutzelmännchen. Norbert hätte es seelenlos gefunden.

»Sebastian ist ein grundnetter Kerl«, versuchte ich meine Begeisterung zu retten. »Er hat eine zweite Chance verdient.«

»Er wird sie nicht nutzen!«

»Wieso wird er sie nicht nutzen?«

»Weil er zu blöd dafür ist.«

»Mensch, Schimanski«, sagte ich.

»Bitte?«

»Müssten Sie nicht, wo Sie schon Pädagogik studiert haben, ein bisschen optimistischer sein? Irgendein Feuer im Herzen tragen?«

»Ich heiße Kremer. Und ich hab Feierabend«, sagte Schimanski. Dagegen konnte man nichts einwenden. Er ließ sich in seinen Sessel sinken und griff sich sein eigenes Bier.

»Sebastian Müller ...«

»Bräuchte eine Rakete im Hintern, damit er sich bewegt«, unterbrach mich Schimanski. »Er lebt nach dem Trägheitsprinzip. Verstehen Sie? Es besagt, dass Körper in ihrem Zustand verharren, solange keine äußere Kraft auf sie einwirkt. Was soll ich also tun? Sebastian sein Leben lang anstupsen? Ich kann ... Eigentlich kann ich gar nichts tun.«

»Also ...«

»Stimmt natürlich auch nicht. Ich darf das Elend dokumentieren.« Er deutete auf einige DIN-A4-Bögen, die verstreut auf seinem Tisch lagen.

Ich nahm einen davon auf. *Dokumentation der Lernentwicklung* stand obendrauf. Schimanski hatte bei einem Mädchen namens Stefanie Bruns das Sozialverhalten, das Arbeitsverhalten, ihr Wissen und ihre individuellen Stärken beurteilen müssen. Er durfte Kreuze, Kreise und Ausrufungszeichen machen. Kreuze waren gut, Kreise so lala, Ausrufungszeichen übel. Schimanski hatte sich auf Kreise und Ausrufungszeichen beschränkt, was deprimierend aussah.

Stefanie hatte sich auch selbst einschätzen dürfen. In einer Orthographie, die auf einen frischen, unkonventionellen Charakter schließen ließ, schrieb sie, dass sie sich eigentlich ziemlich gut fand. Schimanski hatte das mit einem heulenden Smiley kommentiert, das als Dokumentationssymbol eigentlich gar nicht vorgesehen war.

»Sie sollten keine individuellen Lernentwicklungsberichte ausfüllen, wenn Sie Feierabend haben«, sagte ich. »Es ist schön, dass Stefanie etwas von sich hält. Man sollte das unterstützen. Auf meinem individuellen Lernentwicklungsbogen hat immer nur gestanden: *Norbert kann das besser.*«

»Zu unseren Zeiten gab's so was noch gar nicht«, sagte Schimanski.

»Doch. Sie waren damals nur unsichtbar. Und das ist noch fieser, weil ich meine Eigenbeurteilung deshalb auch mit unsichtbarer Tinte schreiben musste. Ich finde übrigens, dass Sie Stefanies Mathekompetenzen zu hart beurteilen. Sie verdient mindestens einen Kreis, wenn nicht sogar ...«

»Sie wissen doch gar nichts von ihr.«

»So kann man das nicht sagen. Ich glaube, ihr ganzes Problem besteht darin, dass man sie als kleines Mädchen immer nur mit Barbies hat spielen lassen. Ach was, mit *einer einzigen* Barbie. Deshalb hatte sie keine Chance, das Addieren zu lernen, und ohne Addieren klappt es auch mit dem Multiplizieren nicht, und am Ende läuft gar nichts. Ist doch klar. Ihr Talent wurde von Geburt an unterdrückt. Und nun wird sie von ihrem Lehrer in Grund und Boden gestampft ...«

»Ich stampfe sie in den Boden?«, fragte Schimanski.

»... der ihren letzten Rest Selbstachtung zertrampelt ...«

»Hier fliegt gleich einer raus.«

»Bei Stefanies Englischkenntnissen sind Sie auch ein bisschen hart, und was Bio angeht …«

Er nahm mir den Bogen aus der Hand, sammelte den Rest vom Tisch dazu, legte den Stapel auf seiner Fensterbank ab und setzte einen leeren Blumentopf darauf. »Sebastian darf also bei Ocke sein Praktikum machen?«, fragte er, als er wieder in seinem Sessel saß.

»Ja, und er hat sich fest vorgenommen, dieses Mal pünktlich zu sein. Das wird er auch schaffen!«

Schimanski grinste melancholisch. »Sebastian Müller ist eine Trantüte. Er und die Hälfte meines Trupps hat keinen Bock auf Anstrengung. Sie finden Hartz VI okay und richten sich gemütlich in ihrer Dumpfheit ein.«

»Die Formulare bekommen Ihnen wirklich überhaupt nicht«, sagte ich.

»Das *Lehrerdasein* bekommt mir nicht.«

»Mensch! Die Jungs haben sich *Big Brother* durch die Lappen gehen lassen, um Ocke mit Eiern zu bewerfen! Da sieht man doch Potential«, versuchte ich ihm Mut zu machen.

»Nur lassen sie's leider dabei bewenden. Das ist nämlich der traurige Stand der Dinge. Die Kerle haben ein bisschen Widerstand zu spüren bekommen, und sofort knicken sie ein. Zum Kotzen ist das. Nehmen wir zum Beispiel Sami Günsür …«

»Den Araber, der nicht zum Gymnasium will?«

Schimanski warf mir einen irritierten Blick zu.

»Hat Sebastian erzählt.«

»Der Junge scheint ja richtig aus sich rausgegangen zu sein.«

»Ach, wenn man ihnen nur zuhört«, lächelte ich. Das war ein Tritt unter die Gürtellinie, aber ich kann Trübsalblasen nun mal nicht ausstehen.

»Sami … er ist übrigens türkischstämmig und nicht arabisch, was man daran merkt, dass er einen türkischen Namen trägt und seine Eltern aus der Türkei kommen und nicht von der arabischen Halbinsel …«

Gott, wie spitzfindig!

»Jedenfalls hat er mehr Grips im Kopf als sein gesamter Jahrgang zusammen. Er ist vor vier Jahren hierher nach Deutschland gekommen und konnte kein Wort verstehen. Aber er hat alles aufgeholt. Inzwischen könnte er locker Abitur machen und studieren und … er könnte alles!«

»Aber?«

»Er traut sich nicht. Sein Onkel, bei dem er lebt, hat einen Laden, den er weiterführen soll, und damit ist die Sache für ihn erledigt.«

»Einen Gemüseladen?«, fragte ich, um zu zeigen, dass die Migrationsdebatte nicht an mir vorbeigegangen war und ich wusste, wie es bei unseren deutsch-türkischen Mitbürgern aussieht.

»Quatsch! Einen für Sanitätsartikel. Sitze für Duschen, Kompressionsstrümpfe und so was.«

»Ist doch nicht verkehrt.«

»Ja, aber Sami kann mehr. Der könnte Atomphysik studieren. Eigentlich will er das auch. Nicht gerade Atomphysik. Aber studieren. Seinen Grips benutzen. Nur hat er Schiss, das bei seinem Onkel durchzusetzen. In seiner Familie hat niemand die Uni besucht. Was, wenn er jetzt einen Aufstand macht und dann beim Gymnasium scheitert? Das ist seine Angst. Er will sich nicht blamieren. Also versucht er es erst gar nicht. Herrgott, ich könnte mir die Haare ausreißen!«

»Meine Güte!«

Schimanski hob seine Bierflasche und prostete mir zu. »Außerdem handelt irgendein Idiot an meiner Schule mit Drogen. Wir haben das von der Polizei gesteckt bekommen. Wenn sie mit diesem Dreckzeug anfangen, sind sie komplett über den Jordan.«

Ich stemmte mich aus dem Sofa und machte die Tür zur Terrasse auf. Schimanskis Garten war das, was Faulpelze gern als Naturgarten bezeichnen. Seit der Steinzeit hatte darin niemand mehr Unkraut gejätet. Es gab nur einen etwa ein Meter zwanzig breiten Grasstreifen, wo Schimanski mit einer Sense durchgegangen war. »Sehen Sie? Da oben ist sie«, sagte ich.

»Wer?« Schimanski trat hinter mich. Und weil die Terrassentür so schmal war, geriet seine Brust an meine Schulter, und wir standen plötzlich sehr nahe beieinander. Einen Moment irritierte mich das, aber dann ... Verdammt und zugenäht ... Schimanski roch nach Rasierwasser, was ich für mein Leben gern schnuppere, weil es so männlich riecht. Und sein Körper war hart wie Beton. Kein Gramm Schwabbel. Schau mal grad her, Ingmar-aus-dem-Sarge, hätte ich fast gerufen. Es gibt noch andere Männer auf der Welt. Denkst du, mir macht deine verdammte Dörthe was aus?

»*Wer* ist da oben?«, wiederholte Schimanski seine Frage.

Ach richtig. »Die Lok. Dort drüben, zwischen der Eiche und der Buche.«

»Das sind Tannen, meine Dame. Weihnachtsbäume. Kann man sich merken, indem man sich die Kerzen dran vorstellt. Was für eine Lok?«

»Na, Sebastian.« Ich hasse es, wenn man Leuten ihre eigenen Metaphern erklären muss. Nach ein paar Stichwörtern erinnerte er sich. »Und«, sagte ich, »vielleicht kurvt Sebastian da *jetzt* noch nicht rum, aber in ein paar Jahren. Er wird das Praktikum machen, eine Lehrstelle bekommen und am Ende einen Arbeitsplatz finden und zuckeln und zuckeln und abends mit seinen eigenen Kindern vor seinem Häuschen sitzen und sich über seinen BMW freuen und vielleicht sogar Kohlrabi ziehen.«

Schimanskis Brust bebte ein bisschen, als er lachte.

»Man muss dran glauben, Schimanski.«

»Ich heiße Karl.«

»Karl Schimanski Goethe, weiß ich doch.«

»Glauben Sie echt dran?«

»Und ich heiße Franziska. Franzi für meine Freunde.«

»Glaubst du echt dran, Franzi?«

Ja, das tat ich, und zwar so fest, dass ich bereit war, an Sebastians erstem Praktikumstag zu Ocke Büntings Baumarkt zu gehen, um sozusagen als Augenzeuge zu fungieren.

Aber vor dem Montag kam das Wochenende und mit dem Wochenende die Wochenendpost und … Haben Sie Martin Brody und den Hai noch auf dem Schirm? Plötzlich war sie nämlich wieder da, die Situation aus diesem Film. Du hast das Vieh aus dem Auge verloren und gehst schwimmen und gibst deiner Gummischwimmente einen Klaps auf den Hintern und denkst an nichts Böses ... Und auf einmal taucht die Flosse wieder auf.

Geli war es, die sie mir in Form des nächsten Elch-Briefs präsentierte. Sie trug ihn zu mir ins Gästezimmer hinauf und setzte sich fürsorglich unter der Peter-Pan-Lampe auf einen Hocker, um mir beizustehen. Der Briefumschlag enthielt wieder eine Schmiererei von Dörthe. Sie mahnte den Betrag von der verfallenen Tampere-Reise an. Mit einem Hinweis auf den Anwalt. Und natürlich wieder *hochachtungsvoll*, das Biest.

Aber lange konnte mir das die Laune nicht trüben. Denn kurz darauf rief Sylvie an, um uns zu informieren, dass Ingmar Brunner für den Vortrag zugesagt hatte. »In drei Wochen, im *Haus des*

Gastes, um 20:00 Uhr. Ich werde zusehen, dass ich trotz der kurzen Zeit noch ordentlich was an Reklame auf die Beine stelle.«

»Oh ja bitte, machen Sie das!« Ich drückte sie weg und strahlte Geli an. »Ha!« Der Hai mochte kreisen, doch Franzi Brunner war jetzt mit einer Harpune ausgestattet, an der eine Riesen-Wumm-Wumm-Ladung Plastiksprengstoff befestigt war. Erinnern Sie sich an das Filmfinale, als der Hai in die Luft gejagt wird?

Geli stand nervös auf und ging ins Bad auf der anderen Seite des Flurs. Sie begann Rohrreiniger in das WC zu schütten – wahrscheinlich weil ich ihr von der Ratte in Kredowskis Abwasserleitung erzählt hatte. »Norbert trifft der Schlag, wenn er deinen toten Ingmar im *Haus des Gastes* sieht«, meinte sie.

Ich war nur einen Moment beunruhigt. »Norbert hasst Künstler. Also geht er auch nicht hin, um einen von ihnen labern zu hören.«

»Er könnte die Plakate sehen.«

Ja, das war eine beunruhigende Vorstellung.

»Oder davon in der Zeitung lesen.«

»Also ...«

»Du musst ihm reinen Wein einschenken.«

»Mensch, Geli, das will ich doch *sowieso*.«

»Und zwar heute.«

»Und zwar *sehr bald*.« Ich nahm ihr den Rohrreiniger aus der Hand und kippte den Rest der Flasche in die Kloschüssel. Bei Ratten darf man nicht geizig sein. Wumm, wumm! *Ich freu mich auf dich, Dörthe!*

Aber jetzt zum Montag. Ich stand pünktlich um zehn vor acht vor Ockes Baumarkt. Also ... *pünktlich* gemessen an der Vorstellung, die mir in meinem Elternhaus eingeprägt wurde. *Lie-*

ber zehn Minuten warten, als sich hetzen müssen. Natürlich, Mama. Sebastian hatte offensichtlich eine andere Erziehung genossen. Nervös schaute ich zu, wie der Zeiger auf meiner Armbanduhr vorwärts kroch. Als er auf die Zwölf sprang, packte mich die Wut. Mensch, Kerl! Vergammle doch vor deiner Glotze. Sauf Bier, bis es dir zu den Ohren rauskommt. Und wenn dir jemand Ecstasy reinschüttet, ist mir das auch egal! Ich geh zu Schimanski und stoß mit ihm auf deine Hartz-IV-Karriere an!

Aber da kam er plötzlich hinter einem Werbeständer für Vinyltapeten hervor. Seine Haare waren ungekämmt, der linke Turnschuh hatte ein fettes Loch, das seine Zehen mit Frischluft versorgte, und er war komplett außer Atem. Aber er war da. Sogar in Begleitung. Sami ging an seiner Seite, der Terrorist mit dem Gymnasiastengehirn und dem Geschäft für Sanitätsbedarf.

»Mach hinne«, schnauzte ich Sebastian an, weil bei meiner Konditionierung auch *eine Minute zu spät* bereits ein Frevel ist. Immer noch sauer blickte ich ihm nach, als er hinter der automatisierten Eingangstür verschwand. Ocke winkte mir aus dem Bürofenster oberhalb des Ladens zu. Ich rang mir ein Lächeln ab und winkte zurück.

»Er kann nichts dafür«, sagte Sami.

»Dass er zu spät kommt?«, fragte ich aufgebracht.

»Ja.«

»Es nicht pünktlich zur Arbeitsstelle zu schaffen ist was anderes, als an der Eigernordwand zu scheitern.«

»Typisch«, sagte Sami.

»Was?«

»Dass Sie so was sagen. Ist ja auch am einfachsten, auf die da unten einzudreschen.«

»Bitte?«, fragte ich empört.

Sami versenkte seine Fäuste in der Jeans und zuckte auf diese arrogant-halbgare Art, die einem die Galle in die Speiseröhre treibt, mit den Schultern. »Ist ja nur ein blöder Loser. Mit so einem kann man's machen.«

Na, also … Mir blieb die Luft weg. Kapierte er nicht, dass ich die Frau war, die dafür sorgte, dass sich für Sebastian eine Zukunft als Lok im Universum auftat? »Hör mal zu, Sami Superklug! Dein Kumpel braucht nichts weiter zu tun, als frühmorgens seinen Hintern aus dem Bett zu hieven. Und wir reden hier nicht von Frühschicht, wo um halb zwei der Wecker bimmelt, sondern von einer zivilisierten Zeit, zu der eine Milliarde anderer Menschen auch aus den Federn kriechen. Aufstehen, duschen, losmarschieren – das sollte doch wohl möglich sein!«

»Eben!«

»Eben was?«

Sami hatte sich schon halb zum Gehen gewandt, ein Kerl, der das Leben satthatte, in dem vorurteilsbehaftete Mittvierziger die armen Schweine aus der Unterschicht niederknüppeln.

»Eben *was?*«, wiederholte ich und machte ein paar rasche Schritte, um mit ihm auf gleiche Höhe zu kommen.

»Schon mal Walter Gutjahr gelesen? *Die Messung psychischer Eigenschaften?*«, fragte Sami von oben herab.

»Klar. Heut Morgen zum Kaffee.«

»Da geht's um den Intelligenzquotienten. Sebastian Müller hat einen von geschätzt 75.«

»Und das hat ihn taub gemacht, so dass er kein Weckerklingeln mehr hört?«

»Nee, aber er kann keine Uhr lesen. Kriegt er nicht hin. Zu kompliziert.«

Ich blieb stehen und Sami erstaunlicherweise auch. Ich fuhr mir durch die Haare.

»Keiner in seiner Familie packt das«, sagte Sami. »Außer Arnold. Der ist besser drauf im Kopf. Aber dem bringt ja niemand was bei.«

»Sebastian kann die Uhr nicht lesen?«

»Sag ich doch.«

»Und digital?« Damit hatte ich Sami Superschlau. Er marschierte weiter und war beleidigt. Ich sah, dass er an etwas in seiner Tasche fummelte, vielleicht einer Hosentaschenbombe, weil ich ihn so nervte, aber das war mir jetzt egal. »Wenn ihm wirklich was am Praktikum läge, würde er sich einen digitalen Wecker besorgen und trotzdem pünktlich erscheinen.«

»Das kostet Geld.«

»Doch kein Vermögen.«

»Nicht für Leute, die's haben.«

»Nach Walter Dingsbums hast du wohl das *Kapital* gelesen, was?«

»Und wenn? Geld geht immer dahin, wo's sowieso schon ist. Zu den Bankern ... den Politikern ... ins Gymnasium. Die Hebel der Macht werden von einem Kreis von Leuten bedient, die dafür sorgen, dass sie unter sich bleiben und alles für sich behalten können.«

Na, das war mal eine Rede! Dann hättest du ihm vielleicht einen Wecker besorgen können, mit Hilfe des Sanitätsgeschäftsonkels, den das bestimmt nicht umgebracht hätte, oder von deinem Taschengeld, hätte ich gern gesagt. Aber Sami blieb erneut stehen. Er starrte mich an, nur ganz kurz, und holte dann das Ding aus der Tasche, das er die ganze Zeit befingert hatte. Nein, kein Bömbchen, eine Digitalkamera. »Mal einen Moment so bleiben, ja?«

Ich wollte aus der Haut fahren. Was soll das denn jetzt?, wollte ich brüllen, kam aber nicht dazu. Klick – klick – er schoss ein

Foto nach dem anderen von mir, als wären wir auf einer Fotosession. Ich fand das höchst genierlich. Wir standen mittlerweile in der kleinen Ekelborner Einkaufsstraße vor H&M, und die Leute – zum Glück waren es noch nicht viele, aber trotzdem – starrten mich interessiert an. »Was tust du da?«

»Ist 'n gutes Motiv«, knurrte Sami wortkarg.

Für das Album von al-Qaidas Kartei künftiger Terrorziele? »Lass den Quatsch!«

Sami steckte die Kamera wieder ein.

»Und nun?«, fragte ich.

»Keine Ahnung.«

»Ich besorg Sebastian einen Digitalwecker.«

Sami zuckte mit den Schultern. An konkreter Verbesserung war er natürlich nicht interessiert. Hätte man sich ja denken können. Nur immer motzen. Schimanski war zu Recht frustriert.

Arnold kapierte die Sache mit dem Wecker übrigens auf Anhieb. Er hatte innerhalb von zwei Minuten sämtliche Funktionen drauf und war nur ein bisschen enttäuscht, dass ich seinem Bruder den Wecker persönlich überreichen wollte. »Ich klau den nicht, ich geb den wirklich dem Basti«, versicherte er mir.

»Mensch, Junge, das weiß ich doch«, sagte ich, während mir vor Verlegenheit das Blut ins Gesicht schoss. Es war ja immer noch nicht raus, ob nun Ole den Arnold oder Arnold den Ole zum Klauen animiert hatte, und wahrscheinlich hatten sie es gemeinsam ausgeheckt, und jedenfalls war's ganz schön schofelig von mir, ihm da ständig was unterzuschieben. Ich reichte Arnold das rot glitzernde Ding, und er ließ es in der Tasche verschwinden. »Wenn aber nicht«, sagte ich, »dann beiß ich dir den Kopf ab und mach aus dir Hackfleisch – wie ein Triptosaurus.«

»So einen gibt's gar nicht«, tönte Ole, der am Küchentisch über den Hausaufgaben saß.

»Klar. Man hat ihn nur noch nicht entdeckt«, sagte ich.

8

Ingmar sah bei seinem Ekelborner Auftritt wie ein … nun ja, wenn nicht wie ein *junger* Gott, dann zumindest wie ein Gott in den besten Jahren aus. Er trug – *kompromisslos ehrlich* – eine schwarze Jeans, einen schwarzen Rolli und einen schwarzen Blazer, und seine dunklen Locken, in die sich noch kein einziges graues Härchen verirrt hatte, ringelten sich verwegen über seine hohe Künstlerstirn. Habe ich schon erwähnt, dass er tiefblaue Augen hat, Farbe Mittelmeer? Wenn man die sieht, wird Ertrinken zur Sehnsuchtsfantasie. Die Leute beteten ihn an, noch bevor er ein Wort gesagt hatte.

Da wir uns im Ekelborner *Haus des Gastes* befanden und nicht in einem abgefahrenen Berliner Undergroundclub, trugen die Gäste, was sich in den letzten zwanzig Jahren in ihren Kleiderschränken angesammelt hatte. Da fanden sich silberne Paillettenkleider zu Ringelshirts und Cordhosen, und außerdem eine Menge entstaubter Konfirmandenanzüge. Eine Frau trug ein Dirndlkleid.

Das war für Ingmar alles in Ordnung. Nur die beiden jungen Männer in den schwarzen Jeans, den schwarzen Rollkragenpullis und den schwarzen Blazern empfand er vermutlich als kränkend. Es ist schwer, den Menschen zu zeigen, wie sehr man ihre kleinkarierte Existenz verachtet, wenn sie so taktlos sind, sich in das gleiche kompromisslos ehrliche Outfit zu werfen, das man selbst trägt.

Ich ächzte ein bisschen, während ich es mir in dem Technikraum, der durch eine getönte Glasscheibe von dem Veranstaltungssaal getrennt war, bequem machte. Vor mir breitete sich das Mischpult aus, mit dessen Hilfe die Bühne beleuchtet wurde. Ich hatte einmal eine Anleitung für ein ähnliches Mischpult geschrieben und Ocke überzeugt, dass ich bestens in der Lage sei, es zu bedienen. Denn ich wollte natürlich Zeuge sein, wenn Ingmar mit Pauken und Trompeten unterging.

Als der weiße Hai in den Saal schwamm, zuckte ich zusammen. Dörthe wirkte mit ihrem hautengen, perfekt sitzenden Kleid zwischen dem Dirndl und den Ringelshirts wie ein Pralinee in einer Dose voller Gummibärchen. Eine ältere Frau, die vergessen hatte, ihre beige Steppjacke an der Garderobe aufzuhängen – vielleicht traute sie den Nachtschwärmern mit den Glitzerpailletten auch nicht –, fragte sie etwas. Dörthe antwortete schroff und wandte sich sofort wieder ab, denn, all ihr lieben Geister im Himmel: Sie litt. Ich sah, wie sie nervös auf der Lippe kaute. Ihr Blick glitt immer wieder zu Ingmar, der mit einem gefrorenen Lächeln bei Sylvie stand und sich wahrscheinlich dafür hasste, dass ihm keine gescheite Bemerkung einfiel.

Ja, Dörthe, hätte ich gern geflüstert – so ist er, unser Künstler, wenn man ihn ins Rampenlicht schubst. Und um's dir gleich zu verraten, du kannst auch in deinem zukünftigen Alltag nichts Geistreicheres von ihm erwarten als: »Der blöde Abfallbeutel ist schon wieder eingerissen.« Hat dir niemand gesagt, dass unser Genie am besten stumm rüberkommt?

Die Frau in der Steppjacke zupfte Dörthe am Ärmel und hielt plötzlich eine Kamera in der Hand. Dörthe zuckte irritiert zusammen. Die Steppjackentante war Journalistin? Das änderte natürlich alles … Sekundenschnell mutierte das Schlechte-Laune-Biest zur charmanten Begleiterin des neu aufgegangenen Sterns am Künstlerhimmel und lächelte und schwatzte. Aber die Frau in der Steppjacke ging nicht drauf ein. Sie war gekränkt, das merkte man. Grimmig knipste sie drei Bilder und kehrte ihrer Interviewpartnerin den Rücken zu. Kompromisslos. Ehrlich. Schade, dass Ingmar nicht aufmerksam genug war, um es zu würdigen.

Aber er geriet gerade selbst in Not. Sylvie fand, dass sie ihren Gast genügend angewärmt hatte, und wies zur Bühne, wo ein Rednerpult einsam auf den Brettern stand. Ingmar starrte es an wie der Verurteilte den Holzklotz des Henkers. Er wand sich, aber sie geleitete ihn gnadenlos zum Schauplatz seines Leidens.

Meine Finger fuhren über die Regler des Mischpultes. Zum Steuern diente ein Generic-Pult, das für konventionelles Licht konzipiert war, mit zwei Presets, Summenregler und … Interessiert keinen, was? Mich schon, aber vor allem begeisterte mich, dass man damit hammerhart ein Lichtbündel direkt auf Ingmars Gesicht richten konnte. So gleißend, dass der Erleuchtete hinterher mindestens ein Dutzend Augenarzttermine brauchte. Doch zunächst einmal wartete ich ab. Sylvie begrüßte im weichen Licht von Preset A den hochverehrten Gast, anschließend das hochverehrte Publikum, dann die Presse, die liebenswürdigerweise über den Abend schreiben würde. (Die Frau mit der Steppjacke grinste schlecht gelaunt.) Schließlich übergab sie das Wort an Ingmar.

Der blinzelte, obwohl ich noch gar nicht zu Preset B mit dem hammerharten Lichtstrahl gewechselt war. Einsam stand er auf der Bühne und zupfte an seinem Rollkragen. Ich fühlte den Schweiß, der ihm über den Rücken lief, und wusste, dass sein Herz wummerte und ihm ein Kloß den Hals verstopfte. Er hatte zu hohen Blutdruck, und in dramatischen Situationen – etwa als Busch junior im Irak einmarschierte oder die Katze unserer Nachbarin auf unseren Betonfußboden kackte – kletterte der schnell mal auf 170 zu 100. Jetzt musste er bei 300 zu 150 stehen. Und sein Puls bei einer Million.

Nervös zupfte ich an meinem Ohr. Zu hoher Puls – das fühlt sich an, als würde man sterben, hatte Ingmar mir mal erklärt. Als käme ein Tiger auf dich zu, und seine gelben Schlitzaugen sind nur noch einen Zentimeter entfernt, und du fühlst schon die Zähne im Hals – so dieser Moment. Als er den Blick übers Publikum zu meiner kleinen Kammer richtete, kam ich mir vor, als wäre ich selbst der Tiger, der ihn ansprang. Ich sah, wie nackte Angst seine Pupillen weitete. Gnade … bettelte er, und …

Rückblende, zwanzig Jahre zuvor: Ich hatte die Chrysanthemen von Sieglinde Polts gemeuchelt. Keine Absicht. Ich war mit dem Fuß gegen den Wischeimer gestoßen, als ich den Balkon unserer Mietwohnung feudelte, und das Wasser ergoss sich durch die Balkongitter auf die Polts'schen Blumen, und Sieglinde Polts geiferte wie die Mädels von RTL, die begreifen, dass sie zu den strengsten Eltern der Welt abgeschoben worden sind.

Eine Stunde später stand sie vor unserer Tür, weil ihre Chrysanthemen allesamt eingegangen waren. Sogar die von ihrer Küchenfensterbank – und die befand sich auf der anderen Seite des Hauses. Ich war wie vor den Kopf geschlagen gewesen. Hatte rumgestottert. Konnte es einfach nicht glauben. Lügen ist ja eh nicht fein, aber lügen, wenn man genau weiß, dass der andere die Lüge durchschaut …

Da tauchte auf einmal Ingmar hinter mir auf. »Frau Polts«, sagte er, »Sie sollten sich schämen.« Er hat das nicht gebrüllt, sondern ganz gelassen ausgesprochen. Sozusagen ein Fazit zum Thema gezogen. Die Polts schnappte nach Luft und zog ab. Es war ein Sieg der Anständigkeit über die Heimtücke gewesen, eingebettet in den Duft von Wirsinggemüse, das unsere Nachbarin zur Linken kochte.

In diesem Moment hatte ich gedacht, Ingmar sollte Politiker werden und das Ruder in Deutschland rumreißen. Natürlich ging das nicht, weil er vom Herforder Symphonieorchester tausendvierhundertneuzig Mark fuffzig im Monat bekam und wir ja alle wissen, wie unsicher so eine Politikerkarriere ist. Aber einen Moment lang sah ich ihn als Retter unseres Landes, den Kerl, den wir alle bräuchten, damit wieder Recht einkehrt, wo Unrecht herrscht. Mir waren vor Rührung die Knie weich geworden.

Und diesen Menschen wollte ich hier in Ekelborn ans Messer liefern?

Mein Blick schweifte zu Dörthe, die sich mit Fingern voller Glitzerringe, die ihr möglicherweise von Ingmar geschenkt worden waren, durch das rote Haar fuhr, und das auf eine so unverschämt elegante Art, dass ich es gar nicht kapierte, und … Jawohl, dachte ich grimmig, genau das will ich! Fahr zur Hölle, Ingmar, mein Bester!

Ich wechselte auf Preset B. Wumm!

Geblendet blinzelte Ingmar ins Licht. »Guten Abend«, krächzte er. Nachdem er die beiden Wörter rausgewürgt hatte, wurde er knallrot. Er räusperte sich ungefähr eine Dreiviertelstunde. Dann sagte er: »Kunst ist wichtig.« Das Mikrophon begann zu röhren, als wollte es dieser fundamentalen Erkenntnis Beifall spenden, und Ingmar wich erschrocken zurück.

»Einen Moment!«, rief Ocke. Er kletterte auf die Bühne – ein kleiner Mann mit Bauchansatz, vom Äußeren her mit Ingmar gar nicht zu vergleichen. Aber ich war stolz auf ihn, wie er ratzfatz dafür sorgte, dass das Mikro wieder verstummte.

Ingmar hob das Kinn. »Kunst ist wichtig«, presste er ein weiteres Mal heraus.

Danach … Stille …

Stille …

…

Hätte jemand im Publikum sein Nähzeug dabeigehabt, man hätte jetzt die berühmte Nadel fallen hören können. Sekunde reihte sich an Sekunde. Der Mangel an Geräusch mutierte zu etwas Entsetzlichem, das sich aufblähte und einen giftigen Atem hatte und mit gierigem Blick spähte, ob jemand zu hüsteln wagte. Geschätzte dreißig Augenpaare hingen an Ingmars Mund. Dörthe hatte sich halb aufgerichtet, als wollte sie ihm etwas zuflüstern, was natürlich idiotisch war, denn am Pult stand ein erwachsener Mann, und Einflüstern ist Kinderkram.

Sag ihnen, dass du schon seit deiner Kindheit malst, hörte ich mich im selben Moment selbst flüstern. *Dass du deiner Leidenschaft in einsamen Nachtstunden nachgehst … dass du dabei gepunktete Socken trägst … dass du Puppen sezierst, um den göttlichen Funken zu spüren … Sag irgendwas, Mann …* Hatte er seine Rede etwa nicht aufgeschrieben? Natürlich nicht. Er hatte das Dilemma verdrängt, bis an der A28 das Abfahrtschild Ekelborn auftauchte.

»Tja, also … Kunst ist wichtig …« Ingmar sah immer noch göttlich aus, aber nun wie der tragische Gott Dingsbums, den sie an den Fels geschmiedet hatten, damit ihm die Geier die Leber rauspicken oder so. Ich wusste, er wollte tot sein. Und da konnte ich ihn nicht mehr hassen.

Mein Blick wanderte von den Reglern des Lichtpults zu dem Scheinwerfer, der Ingmar anstrahlte. Es war ein 1200-Watt-Profilscheinwerfer mit einer Irisblende und einer Fokussierung. Der Ingenieur, der ihn gebaut hatte, hatte ihn so konzipiert, dass er als Verfolger einsetzbar war, was bedeutete, dass man den Lichtkegel wandern lassen konnte, wenn sich die Menschen auf der Bühne bewegten. Ich ging zu dem Ding und lenkte den Lichtstrahl zu einem von Ingmars Bildern, die Dörthe dekorativ neben dem Künstler auf der Bühne platziert hatte. *Interpretation eines misslungenen Rühreis* … keine Ahnung. Was Gelbes mit grünen Sprenkeln.

Noch immer war es still.

Ich dimmte den Lichtstrahl.

Und nun?

Der Verfolger besaß auch einen Farbfilter. Also ließ ich das Rührei bläulich und dann rötlich schimmern und benutzte auch noch den Rainbow-Effekt-Modus. Sah gar nicht schlecht aus.

»Danke«, keuchte Ingmar ins Mikrophon. Keine Ahnung, ob er den unbekannten Beleuchter meinte oder sich verabschieden wollte. Jedenfalls verließ er die Bühne. Das Publikum starrte ihm verdutzt nach, dann klatschte es. Man kannte sich in Ekelborn mit berühmten Künstlern nicht aus. Vielleicht verliefen solche Abende ja so.

Ich wartete noch, bis die ersten Gäste sich erhoben, und stellte dann die Lichtanlage ab. Anschließend wollte ich mich davonmachen. Auf leisen Sohlen, sozusagen wie ein Verbrecher nach der Tat. Daraus wurde aber nichts, denn Ingmar hatte es irgendwie geschafft, aus seiner eigenen Veranstaltung stiften zu gehen, und als ich das Haus der Kultur verließ, kreuzte er meinen Fluchtweg und rannte mich fast über den Haufen.

»Mensch, Franzi«, entfuhr es ihm. Wir befanden uns zwischen dem *Haus des Gastes* und dem Parkplatz, etwa an der Stelle, an der Sami und die Müller-Jungs ihre Demonstration durchgezogen hatten.

»Ingmar! Was machst du denn hier?«, stotterte ich.

Mein Ex-Mann grinste kläglich. Sein Rollkragen war dermaßen durchgeschwitzt, dass er ihm um den Adamsapfel schlabberte. »Na ja …« Er murmelte etwas von einem Vortrag, nuschelte dabei aber so stark, dass ich ihn unmöglich verstehen konnte.

»Is ja 'n Ding.«

Er nickte. »Und du? Ich meine …«

»Ich bin doch hier bei Norbert zu Besuch. Ekelborn!«

»Ach so, war mir gar nicht aufgefallen, dass … Natürlich, Ekelborn. Gibt's ja nicht so oft auf der Welt.« Ihm gelang ein Lächeln. »Also ich hoffe, Brummel geht's gut?«

»Ich hab ihn zum Therapeuten gebracht. Der sagt, er wird wieder. Er hat eine stabile Persönlichkeit.«

Ingmar lachte pflichtschuldig. »War ja 'ne irre Situation, als du ins Schlafzimmer reingeplatzt bist, was? Ziemlich komisch, im Grunde.«

Klar, und am komischsten war der Brief, mit dem du mir anschließend meinen Anteil am ehelichen Vermögen abluchsen wolltest, hätte ich gern gesagt. Aber Ingmar sah so fertig aus, als würde er im nächsten Moment einen Herzanfall kriegen. Und dann müsste ich ihn mit Mund-zu-Mund-Beatmung wiederbeleben. Pfui Deibel.

»Wir mussten wirklich ganz schön lachen, Dörthe und ich. Natürlich nicht über dich, also versteh mich da nicht falsch. Nur … wegen der Situationskomik. Da hast du doch auch einen Sinn für, Franzi.«

Sicher. Bei der Vorstellung, wie Dörte sich vor Lachen über meinen Schmerz krümmte, hätte ich mich ausschütten können. Idiot!

Die Journalistin mit der beigen Jacke erschien in der Tür. Als Ingmar sie entdeckte, stieß er einen Schrei aus und schlug sich panisch in die Büsche. *Das* fand ich komisch. »Blödes Wetter, was?«, meinte die Frau, als sie bei mir angelangt war, und wir gingen nebeneinander her zum Parkplatz. »Mann, war das ein Schwachsinn. Und dafür hab ich meinen Wildschwein-Abend sausen lassen.«

»Sie wollten essen gehen?«

»Quatsch, ich beobachte die Viecher. Die kommen in der Abenddämmerung zu einem Futterplatz. In der Nähe gibt es einen Hochsitz, und von da schau ich mir das an.«

»Vielleicht klappt's ja noch.«

»Nee, ist zu spät«, sagte sie verdrossen.

»Und was schreiben Sie nun über den Abend?«

»Was soll ich über diesen Käse schreiben?«

Das klang nicht, als hätte sie einen Lobpreis im Sinn. Wir hatten ihren Wagen erreicht, und ich wollte mich schon verabschieden, als mir plötzlich eine Idee kam. Eine ziemlich schäbige, muss ich gestehen. Geboren aus dem Bild von Dörthe, die sich über das abservierte Würstchen amüsierte, das in ihre Turtelei geplatzt war, und Ingmar, der in ihr Lachen einstimmte. »Wenn ich Ihnen einen Vorschlag machen dürfte …«

9

Sylvie hatte Kopfweh. Ein Wunder, dass sie mir überhaupt die Tür aufmachte. Sie blinzelte gegen das Licht, rückte einen Eisbeutel an ihrer Schläfe zurecht und erklärte mir auf dem Weg zum Wohnzimmersofa, dass sie wünschte, der Komet, der unsere Erde nur knapp verfehlt hatte, wäre bei der Ekelborner Filiale von s.Oliver eingeschlagen. »Wozu braucht der Mensch dreiundfünfzig T-Shirts?«, wollte sie von mir wissen. »Ich hab das nachgezählt. Luise besitzt exakt dreiundfünfzig T-Shirts. Und dabei hab ich mich auf die in ihrem Schrank beschränkt. Das Zeug unter dem Bett und in der Wäsche und das Shirt, das seit letztem Sommer in der Gießkanne unten im Keller gammelt, waren gar nicht mit dabei. Auch nicht die dünnen Pullis. Nur die T-Shirts.«

Ich hatte immer gedacht, Kopfschmerzen machten einsilbig, aber bei Sylvie schienen sie die gegenteilige Wirkung zu haben. Ich erfuhr, dass Luise dazu neigte, nach dem Aufstehen ihre Mails zu checken. »Das dauert hundert Jahre. Natürlich verpasst sie dann jedes Mal den Bus, und ich muss sie kutschieren, Klasse!« Außerdem aß das Mädchen nicht vernünftig. »Cornflakes, bis zum Kotzen. Und immer die aus dem Scheißbioladen. Dabei sind die auch nicht gesünder als Aldi. Ist alles nur Zucker, egal, woher's kommt, sag ich zu ihr, aber natürlich hört sie nicht auf mich. Und nächsten Sommer will sie nach Australien.«

»Warum?«, fragte ich.

»Weil sie gelesen hat, dass es im Trend ist.«

»Wahrscheinlich sind sie so in ihrem Alter, die Jugendlichen«, meinte ich taktvoll und ohne einen Schimmer, ob es stimmte. Sebastian hatte Australien nicht erwähnt. Und er aß wohl auch nichts aus dem Bioladen.

Sylvie gab mir mit der freien Hand, mit der sie nicht den Eisbeutel gegen die Stirn presste, die *Ostfriesischen Nachrichten*. Sie hatte die Zeitung so gefaltet hatte, dass der Artikel über Ingmar obenauf lag. Ich tat so, als wäre ich neugierig, was aber nicht stimmte, weil ich ihn – das war nämlich meine schäbige Idee gewesen – selbst verfasst hatte. Die Dame in der beigen Jacke hatte mir dieses Angebot mit einem warmen Händedruck gedankt und versprochen, dass sie mir gelegentlich auch andere Artikel aus dem Kulturressort überlassen würde, weil sie diesen Teil ihres Jobs hasste, besonders wenn sich die Kultur in einem Kaff wie Ekelborn ereignete.

Ich las vor, was ich im Schein von Peter Pans Lampe nächtens formuliert hatte: »Der Meister sprach nur drei Worte, durch die es ihm aber gelang, die Magie seiner Werke auf ihren inneren Kern zu reduzieren. *Kunst ist wichtig* …«

Sylvie nickte beeindruckt.

Geschmeichelt schwenkte ich über zu dem Teil, der sich mit den Bildern befasste und der mir persönlich noch besser gefiel. »Die Autokratie des Individuums in der Gesellschaft entlarvt sich in Ingmar Brunners ›Interpretation einer übersättigten Glühbirne‹ mit grotesker Derbheit. Sie wird von dem Künstler in ihrer Blöße verurteilt. Doch das ist nur einer der vielen Ansatzpunkte. In diesem Werk versteht sich die öde Einsamkeit als Gegensatz zum erdrückenden Nichts und klagt es an.«

»Klasse, was?«, meinte Sylvie. Es klang wie eine Frage.

»Aber total. Ich sag ja, der Mann ist als Künstler eine Ausnahmebegabung.«

»Sind Sie eigentlich gar nicht neidisch auf seinen Erfolg?«, fragte Sylvie. Ohne Kopfweh hätte sie es vielleicht taktvoller formuliert, aber sie wollte es wirklich gern wissen.

»Es gibt Situationen, da muss alles Persönliche zurückstehen«, erklärte ich edelmütig. »Wer bin ich, dass ich mich einem Genie in den Weg stelle?«

»Ehrlich gesagt, ich hab gar nicht so viel Ahnung von Malerei. Für mich sieht das alles aus wie …«

»Dahingekleckst?«, schlug ich vor.

»So auch nicht. Aber … ich finde den Zugang zu moderner Kunst erst, wenn ich mich damit länger befasse. Ich muss das auf mich wirken lassen.«

»Umso bemerkenswerter, dass Sie Ingmar hierher eingeladen haben. Künstler brauchen Förderung. Ohne Leute wie Sie wäre Picasso sang- und klanglos untergegangen. Wussten Sie, dass er im Winter seinen Ofen mit seinen Gemälden heizen musste?«

Nee, wusste Sylvie nicht, aber sie schüttelte beeindruckt den Kopf.

»Gäbe es nicht die Möglichkeit, Ingmar zu weiteren Veranstaltungen einzuladen? Ich mein jetzt irgendwo anders in Ostfriesland. Geli sagte, dass Sie auch im Umkreis Kontakte haben.«

»Klar. Auf meinem Schreibtisch liegt eine Anfrage von einem Altenheim in Emden. Die wollen ihren Bewohnern was mit Kultur anbieten«, sagte Sylvie und stand auf, um die Gardine vorzuziehen, durch die schmerzhaft die Sonne schien. »Nur weiß ich nicht, ob man Herrn Brunner das zumuten kann. Die meisten Bewohner sind nämlich schwerhörig oder blind. Oder beides.«

»Ich glaube, das wäre kein Hinderungsgrund. Ingmar schätzt alte Menschen. Er denkt da gegen den Trend, eher asiatisch. Angesammelte Lebensweisheit und so.«

»Im Ernst?«

»Ja, er sagt, alte Menschen sind nicht so ausgrenzend in ihren Ansichten wie junge.«

Keine Ahnung, ob Sylvie an ihre Mutter dachte, als sie leise aufstöhnte, oder ob das mit dem Kopfweh zu tun hatte. Jedenfalls notierte sie sich meinen Vorschlag auf dem Rand der Zeitung.

Geli zerrte mich ins Haus und hinauf in mein Gästezimmer, als ich heimkam. »Hast du's gesehen?« Sie wedelte hysterisch mit den *Ostfriesischen Nachrichten*. »Man fand ihn *gut*. Die Kritik ist überwältigend. Dein Ingmar ist kein Scharlatan, sondern ein echter Künstler, Franzi. Hier steht es schwarz auf weiß ...«

Es kostete mich einige Mühe und sechs Klicks auf dem Laptop, um sie davon zu überzeugen, dass das Lob aus meiner eigenen Feder stammte. Als Geli es kapiert hatte, warf sie sich auf mein Bett, und zuerst konnte ich nicht unterscheiden, ob sie heulte, lachte oder einen epileptischen Anfall hatte. »Du bist unglaublich«, keuchte sie. »*Die öde Einsamkeit als Gegensatz zum erdrückenden Nichts* ... Ich könnte kreischen!« Das tat sie auch, fast eine Minute lang, dann verstummte sie abrupt. »Du musst es ihm sagen!«

»Ingmar? Bist du verrückt? Damit wär doch alles vorbei. Denk an Brummels Trauma. An mein *eigenes.* «

»Quatsch. Du musst es *Norbert* sagen. Er will deine beiden Tanten und Onkel Hans-Georg einladen. Zu einem stillen Beisammensein im würdigen Rahmen, damit du die Möglichkeit hast, deine Trauer auszuleben, statt sie durch hektische Aktivität zu übertünchen.«

Ich musste mich setzen. »Wie kommt er darauf?«

»Worauf?«

»Dass ich was übertünche.«

»Na ja, er hat ein Buch über Trauerarbeit gelesen. *Damit es weitergeht.* Und er findet, dass deine Aktivitäten – also zum Beispiel diese Klassenfahrt, in die du dich gestürzt hast – …«

»Zu der du mich *genötigt* hast!«

»Oder so«, gab Geli kompromissbereit zu. »Jedenfalls meint er, dass du Zeit haben musst, dein Unglück …«

»Ich übertünche überhaupt nichts! Und sowieso: Wie kommt gerade Norbert dazu, mir mangelndes Engagement in Sachen Trauer vorzuwerfen? Damals, als unser Kanarienvogel von der Staubsaugerdüse gerupft wurde …«

»Hast du wirklich versucht, den Piepmatz abzusaugen?«, fragte Geli interessiert. »Ich dachte immer, Norbert erzählt das nur, um dich mieszumachen.«

»Bei uns wurde *alles* gesaugt. Wie sollte ich wissen, dass Kanarienvögel eine Ausnahme sind? Der Punkt ist: Norbert wollte Lorilella hinterher im Hausmüll entsorgen. Den Vogel, der uns wie eine kleine Schwester war! Ich musste mit meiner Nagelpfeile *Norbert ist gemein* in seine Heintje-CD ritzen, damit er kapiert, was Trauer ist.«

»O Gott!«, sagte Geli.

»Ich brauche Norbert und sein verdammtes Buch nicht. Und schon gar nicht brauche ich meine Tanten und meinen Onkel, die mir auf die Schulter klopfen«, redete ich mich in Rage. »Ich bin so traurig, wie ein Mensch nur sein kann. Ich bin traurig, weil ich nicht kapiert habe, dass Ingmar auf hautenge Kleider steht, und weil ich blöde Bemerkungen über seine Bilder gemacht habe, obwohl ihm die so wichtig sind … Weil ich in den letzten Jahren kein einziges Konzert besucht habe, bei dem er spielt … Weil ich abends nicht mehr auf ihn gewartet habe … Weil … Ich könnte unentwegt heulen, seit er tot ist!« Mir standen plötzlich wirklich Tränen in den Augen.

Vorsichtig warf Geli ein: »Aber er ist doch gar nicht …«

»*Natürlich* ist er tot. Er ist noch toter, als wenn er in einem Sarg läge!«

»Aber …«

»Du verstehst davon nichts!«, brüllte ich sie an. Nach dem Satz folgte eine Schreckpause. War das gerade wirklich passiert? Hatte ich meine Lieblingsschwägerin und momentan und sowieso allerbeste Freundin angeschrien und ihr zu verstehen gegeben, dass sie ein seelischer Trampel sei? Entsetzt wollte ich eine Entschuldigung stammeln. Doch in diesem Moment klingelte die bescheuerte Dreiklanguhr, die Norbert am vergangenen Wochenende erstanden hatte, um seinem Heim etwas Schulhofflair zu verleihen. Und gleich darauf stand er mit Schimanski in meiner Zimmertür. »Frauen!«, scherzte er ohne Gespür für Stimmungen. »Quasseln, quasseln …«

Schimanski musterte uns. »Störe ich?«

»Nein«, sagten Geli und ich wie aus einem Mund.

Fünf Minuten später wanderte er mit mir durch die Felder, über denen Regenwolken wie fette Hennen brüteten und schwarze Krähenschwärme über ihre eigene Wichtigkeit krakeelten. »Ist alles in Ordnung?«, fragte er, als wir die ersten Neubauten auf der anderen Seite der Felder erreichten.

»Nein.«

»Hm.«

»Mein Bruder findet, dass ich mir nicht genügend Zeit für die Trauerarbeit nehme«, grollte ich.

»Muss man am Traurigsein denn arbeiten? Ich dachte, das passiert automatisch. Man ist es oder ist es nicht.«

»Eben. Außerdem *arbeite* ich ja auch. Ich habe in den letzten Tagen ... Moment, ich muss rechnen ...« Ich zählte die Stunden zusammen, die ich damit verbracht hatte, Sylvie zu beschwatzen, dass sie Ingmar einladen solle, dann die, an denen ich lernte, wie die Lichtanlage funktionierte ... Ingmars Vortrag (Na schön, der gab zeitlich nicht viel her) ... außerdem das anschließende kränkende Gespräch ... natürlich die Nacht, die ich brauchte, um meinen bescheuerten Artikel zu schreiben ... »Ich habe dreiundzwanzigdreiviertel Stunden Trauerarbeit geleistet.« Dreiundzwanzigdreiviertel Stunden, in denen ich versuchte hatte, mit dem treulosen Kerl abzurechnen, damit ich endlich von ihm loskommen und wieder heile werden kann, ergänzte ich still für mich.

»Alle Achtung«, sagte Schimanski.

Wir hatten die Straße mit den Schulen erreicht, und da Schimanski kein Ich-bummel-mal-durch-die-Gegend-Typ war, konnte ich mir schon denken, dass wir nicht durch Zufall hier gelandet waren. »Was hast du vor?«

Er öffnete das hässliche Metalltor, das zum Schulhof der Hauptschule führte, blieb stehen und musterte mit mir gemeinsam das Gelände. Die gammligen Spielgeräte schienen für Hermann den Cherusker gebaut worden zu sein. Die Fenster des Schulgebäudes waren erblindet. Die Papierkörbe, von denen viele nur noch an einem Nagel hingen, rosteten vor sich hin. In den Büschen moderten Burger-King-Becher. »Ich mag das nicht«, stellte ich verdrossen fest. »Wenn du wieder über Schulen jammern willst, such dir wen anderen.«

Schimanski ging ein paar Schritte und wuppte sich mühelos auf eine Mauer, die aus einem nicht ersichtlichen Grund ein Drittel des trostlosen Schulhofes von den beiden anderen Dritteln abtrennte. Ich lehnte mich, mangels Geschicklichkeit, neben ihn. Es fing an zu nieseln. »Ich jammere nicht, Franziska Brunner«, erklärte er mir aus seiner hohen Warte. »Ganz im Gegenteil – ich habe eine Vision. Wir bauen ein Schiff!«

Verblüfft schaute ich ihn an. Diesen Satz hatte ich das letzte Mal im Konfirmandenunterricht gehört. Erinnern Sie sich? Noah versammelt die Nachbarschaft in seinem Garten, stellt sich auf ein Bänkchen und verkündet: »Ich baue eine Arche.« Verdutztes Schweigen. Weit und breit nicht mal 'ne Wasserpfütze, und Kumpel Noah will ins Werftgeschäft einsteigen? Dann Schenkelklopfen und Lachtränen. Mich hat der Unglauben der Leute damals übrigens wahnsinnig aufgeregt, und ich fand es gerecht, dass sie hinterher alle ersoffen. Aber man reift ja mit dem Alter.
»Das ist idiotisch«, sagte ich.

»Ein Spielschiff«, erklärte Schimanski. »Es bekommt zwei Etagen, ein paar Netze zum Klettern, so eine Art Feuerwehrstange zum Rutschen ... Hier, du kannst es dir anschauen.« Er zog ein Foto aus der Tasche. Es zeigte den kümmerlichen Ekelborner Schulhof, allerdings im überirdischen Glanz einer Mittelmeersonne und mit Büschen und Bäumen, die aussahen, wie aus einem Gartencenter geklaut. Inmitten der floralen Pracht stand ein gigantisches Piratenschiff, das in den Farben Grün und Rot leuchtete und eine schmissige Totenkopfflagge am Mast trug. Wäre nicht das hässliche Schulgebäude hinter dem Schiff gewesen, ich hätte vermutet, dass die Aufnahme aus einem Katalog stammte.

»Wie kannst du ein Foto von einer Vision machen?«, fragte ich beeindruckt.

»Überhaupt nicht. Das war Sami. Ich habe ihm erklärt, wie es aussehen soll, und er hat es fotomontiert und retuschiert und … keine Ahnung. Der Junge kann das.«

»Das ist idiotisch«, wiederholte ich, aber dieses Mal aus einem anderen Grund. »Ich weiß, was solche Bausätze kosten. Ich hab das mal auf einer Ausstellung gesehen. Wenn du nicht der Cousin von Bill Gates bist …«

»Wir bauen es selbst. Also das meiste. Die Grundversion gibt es tatsächlich als Bausatz, aber die ist gar nicht so teuer. Für den Rest holen wir uns Material aus dem Baumarkt. Schau dir den Ausguck und die Hängematten an, Franzi. Vielleicht sägen wir sogar Kanonen. Jedenfalls wird es das beste Piratenschiff nördlich von München.«

»Wer ist wir?«

»Ich und die Schüler.«

»Dann vergiss es«, sagte ich, klug geworden durch meine Bekanntschaft mit Sebastian, Ole und Arnold. »In dem Projekt stecken zweihundert Stunden Arbeit. Das halten sie nicht durch. Warum machst du's nicht kleiner? Sami hat sich eine Schaukel gewünscht.«

»Quatsch. Wir bauen ein Schiff, und zwar mit einem Pipifax an Geld, und es wird so großartig werden, dass die vom Gymnasium vor Neid platzen.«

Mir dämmerte etwas. »Geht's darum? Um Konkurrenz?«

Schimanski beugte sich zu mir. Seine Augen – sie waren steingrau, eine seltene Farbe, war mir noch gar nicht aufgefallen – funkelten. »Quatsch. Aber es ist so: Sobald ich anfange, von Ausbildung zu reden, geht bei meinen Mädels und Bengeln das Jammern los. Wir haben keine Chance … alles so ungerecht … Ich könnt auf die Palme. Und dann warst du bei mir – letztens, erinnerst du dich? – und ich hab ebenfalls gejammert. Kapierst du, was das heißt? Ich fang an mich zu integrieren. Nur falsch rum. Ich heule über meine Schüler wie die über das Leben. Und das hat jetzt ein Ende, Franzi. Ich werde dafür sorgen, dass sie in die Hände spucken. Ich helfe ihnen, stolz zu werden.«

Mein skeptischer Blick streifte das Foto und glitt über den Platz. Auf das verrottete Holz des Schwebebalkens platschte der Regen. Ich versuchte mir Sebastian, den Uhrenlegastheniker, vorzustellen, wie er einen Ausguck zimmerte. Unmöglich. In meinem Herforder Leben habe ich gelegentlich in der Bekanntschaft ausgeholfen, wenn jemand einen Schrank zusammenbauen wollte. Sieht leicht aus, ist auch leicht, fällt den meisten aber schwer. Da gibt es mehr blaue Daumen als eingeschlagene Nägel. »Auch das Baumaterial kostet«, gab ich zu bedenken, weil ich nicht über Sebastians möglicherweise mangelndes Talent reden wollte.

»Ich weiß. Und da brauch ich dich. Du gehst zu Ocke Bünting und sagst ihm, dass die Schule ein Drittel der Kosten trägt. Die Stadt soll uns den Rest dazugeben. Wir bestellen den Bausatz und das übrige Material auch über seinen Baumarkt, wenn er uns einen guten Preis macht.«

»Warum fragst du ihn nicht selbst?«

»Ach je, wenn das so einfach wäre«, sagte Schimanski und schaute über den Schulhof, der sich langsam in eine Riesenpfütze verwandelte, in der sich ein Piratenschiff wirklich prächtig gemacht hätte.

»Was kann daran schwierig sein?«

»Besser, wenn du es machst.« Er wirkte plötzlich muffelig. Vielleicht hatte Sami ihm erzählt, dass ich mit Ocke abends ausging? Ich musterte ihn neugierig.

»Natürlich nur, wenn du willst«, sagte er.

Ocke freute sich, als ich in seinem Laden auftauchte. »Hast du den Artikel gelesen, Franziska?«, fragte er, nachdem er mich mit einer herzlichen Umarmung begrüßt und aus dem Ladenbereich in sein Büro bugsiert hatte. Er deutete auf die Zeitung. »Die Presse ist begeistert! *Ein Mann, der bereit ist, in einer ignoranten, von Fördergeldern abhängigen Kunstwelt den Bruch zu wagen*. Ich sag es ja: Brunner hat was auf dem Kasten!«

Ich linste durch das Glasfenster, durch das er vom Schreibtisch aus seinen Laden kontrollierte, und sah, wie Sebastian mit einem Gabelstapler Küchenarbeitsplatten durch den Hauptgang kutschierte. Diese Gabelstapler sind gar nicht einfach zu bewegen, wenn's eng wird. Ich hielt kurz die Luft an, als er ein Regal umkurvte und fast eine der BRANTHO-KORRUX-3-in-1-Rostschutzdosen-Pyramiden berührt hätte, aber er kriegte souverän die Kurve. Vielleicht hatte ich die Sache mit der Uhr zu hoch gehängt. Ich musste an die Inselbegabungen denken, von denen Schimanski gesprochen hatte.

»Du hörst nicht zu, Franziska«, beklagte sich Ocke.

»Was?«

»Das gestaltlose Gelb! *Das gestaltlose Gelb findet in den kosmischen Proportionen eine harmonische Stabilität.* Schlag mich tot – aber genau das hab ich empfunden, als ich das Gemälde betrachtet habe.«

»Im Ernst?« Als ich diesen Satz geschrieben hatte, war mir Sebastian vor Augen gewesen, der als Dampflok im Universum über die Schienen pafft. Ich hatte ihn noch ändern wollen, mehr in Richtung Gemälde, aber um vier Uhr morgens geht auch die beste Wut schlafen, und ohne Wut kann ich keine Rezensionen schreiben.

»Weißt du, dieser Brunner schafft es, mit ein paar Pinselstrichen die Kunstwelt zu revolutionieren«, schwärmte Ocke. »Nur eins gibt's, was mich aufregt: Die Auricher wollen sich nun an unseren Erfolg dranhängen. Brunner soll seinen Vortrag in der *Ostfriesischen Landschaft* wiederholen. Stand heute Morgen in der Zeitung. «

»Ist nicht wahr!«

»Ich finde das schäbig. Die sollten kreativ werden und selbst nach Talenten Ausschau halten. Aber wem nichts einfällt …«

»Wissen sie denn, dass der Vortrag nur drei Sätze lang ist?«

»Darin liegt doch das Geniale, Franzi!«

»Stimmt!« Das hatte ich ja selbst geschrieben. Ich stellte mir vor, wie Ingmar, von Dörthe getrieben, nach Aurich fuhr. Wie er seinen Satz stammelte. Wie ihm der Schweiß dabei aus sämtlichen Poren tropfte. Wie sich das Ganze im Altenheim wiederholte. Und – glänzender Höhepunkt meiner Fantasien – wie er Dörthe anflehte, ihn in seinem gemütlichen Betonheim wieder privat werden zu lassen. Was sie natürlich ablehnte.

Ocke griff sich eine Schere und begann den Artikel auszuschneiden. »Wenn ich daran denke, dass ich meinen kleinen Teil zu seinem Aufstieg beitragen konnte …«

»Apropos beitragen …« Ich besann mich auf den Grund meines Kommens und begann Ocke in glühenden Farben Schimanskis Vision einer hart schuftenden Schülerschaft auf einem Piratenschiff zu schildern. Jungs und Mädchen, die über ihrem Projekt zu einer Einheit zusammengeschweißt wurden – zu ihrem eigenen Guten und dem der gesamten Gesellschaft.

»Also Franziska, ich weiß nicht.« Ocke legte skeptisch die Schere aus der Hand.

»Es ist machbar!«

»Ja, vielleicht mit normalen Kindern. Aber du ahnst nicht, was für eine Sorte Mensch unsere Hauptschulen bevölkert. Selbst wenn sie das Ding gebaut kriegten: Die haben es in null Komma nix wieder in seine Bestandteile zerlegt. Das sind nicht die Kinder, wie du sie kennst, Franziska. Die klauen unsere Supermärkte leer, prügeln sich vor dem Kino, und ganz ehrlich, wenn du nachts als Frau allein durch die Straßen gehst …«

Ich muss gestehen, ich wurde ein klein bisschen ärgerlich. Da hatte er nun täglich Sebastian vor Augen, der zwischen seinen Regalen rangierte. Würde dieser herzensgute Brettertransporteur nachts als Jack the Ripper durch die Ekelborner Straßen schleichen und hilflosen Frauen auflauern? Und auch Sami: Er lotste seinen nicht ganz so schlauen Kumpel zum Praktikum, was bestimmt nicht selbstverständlich war. Was sollten diese ganzen Vorurteile?

»Denk an die Eierwerfer!«, warnte Ocke.

»Es waren *sehr kleine* Eier. Größe XXXS.«

»Außerdem ist Kremer eine Landplage!«

»Wieso?«, fragte ich überrascht.

»Er grätscht«, sagte Ocke.

»Wie meinst du das?«

»Ach, nicht wichtig.« Ocke sah verdrossen aus, und mehr war aus ihm nicht rauszukriegen.

»Genehmigst du denn nun das Geld?«, bettelte ich.

»Grätschen«, erklärte mir Geli später, als sie das Abendbrot zubereitete, »kommt aus der Fußballsprache. Blutgrätsche – das bedeutet, dass der feindliche Spieler dir seinen Fuß zwischen die Beine schiebt, und dann fällst du hin, und … Na ja, das tut weh, und meist blutest du dann. Außer, du hast eine Schwalbe gemacht. Dann aber vielleicht auch.« Sie schaute regelmäßig Länderspiele. Um Norbert eins auszuwischen. Norbert findet Fußball nämlich primitiv, und weil Geli keinen Streit mag, aber doch manchmal ziemlich abgenervt von seiner Rechthaberei ist, hatte sie eben begonnen, Fußball zu gucken. »Das tust du nur, um mich zu ärgern«, sagte Norbert dann. Und sie sagte: »Nein.« Und beide wussten, dass sie lügt ... Auch glückliche Ehen können kompliziert sein.

»Warum grätscht Schimanski?«, fragte ich.

»Bist du mir noch böse?«

»Was?«

»Ich weiß, dass du echt und total ehrlich traurig bist wegen Ingmar, Franzi. Ich hab das nicht so gemeint.«

»Ach so.« Meinen Ausbruch hatte ich schon komplett vergessen.

»Tut mir leid, dass ich dir überhaupt von Norberts Buch erzählt habe. Ich habe es zwischen meinen Kerstin-Gier-Romanen versteckt, da findet er's nicht wieder. Aber deine Tanten und Onkel Hans-Georg hat er nun mal eingeladen. Und ... also auch, wenn dich das jetzt wieder aufregen sollte... Ich finde, du bist gestern ganz schön ausgeflippt, als ich dir vom Trauern erzählt habe. Und ich meine, das muss doch eine Ursache haben, tief drinnen, in deiner Psyche sozusagen. Eine Scheidung ist ja nicht weniger traumatisch als eine Beerdigung, und vielleicht wäre es wirklich nicht schlecht ... Schon gut!« Geli schnippelte überkonzentriert an ihren Möhren für das Abendessen.

»Mir geht es längst wieder gut, Süße. Ehrlich. Stell dir vor: Ingmar hat eine Einladung ins Altenheim bekommen und eine in die *Ostfriesische Landschaft*. Ich bin regelrecht euphorisch.«

»Prima.«

»Und was meinte Ocke nun damit, dass Schimanski grätscht?«, kam ich zu meiner Frage zurück.

Das wusste Geli auch nicht. Dafür aber Norbert, der gerade in die Küche kam. »Der Mann heißt nicht Schimanski, sondern Karl Kremer«, belehrte er mich erst mal. »Ich finde, in deinem

Alter solltest du dir dieses kindische Spitznamengehabe abgewöhnen. Und er grätscht in den Gemeinderatssitzungen. Er stellt unangemessene Anträge.«

»Was denn für welche?«

»Das ist Politik.«

Um diesen Satz für alle, die niemals Norberts Schwester gewesen sind, zu übersetzen: *Du bist ein Mädchen, Mädchen haben keine Ahnung, und ich hasse dich, weil du meine Heintje-CD zerkratzt hast, und … ätsch – du kannst nicht auf Grünebergs Mauer raufpinkeln wie ich.*

Hochnäsig fuhr er fort: »Wenn du es verstehen wolltest, Franziska, müsstest du dich mit den Strukturen der Gemeindefinanzpolitik befassen, wozu du natürlich keine Lust hast …«

»Ach ja«, sagte Geli. »Ocke wollte die neuen Schulklos nicht genehmigen. Und da hat Kremer dem Gemeinderat eine von den alten Kloschüsseln auf den Tisch gesetzt. So einen richtigen alten Dreckskasten.« Sie kicherte, und Norbert warf ihr einen wütenden Blick zu.

»Ocke hat diese Provokation zu Recht als Missachtung eines demokratisch gewählten Gremiums …«

»In den neuen Klos kann man mit Seifenblasenwasser richtig große Seifenblasen machen«, sagte Ole, der am Wohnzimmertisch saß und an einem Kindersudoku knobelte.

»Du sieh erst mal zu, dass du deine Hausaufgaben fertig kriegst«, schnauzte Norbert ihn an.

Ole hätte darauf erwidern können, dass er sie schon am Nachmittag erledigt hatte, bevor er mit Arnold losgestromert war, um in den Hagebuttensträuchern Juckpulver zu sammeln, zu Zwecken, die er nicht verraten wollte. Aber das tat er nicht. Kinder haben eine Antenne dafür, wann es besser ist, den Mund zu halten.

»Ist ja auch egal«, sagte ich. »Ocke ist jedenfalls über seinen Schatten gesprungen und hat ein Schiff für die Hauptschule spendiert.«

10

Ich war dabei, als Schimanski seine Truppe einwies. Es hatten sich nach sanftem Druck sechzehn Jungs und drei Mädchen (trauriger Schnitt in Zeiten der Emanzipation, aber immerhin) zusammengefunden, um das Piratenschiff hochzuziehen. Schimanski hatte schon vorher Abzüge von Samis Fotomontage verteilt, und seine Schüler schauten nun, die Bilder in der Hand, über den öden Schulhof und dann auf die Bretter, die Kisten mit dem Baumaterial und den Haufen mit feuerverzinkten Stahlfüßen, der davor lag, und versuchten sich den Piratenkahn vorzustellen. Das war ein heikler Moment. Die meisten Leute, die, sagen wir mal, eine Küche zusammenbauen wollen, sind zunächst einmal schockiert, wenn man ihnen sechzehn platte Pakete liefert.

»Sami, erklär ihnen, wie das geht«, forderte Schimanski seinen Einserschüler auf. Aber der war damit beschäftigt, seine Klassenkameraden vor dem Hintergrund des tristen Schulgebäudes auf die Kamera zu bannen, und völlig in sein Tun versunken. »Gut, gibt auch nicht viel zu erklären«, knurrte Schimanski, nachdem er einen Moment gewartet hatte. »Montag kommt eine Firma, die das Fundament gießt. Bis wir darauf bauen können, dauert es ein bisschen. Aber ihr werdet heute schon mal das Baumaterial rübertragen. Der ganze Stapel muss da links neben die Mauer.«

Links neben die Mauer – das war mehr als vierzig Meter entfernt. Und die Kisten und Bretter besaßen ein Volumen von geschätzten fünf mal sechs mal drei Metern. Man konnte förmlich sehen, wie den Helden von Ekelborn der letzte Rest Begeisterung aus dem Gesicht fiel. »Zack, zack«, sagte Schimanski. Die Mädels schauten auf ihre Fingernägel. Die Jungs in den ostfriesischen Himmel, als hätten sie Freikarten für das Rinderkino bekommen. Bruce-Hilda erledigt blöde Lehrer oder so.

»Ich finde das total beschissen«, sagte ich.

»Was?«, fragte Schimanski und sah aus, als wollte er explodieren.

»Ich finde es beschissen, dass die Idioten vom Gymnasium die ganze Zeit hier rüberstarren.«

Bruce-Hilda und die lila Fingernägel mit Silberglitzer waren ganz plötzlich nicht mehr interessant. Wir blickten gemeinsam zu dem elitären Klinkerbau. »Wo denn?«, fragte eins der Mädchen.

»Solche Blödmänner. Als hätten die noch nie gesehen, wie man ein Schiff zusammenbaut«, spottete ich.

»Wer denn?«

»Na, die Gymnasiasten.«

»Wo sind sie denn?«, fragte das Mädchen beharrlich.

Ja, wo denn? Nirgends, verdammt. Aber das konnte niemand beurteilen, weil die Sonne gegen die Scheiben blitzte. »Keine Ahnung. Eben haben sie noch geglotzt, was wir hier machen. Wahrscheinlich haben sie von dem Projekt gehört und glauben nicht, dass wir es hinkriegen.«

»Die kleben immer noch an den Scheiben«, sagte Sami. »Du kannst dir das morgen auf den Fotos anschauen, Sandra. Ich hab sie draufgekriegt.« Er winkte ihr mit der Kamera zu und steckte sie mit einem Grinsen in meine Richtung in die Jackentasche.

»Fuck! Die Ärsche glauben, wir kriegen das nicht hin«, wiederholte ein Junge in einer coolen, braunen Lederjacke das, was ich gesagt hatte, für alle, die immer noch nicht rafften, welche Schmach man ihnen antat. Ach! *So* war das? Die vom Gymnasium glaubten, hier stünden jede Menge Klopskinder? Einige der Jungendlichen schauten skeptisch, aber der coole Typ nickte zwei Kumpels zu, und sie schlenderten lässig zu dem Stapel und warfen sich die Bretter auf die Schultern, als wären es Butterkekse, und da folgten ihnen die anderen.

Als wir beide allein am Rande des Schulhofs zurückgeblieben waren, nahm Schimanski mich beim Arm. »Lügen ist ein Charakterfehler, Franziska Brunner.«

Ach nee! »Ich habe überhaupt nicht gelogen«, erklärte ich spitz. »Ich habe nur geschildert, wie die Wirklichkeit hinter der verlogenen Fassade leerer Fenster aussieht. Ich habe eine unsichtbare Wahrheit in eine bestürzende Realität übersetzt.«

»Du hast einen Knall!«

Beleidigt kehrte ich ihm den Rücken zu. Die *Ostfriesischen Nachrichten* zahlten immerhin 70 Cent pro Zeile für meine geschliffenen Formulierungen.

»Ich habe mich gewundert«, sagte Schimanski zu meinem Rücken.

»Worüber?«

»Dass Ocke Bünting so rasch seine Einwilligung zu dem Schiff gegeben hat. Ich hatte *gehofft*, dass du ihn weichklopfen kannst, aber ich hab nicht geglaubt, dass das so ganz ohne Widerstand geschehen würde.« Der missmutige Tonfall in seiner Stimme war nicht zu überhören. Manchmal bin ich ja doof in Beziehungssachen. Deshalb ruinierte die Sparkassendörthe jetzt mit ihren Rubbelfersen meine Bettwäsche. Aber ganz blöd bin ich auch nicht. Schimanski, der so gern in die Sterne starrte und

Drohbriefe in die Mitteilungshefte kleiner Jungs schrieb, interessierte sich für mein Privatleben betreffs Ocke Bünting. Ich spürte ein warmes Kribbeln in meinem Bauch.

»Wir müssen die Bretter auf mehrere Stapel verteilen – nach Größe sortiert, sonst endet das hier im Chaos«, rief Schimanski über den Schulhof, während ich noch nach einer Erwiderung suchte. Er machte sich auf, diese vernünftige Idee in die Tat umzusetzen, aber eines der Mädchen hatte schon kapiert, wo die Karre im Dreck landen könnte, und scheuchte ihre Mitschüler. Schimanski steckte die Hände in die Hosentasche und nickte anerkennend. Die Sonne schien in sein blondes Stoppelhaar. Als er sich bückte, um bei einem der Bretterpakete anzupacken, konnte man sehen, wie sich unter seiner Jacke die Muskeln spannten.

Muskeln sind was für Jean-Claude-van-Damme-Typen, für Hohlköpfe aus der Muckibude. Ich bin durch so was nicht zu beeindrucken. Ist mir zu primitiv. Schimanski sagte etwas, und ich hörte die Schüler lachen. Einer von ihnen rammte ihm ein Brett in den Rücken und tat, als wär's aus Versehen geschehen, und grinste, als sein Lehrer ihn anpflaumte, und Schimanski grinste auch. Er sorgte dafür, dass die Bretter auf einem Fundament gestapelt wurden, damit sie nicht von unten durchnässten. Sami fotografierte. Seine Freunde ackerten. Alle schwitzten. Die Stimmung war umgeschlagen. Ich packte mir in bester Laune ebenfalls ein Brett.

Die *Ostfriesische Landschaft* ist keine hübsche Wiese, auf der glückliches Rindvieh Gras mümmelt, wie man vielleicht denken könnte, sondern eine rege kommunale Organisation, die sich der Pflege der ostfriesischen Kultur verschrieben hat. Sie besitzt in Aurich ein zweiflügliges Gebäude mit einem Saal, an dessen Wänden Porträts hängen und dessen Decke in roter und gelber

Farbe gestrichen ist. All das strahlt Gemütlichkeit aus, und so war mir von Anfang an klar, dass Ingmar sich hier nicht wohl fühlen würde.

Als er um Punkt acht Uhr von einem Herrn im schwarzen Anzug zum Podium geführt wurde, war er kalkweiß im Gesicht, was mit der Wandfarbe harmonierte, aber ansonsten den Wunsch weckte, ihm einen Stuhl zum Sitzen anzubieten. Der Saal war gerammelt voll. Panisch flog sein Blick über die vielen Menschen. Er konnte kaum zuhören, als man sein Schaffen lobte und sich glücklich pries, ihn ins ferne Ostfriesland gelockt zu haben.

Ich duckte mich auf meinem Stuhl in der vorletzten Reihe, aber das war eigentlich unnötig, denn die Sonnenbrille und der schicke schwarze Krempenhut, den abzusetzen ich mich trotz zweimaliger Aufforderung der Garderobiere geweigert hatte, machten mich unsichtbar. Na ja, vielleicht nicht für jedermann. In der Reihe hinter mir schien es Menschen zu geben, die einen Hut an einem Vortragsabend im Fürstensaal eines traditionsreichen Gebäudes für überflüssig, wenn nicht gar störend hielten. Aber ich konnte zumindest sicher sein, dass Ingmar mich nicht erkannte.

Auch der Ständesaal besaß eine Lichtanlage, und wenige Minuten später stotterte Ingmar im Licht des Schweinwerfers etwas über Proportionen und die Nass-in-Nass-Maltechnik bei Aquarellen. Dörthe saß wieder in der ersten Reihe. Ich konnte nur ihre Frisur erkennen. Ein roter Feuerball, hübsch eingezwängt in silberne Spangen. Elegant. Spritzig. Sah super aus. *Verdammt!*

Ich konzentrierte mich wieder auf Ingmar. Er klebte an seinem Skript. Wahrscheinlich war es von Dörthe geschrieben worden. Abgekupfert aus einem Internetartikel über moderne Malerei. Mein Blick wanderte erneut zu den roten Haaren. Dörthes Schopf wirkte, als hätte Rumpelstilzchen sein Feuerchen auf ihr drapiert. Ein bisschen wild, aber gerade nur so viel, dass es Spaß machte hinzuschauen. *Verdammt!*

Mein Sitznachbar, der die ganze Zeit mit den Füßen gescharrt hatte, wurde plötzlich still, und das lenkte meine Aufmerksamkeit wieder zum Podium. Ingmar starrte auf das Pult und leckte sich über die Lippen. »Tja, also ... also ... tja ...« Er grinste verzerrt. »Wer will, kann sich die Bilder anschauen.«

Herr im Himmel, nicht mal *lesen* konnte er vor Publikum! Er wies vage hinter sich, wo neben der *Interpretation einer übersättigten Glühbirne* ein breit getretenes Hundehäufchen zum Bewundern einlud und auf der anderen Seite irgendetwas, das aussah wie Marlene Dietrich nach einem missglückten Schminkversuch.

Ich schaute diskret auf meine Armbanduhr. Viereinhalb Minuten. »Also ...« Ingmar hatte wohl von Dörthe ein Zeichen bekommen, denn er versuchte weiterzulesen. Aber das Manuskript entglitt seinen nervösen Händen und flatterte zu Boden. Mein Exgatte bückte sich. Wenn man auf einer Bühne im Lichtkegel eines Scheinwerfers vor einem konzentrierten Publikum Papiere aufsammelt und dabei alle Augenblicke »Danke« stammeln muss, weil eine barmherzige Seele etwas zur Bühne hinaufreicht, dann wirkt das Kompromisslos-Ehrliche nicht mehr ganz so souverän. Der Beleuchter pennte, oder er genoss es, die Ingmar-Tragödie solide ausgeleuchtet vors Publikum zu bringen. Niemand klatschte. Auch nicht, als Ingmar seine Rede in die Blazertasche stopfte und sich mit einem weiteren Hinweis auf die Bilder von der Bühne machte.

Als sich zehn Minuten später die Gäste in den Preußen-Saal begaben, um wenigstens das Essen zu genießen, stand er verloren in einer Ecke. Gut verborgen zwischen einigen beleibten Herren, schielte ich unter meinem Krempenhut zu ihm rüber. Dörthe trat neben ihn. Keine Ahnung, was sie sagte. Sie lächelte dabei. Aber Ingmar, der angespannt nickte, schrumpfte noch mehr. Schließlich drückte sie ihm ein Glas Sekt in die Hand und schob ihn dezent zu den Leuten am nächsten Stehtisch. Die Deckenlampen sandten Funken in ihr rotes Flammenhaar, was sie aussehen ließ, wie einen bezaubernden kleinen Kobold. Ich blickte wieder zu Ingmar. *Er* sah aus, als müsste er sich übergeben.

Großartig!

»Großartig«, sagte auch Geli, die frei hatte, weil Samstag war, und sich aus diesem Grund von mir zu einem Besuch der Hauptschul-Werft überreden ließ. Sie bewunderte den Schiffsrumpf, der aus dem silbrig glänzenden Beton wuchs wie eine Pflanze aus geschmirgeltem Holz. Die Mannschaft, die das Schiff zusammenbaute, war in den beiden letzten Wochen beträchtlich gewachsen. Ich entdeckte Herbert Müller, der sich über ein Eckteil beugte und mit der angerosteten Uralt-Bohrmaschine von Schimanski ein Loch ins Holz donnerte. Die Maschine machte einen Höllenlärm, und Herbert sah aus, als würde er am liebsten noch einen Verstärker anbringen. BRRRRRRRRRRR …

Sebastian, der sein Praktikum hinter sich hatte, war ebenfalls gekommen. Er sägte ein Brett zurecht und machte das gar nicht schlecht. Die Mädchenriege hatte sich mittlerweile verdreifacht, was vielleicht daran lag, dass sich hier so viele bärenstarke Kerle tummelten. Eine Weile hatte ich versucht, den Mädels klarzumachen, wie viel Spaß man mit einer elektrischen Schleifmaschine haben kann, aber sie hatten mir ihre Fingernägel gezeigt, und … Na ja, blöd von mir zu denken, dass man mit drei Zentimeter langen Krallen hämmern oder hobeln oder sonst was

Nützliches tun kann. Ich hatte ehrlich nicht gewusst, dass es neunzig Minuten dauert, zehn Nägel in einen erträglichen Zustand zu versetzen.

Nur Melli, ein zierliches Mädchen aus der Achten, hatte Feuer gefangen. Sie begeisterte sich für die Axt, die ich dem Unternehmen gestiftet hatte. Als ich sie auf die Kanthölzer einschlagen sah, wurde mir einen Moment lang mulmig, weil ich ihren verbissenen Gesichtsausdruck nicht deuten konnte. Und ich zuckte ein bisschen, als einer der langen Jungs aus der Zehnten ihr die Axt abknöpfen wollte und sie anzüglich mit dem Finger über die Schneide ihres geliebten Werkzeugs fuhr.

»Melli kommt von einem Bauernhof und zieht dort Lämmchen mit der Flasche groß. Sie ist eine ganze Nette. Kein Grund zur Sorge«, sagte Schimanski, der mich beobachtet hatte.

»Ich sorge mich nicht.«

»Tust du doch. Ich weiß bloß nicht, warum.«

»Hast du nie von Amokläufern in Schulen gehört und so?«

»Hast du nie von Müttern gehört, die ihre Neugeborenen in Mülltonnen ablegen? Fürchtest du dich deshalb vor Müttern? Die Amokläufe sind Einzelfälle, meine liebe Franziska, die mit unserer Schule nichts zu tun haben, und mit Melli schon gar nicht.«

Er hatte recht, natürlich. Ich winkte der netten Melli zu. Waren sie nicht alle prächtige Menschen, jetzt, wo ich sie näher kannte? Sonderbar, wie sich mein Weltbild gewandelt hatte.

Meine Gedanken schweiften zu Ingmar. Sein Vortrag bei der *Ostfriesischen Landschaft* war leider nicht mehr ganz so überschwänglich rezensiert worden. Die Zeitung hatte nämlich einen eigenen Journalisten hingeschickt, und der hatte Ingmar ziemlich runtergeputzt. *Ein gehemmter Mensch mit fragwürdigem Talent* – so in dieser Art. Wenn Ingmar die Altenheim-Rede hinter sich gebracht hatte, würde er die schrecklichen Abende wohl los sein. Wer wollte sich schon einen gehemmten Menschen an die Brust binden? Er und Dörthe würden es sich so richtig gemütlich miteinander einrichten, und Franzi wäre nur noch eine Anekdote an Abenden vor dem heimischen Kamin, den Dörthe sich gegen Ingmars Willen von meinem Geld würde bauen lassen, das ich mir nun doch nicht mehr erstreiten konnte, außer vielleicht vor Gericht.

Schimanski stieß mich an.

»Was?«, fragte ich und versuchte mich von der deprimierenden Vorstellung zu lösen.

»Ich wollte wissen, ob dieser Künstler mit dir verwandt ist?«

»Wer?«

»Der Maler, über den in der Zeitung geschrieben worden ist. Dieser Brunner, der in Aurich ...«

»Nein«, unterbrach ich ihn. Es war die reine Wahrheit. Meine Kinder, wenn ich welche gehabt hätte, wären mit ihm verwandt gewesen. Ich selbst hatte nur auf dasselbe Papier wie er meinen Namen gekritzelt, weil der Standesbeamte gesagt hatte, das wäre nötig.

»Franziska kennt gar keine Künstler«, eilte Geli mir zu Hilfe. »Und wenn, dann nur ganz flüchtig. Also eher so wie überhaupt nicht. Franzi und Künstler ... Wirklich!« Sie lachte.

»Hm«, brummte Schimanski. Er ist Lehrer. Die Hälfte seines Arbeitslebens verbringt er damit, Sätze wie »Ich habe meine Matheaufgaben gemacht, aber dann hat sie mein Kanarienvogel in ein Vogelnest im Garten verschleppt« auf ihren Wahrheitsgehalt zu überprüfen.

»Brunner heißt ja eigentlich jeder«, versuchte Geli ihm Sand in die Augen zu streuen.

»Hm.«

Plötzlich sah ich Sami über den Platz laufen. Er trug seine Kamera in der Linken und den Bauplan, den ich für das Schiff gezeichnet hatte, in der Rechten und dirigierte seine Mitschüler, die es bald aufgegeben hatten, gegen ihn anzumotzen, souverän von Aufgabe zu Aufgabe. Dass das Schiff bereits so stattlich aussah, war vor allem seinen Fähigkeiten zu danken. Leider fehlte uns noch etwa die Hälfte des Baumaterials. Ockes Finanzabteilung oder wer auch immer den Scheck für die Schule auf die Reise schicken sollte, trödelte herum. Aber wir hatten auch noch für gut eine Woche zu tun. Und dazwischen lagen die Herbstferien.

Mein Blick haftete immer noch an Samis Kamera. Er hatte mir die Fotos vom Gymnasium gezeigt, die unter der Baumannschaft die Runde machten. Hinter den Scheiben des Elitebaus hingen hämisch blickende Jugendliche, die er liebevoll per Fotomontage in seine Aufnahmen platziert hatte. Sami fotografierte nicht nur – er erschuf eine völlig neue Welt. Bewundernswert war das. Wenn man genauer darüber nachdachte, sogar ein bisschen zum Fürchten. Man kann nicht nur mit Worten lügen, dachte ich. Bilder sind sogar noch besser. *Ich hab's mit eigenen Augen gesehen* ... Was wollte man diesem Argument entgegenhalten?

Und da kamen mir wieder Dörthe und Ingmar in den Sinn, die sich vor dem mit meinem Ehevermögen bezahlten Kamin wälzten. Und plötzlich ging mir auf, worin der Fehler bei meinem Rachefeldzug lag: Ich hatte zu kleinmütig gehandelt. Rufen Sie sich mal gerade die Szene vor Augen, in der Martin Brody den Hai endgültig ins Nirwana katapultiert. Hatte er ihm etwa einen Knallfrosch ins Maul geschoben? Eine schmächtige Dynamitladung? Nein, es war eine solide, armdicke Starkstromleitung gewesen. Er hatte ihm das Ding zwischen die Zähne gezwängt, und erst dabei war das Biest explodiert.

Und bei mir war es genauso, begriff ich: Ich musste weg von meinen Nadelstichen, meinen harmlosen Intrigen, und einen richtig fetten Fake wagen, um Dörthe und Ingmar fertigzumachen. »Sami!« Stürmisch winkte ich dem Jungen zu. Er ließ den Bauplan sinken und kam rübergetrottet. »Sag mal, würdest du mir einen Gefallen tun?«

»Was denn?«, fragte er überrascht.

»Es geht um Fischfang. Ich brauche dazu deine Kamera und dein Talent für Fotomontagen.«

Ein Altenheim ist ein entspannender Ort, in dem der Mensch in geselliger Runde – umsorgt und liebevoll verwöhnt – seinen Lebensabend genießt. Das konnte ich dem Traktat entnehmen, das im Eingangsbereich der Seniorenresidenz »Goldener Herbst« auslag. Ich verzog mich mit dem Faltblatt in einen Flur, der, dem Pfefferminzgeruch nach zu urteilen, in eine Teeküche führte.

Mein Versteck war perfekt. Ich würde sehen, wenn Ingmar kam, und hatte außerdem durch die Glastür den Blick frei auf das Podium, auf das man ihm bereits einen Stuhl mit Plüsch und Armlehnen bereitgestellt hatte. Der Plüsch würde Ingmar anwidern, aber der Rest der Residenz sollte ihm gefallen, denn seinem Künstlerblick würde sich sofort offenbaren, dass sich hinter den wenigen Bildern – Typ »Schifferboot vor stürmischem Himmel« – wahrhaftiger nackter Beton verbarg, auch wenn man ihn weiß getüncht hatte.

Sami, den ich hierher bestellt hatte, befand sich schon im Saal. »Kann man dort drüben die Lampe ausschalten?«, fragte er eine der Frauen mit den hellblauen Schürzen. Man konnte. Die alten Herrschaften, die praktischerweise gleich an den Tischen sitzen geblieben waren, an denen sie ihr Abendessen eingenommen hatten, beobachteten interessiert, wie er einen Stuhl ein wenig verrückte. Eine alte Dame klopfte ihm, als er an ihr vorüberging, auf den Hintern. Ich sah, wie Sami errötete. Die Röte vertiefte sich, als an ihrem Tisch eine angeregte Diskussion über männliche Ärsche begann. Eine Frau mit violetten Locken wollte von Sami wissen, was für Unterhosen er trug, aber er schwieg dazu, und er war auch nicht bereit, sich nochmals den Po tätscheln zu lassen, obwohl die alte Dame sehr nett darum bat. Keine Ahnung, was ihm durch den Kopf ging. Vielleicht dachte er an seine eigene Omi, die daheim sittsam an ihrem Tee nippte.

Ein Mann in einer Strickjacke meldete sich zu Wort. Er befürchtete, dass der verdammte Stalin die Erdbeeren hinten bei dem Mülltonnenunterstand mit seinen verfluchten Bomben in die Luft jagen könnte, weshalb er sich auch nicht an der nächsten Pflanzaktion beteiligen würde. Sein Tischnachbar verlangte nach einem Glas guten Rotwein. Und irgendjemand, den ich von meinem Versteck aus nicht sehen konnte, wollte wissen, wann der Film endlich losgeht.

In diesem Moment schlüpfte ein Mädchen durch die Tür. Erstaunt erkannte ich Luise Brüggemann, die Tochter von Sylvie. Sie ging auf Sami zu und drückte ihm einen Knutscher auf die Wange. Die Frau, die Sami zuvor auf den Hintern geklopft hatte, beugte sich interessiert vor – und begann Beifall zu klatschen. Jemand anderes fiel ein und noch jemand, bis es einen donnernden Applaus gab. Mit einem verlegenen Lächeln gab Luise dem Publikum eine Zugabe. Donnerwetter! Abgesehen davon, dass das Mädel offenbar ein Potential als Stimmungskanone für Seniorenresidenzen besaß, war ich fasziniert von Samis glücklichem Grinsen. Mensch, der Junge war verliebt. Sami und Luise! Ich lächelte gerührt.

Dann musste ich zurückweichen, weil sich die Tür mit der Aufschrift »Direktion« öffnete. Ingmar trat in den Flur, blass wie bei jedem seiner Auftritte. Dörthe folgte ihm mit einem Lächeln, in dem ich Verbitterung zu erkennen meinte. Beide trugen Gemälde. Die Dame, die vermutlich die Leiterin des Altenheims war, auch. Sie schleppten Ingmars Werke in den Speisesaal und stellten sie dort auf verschiedenen Stühlen ab.

»Schmatz noch mal, Mädel«, verlangte der Mann, der auf sein Glas guten Rotwein wartete. Luise war älteren Herrschaften gern gefällig.

Zu Ingmars Vortrag brauche ich nicht viel zu sagen. Er dauerte dieses Mal zwölf Minuten, aber nur, weil Sami, der mit seiner Kamera durch den Raum flitzte, seinen Redefluss immer wieder mit dem Blitzlicht unterbrach und weil außerdem in etwa minütlichem Abstand jemand eine Neuauflage der Kussszene forderte. Künstler sind empfindsame Menschen. Als die Poklatscherin ihn bat, sich neben Sami zu stellen, damit sie die Qualität der beiden Herrenpos vergleichen konnte, verhaspelte Ingmar sich in seinem Text, und als jemand an einem der vorderen Tische konzentriert ein Glas Saft über den Schoß der Nachbarin goss, sah er aus, als wollte er in Tränen ausbrechen.

Eine Pflegerin eilte herbei, um die Bescherung dezent aufzuwischen, und die Dame aus der Direktion steckte sich eine Zigarette an. Sie war völlig entspannt, weil ich ihr durch Sylvie hatte mitteilen lassen, wie viel Wert der Künstler darauf lege, *sämtliche* Heimbewohner bei seinem Vortrag zu begrüßen, da gerade das Nachlassen der kontrollierenden, klischeeprovozierenden Barrieren einen offenen Umgang mit seinen Werken begünstige.

Dörte war rot vor Wut und sah hässlich aus, weil die Farbe ihrer Wangen nicht mit der ihrer Haare harmonierte. Es lief also alles prächtig. Als Ingmar erklärte, dass die Nass-in-Nass-Technik eine Maltechnik sei, bei der in die noch nicht getrocknete Farbe hineingemalt werde, erntete er überraschend einen frenetischen Beifall. Er lugte zu Sami, um zu sehen, ob dort gerade wieder eine heiße Kussszene abgeliefert wurde, aber Sami war damit beschäftigt, die klatschenden Senioren aufzunehmen. Irritiert wandte Ingmar sich wieder dem Text zu. Ich lächelte. In meiner Handtasche ruhte der USB-Stick für die *Ostfriesischen Nachrichten*, auf dem ich Ingmars Auftritt bereits kommentiert hatte.

Kaum einem der Besucher gelang es, sich der Verstörung zu entziehen, die Brunners neuestes Werk (Interpretation einer kopulierenden Eisenbahnbrücke) ausstrahlt. Intuitiv teilte sich die tiefe Verletzlichkeit mit, die den Menschen bei dem brutalen Zusammenprall zwischen Zivilisation und der Natur ereilt.

Mensch, ja.

Ich huschte zufrieden ins Freie. Das Letzte, was ich von dem Event mitbekam, war, wie eine dürre Frau aufstand, auf ihr Taschentuch spuckte und damit auf der verstörenden *Interpretation einer kopulierenden Eisenbahnbrücke* herumzuwischen begann. Eigentlich schade. Denn Ingmars letzte Schöpfung besaß tatsächlich einen gewissen Reiz.

Sami kam am nächsten Tag zu mir, und wir schauten uns gemeinsam auf seinem Computer an, was er geknipst hatte. Ingmar wirkte grübelnd und bissig und sah immer noch gut aus. Aber das Foto, das Sami am liebsten mochte, zeigte den Stalinhasser, der sich dem Erdbeeranbau verweigern wollte. Er wirkte in seiner Strickjacke wahnsinnig distinguiert, wie jemand, der vor dem Schlafengehen gerade noch mal flott einen Roman fürs Nobelpreiskomitee zusammenschreibt.

Anschließend wurde ich erneut Zeuge, was ein begabter Mensch mittels Fotomontage alles zaubern kann. Sami lud auf meine Bitte Bilder vom niedersächsischen Ministerpräsidenten aus dem Internet und platzierte ihn neben den Stalinhasser. Was er dann machte, dauerte seine Zeit, aber das Ergebnis war überwältigend. McAllister und Stalin-kann-mich-mal saßen nebeneinander im Publikum. Und dann, wups, holte Sami Ingmar dazu. Mit ein bisschen Manipulation stand mein Exgatte mit einem Sektglas in der Hand an ihrer Seite, wo er sich lässig ins Gespräch mischte. McAllister und der Nobelpreisträger blickten kolossal beeindruckt zu ihm auf. Kein Wunder. Man merkte, der schwarz gewandete Mann war unkorrumpierbar und – natürlich – kompromisslos ehrlich. Einer, der auch gern mal dem Ministerpräsidenten mit einer dahingeschleuderten Bemerkung die Verlogenheit seiner gesamten Kaste ins Gesicht knallt, um ihm dann ungerührt den Rücken zu kehren. »Er ist zum Küssen«, sagte ich.

Sami warf mir einen schiefen Blick zu. »Nur kapier ich nicht, was das soll.«

»Musst du auch nicht.« Es reichte, wenn Geli und ich eingeweiht waren. Im Grunde handelte es sich immer noch um den alten Plan. Ich würde Ingmar zu Vorträgen scheuchen – aber dieses Mal im großen Maßstab. Ich wollte ihn mit Einladungen zudecken, bis er an den Rand eines Nervenzusammenbruchs geriet. Und dazu musste ich ihn prominent machen. Der Schein ist alles – weiß man doch. Mir war klar, dass Dörthe ihn nicht von der Angel lassen würde, solange er begehrt war. Vielleicht würde sie ihm sogar ein paar Trainingseinheiten im heimatlichen Wohnzimmer verpassen, ohne zu kapieren, dass er es hasste, belehrt zu werden. Und wenn ich Ingmar weichgekocht hatte, würde ich ihm diskret meinen Anteil an der Folter erklären und ihm verklickern, dass ich sie erst beenden würde, wenn er bereit war, mir meinen Anteil am Ehevermögen auszuzahlen. Das war das Neue. Es ging nicht mehr ums Leiden an sich, sondern knallhart ums Geld.

»Also …«, begann Sami.

»Bitte?«

»Wenn es was Illegales ist, mach ich nicht mit.« Sein Gesicht sah im Schein von Peter Pans Lampe entschlossen aus.

»Wieso illegal?«

»Na, weil das doch eine Fälschung ist. Und dazu mit einem Politiker. So was wie das mit den Eiern ist für mich in Ordnung. Offener Protest. Aber ich lege mich nicht mit dem Gesetz an.«

Donnerwetter! Wie hätte Schimanski sich gefreut, das zu hören.

»Sie sind doch nicht in so 'ner Art RAF oder so?«, fragte er misstrauisch.

»Quatsch! Alles in Ordnung. Es geht nur um einen Scherz in meiner Familie. Ich will jemanden necken. Sag mal, hättest du Lust, dir ein bisschen Geld zu verdienen?«

Dieses Mal bot ich meinen Artikel nicht nur den *Ostfriesischen Nachrichten* an, sondern auch der Ostfriesen-Zeitung und der Nordwest-Zeitung in Oldenburg. Meine Mails hatte ich raffiniert als A. Meyer auf den Weg geschickt. Die sollte man erst mal suchen!

Zu meiner Freude wurde mein Lob über Ingmars Kunst in allen drei Zeitungen gedruckt. Ich scannte das Ganze und versandte es, gemeinsam mit dem wichtigtuerischen Ministerpräsidentenbild, an sechsundachtzig Altenheime, vierundfünfzig Schulen, zwanzig Kulturzentren und das Mutter-Kind-Heim auf Langeoog. Im Begleitbrief schrieb ich, dass ich mit dem angesehenen Künstler im Grunde nichts zu tun habe, aber tief beeindruckt von seinem Schaffen sei und so weiter und so weiter. Außerdem gab ich Dörthes Mailadresse an und erklärte mit Hinweis auf eine verlässliche Quelle, dass der Künstler weiteren

Einladungen nicht abgeneigt sei. *Peng!* Ich lehnte mich zurück und sah in Gedanken, wie der weiße Hai das Starkstrom-Unterwasserkabel ins Visier nahm und seine Augen vor Gier glitzerten. *Grüß dich, Dörthe!*

Dann kam die SMS von Schimanski, die mein Glück um ein Haar wieder zunichtegemacht hätte. Sie erreichte mich samstagnachmittags gegen fünf. Es gibt viele Gründe, aus denen ein Mann einer Frau an einem Samstagnachmittag eine SMS schickt. Er könnte sie einladen wollen. Zu einem Spaziergang. Ins Kino. Auf sein Ledersofa. Er könnte ihr sagen wollen, dass er gerade die Sommerferien für nächstes Jahr plant und eine nette Begleitung sucht. Er könnte ihr etwas Fantastisches am Nachthimmel zeigen wollen. In jedem Fall sollte er anschließend erreichbar sein.

Schimanski war nach der SMS nicht erreichbar. Wahrscheinlich hatte sein Handy wieder mal den Saft verloren. Der dürre Satz, den er mir geschrieben hatte, lautete: *Muss Dich sprechen.*

Ich überlegte. Klang aus den wenigen Worten Sehnsucht heraus? Zärtlichkeit? Hatte sich ein wortkarger Bursche das Äußerste abgerungen, was ihm – vielleicht nach einem Ehedrama, das schon viele Jahre zurücklag – geblieben war? O Mann. Schimanski-Kremer sah nicht nur von außen gut aus, er war ein Mensch, der auch ein attraktives Innenleben zu bieten hatte. Lokomotiven, die durch das Universum düsen – das ist Poesie, die ich verstehe. Nachdem ich ein paar Mal vergeblich versucht hatte zurückzurufen, lief ich zu ihm rüber.

Er öffnete mir und zog sich wortlos die Jacke über. Aha. Seine SMS war also eine Einladung zu einem Spaziergang gewesen. Mein Herz wummerte gegen die Rippen. Draußen war es herrlich, trotz des Nieselregens und des scharfen, kalten Windes. Ich schlenderte neben ihm her, steckte die Hände in die Hosentaschen und genoss die Umgebung. Das Land roch wie eine riesige Herbstblume. Blätter segelten über die Felder und tauchten in die Ackerfurchen.

»Meine Güte, ist das schön hier«, sagte ich in einem Versuch, mein romantisches Innenleben nach außen zu projizieren.

»Wahrscheinlich«, knurrte Schimanski. »Weißt du was? Ich bring die Kerle um. Wenn's stimmt, bring ich sie um.« Er schoss einen Erdklumpen vom Weg auf den Acker an der Seite.

Aaaah ja. Wir gingen ein paar Schritte. Mein Herz morste Fragezeichen ans Gehirn. Die Glückshormone taumelten irritiert in ihrer Achterbahnkurve. »Wen denn?«

»Die Drogenhändler, die unsere Schüler kaputt machen.«

»Ach so.« Romantik? Vergiss es. Der Kerl war Lehrer bis in die Knochen. Wahrscheinlich träumte er nachts von Zeugniskonferenzen und schmökerte beim Frühstück in Klassenbüchern. Ich schwenkte im Tonfall auf *sachlich* um. »Was ist denn los?«

»Sami! Er leitet ja gewissermaßen den Bau des Schiffs.«

»Und?«

»Er hat sich für die Baupläne eine Kiste in den Raum gestellt, in dem früher mal der Aufsitzrasenmäher gestanden hat.«

»Wirklich!«, rief ich. In einem Drehbuch hätte gestanden: *unüberhörbar ironisch.*

Schimanski besaß keinen Sinn für Ironie. Jedenfalls im Moment nicht. »Ja. Er hat sie verschlossen, damit ihm niemand was durcheinanderbringt. Angeblich. Ich hab die Kiste geöffnet. Und es waren Drogenpäckchen drin. Marihuana … aller mögliche Scheiß …«

»Nein!«

»*Nein* in welcher Hinsicht?«, fragte Schimanski.

Entgeistert sagte ich: »Sami hat doch nichts mit Drogen zu tun.«

»Warum nicht? Der Junge ist wütend. Er hat sich mit seinem Onkel geeinigt, dass er den Sanitätsladen übernimmt. Das Pflichtgefühl hat also über die Neigung gesiegt. Aber Stützstrümpfe öden ihn an. Er sieht sein Leben im Gulli versickern. Und das frustriert ihn. Junge Menschen, die frustriert sind, machen die bescheuertsten Sachen.«

»Sami nicht!« Er stand doch auf der Seite des Gesetzes. Ich hatte ihn kaum zu der Fotomontage überreden können. Konnte das alles eine üble Täuschung gewesen sein? Hatte er hinterhältig versucht, mir eine anständige Fassade vorzugaukeln? »Sami nicht!«, wiederholte ich entschlossen.

Schimanski drückte meinen Arm. »Mir gefällt das auch nicht, Franzi. Aber Sami ist der Einzige, der einen Schlüssel zur Kiste hat. Und die Drogenpäckchen sind nun mal drin. Ich hab sie hier in dieser Hand gehalten. Die verdammte Kiste ist der sicherste Platz auf Erden. Keine Tante kann sie auf der Suche nach dreckigen Socken finden. Kein Polizist käme auf die Idee, dort zu schnüffeln.«

»Aber Sami tut so was nicht!«

»Ach Franzi!« Er hob resigniert die Hände. »Jedenfalls: Deshalb musst du heute Nacht dabei sein.«

»Was?«

»Ich glaube, dass er ein paar Päckchen verticken will. Und will mich auf die Lauer legen. Wenn ich ihn erwische, dann musst du mich davon abhalten, ihm an die Gurgel zu gehen. Hilf mir, gelassen zu bleiben. Die verdammten richtigen Worte zu finden. Ich will nicht, dass der Junge sein Leben wegwirft. Ich unterrichte ihn seit der sechsten Klasse, seit er hier in Deutschland ist. Ich hab ihn ins Herz geschlossen. Ich muss das hinbiegen.«

»Mensch, Schimanski.«

»Ich könnt heulen, wenn ich mir vorstelle, dass er sich alles versaut.«

Wir hatten den Schulhof erreicht und umrundeten einen Busch voller gelber Blätter, hinter dem Schimanski zwei Apfelsinenkisten bereitgestellt hatte. »Ist dir doch nicht zu unbequem?« Ich schüttelte den Kopf und setzte mich. Ade, gemütliches Wochenende. Ade, du Liebesgeflüster.

Mir war sowieso schon kalt, aber auf der Kiste bekam ich auch noch einen feuchten Hintern. Ich seufzte. Irgendein Vogel sang. Keine Nachtigall – so ist das Leben nicht. Wahrscheinlich ein Rotrückenwürger. Im Ernst, so was gibt's. Es sind Sperlinge, die Frösche zwecks Vorratshaltung auf Dornen spießen. Tut mir leid, wenn ich damit jemanden schockiere. Ich sag's ja: Das Leben ist mies. Ich wünschte mir, dass mich Schimanski in die Arme schloss. Stattdessen starrten wir auf einen Bretterverschlag mit schwarzer Wellblechabdeckung und warteten darauf, dass sich ein netter Junge ins Unglück stürzte. Wenn das nicht deprimierte!

Schimanski erklärte mir, dass die Polizei seit Wochen hinter dem Kerl her war, der die Dinger an der Schule vertickte, aber sie hatten es nicht geschafft, einen Namen zu bekommen, weil der Dealer wie ein Geist agierte. Wer an die Drogen ranwollte – und der Teufel mochte wissen, wie der Kerl rauskriegte, wen es kribbelte –, fand einen Zettel in seiner Jackentasche mit einem Angebot und einem Platz, an dem er sein Geld hinterlegen konnte. Immer woanders. Irgendwann war das Geld weg und das Päckchen da. Eine pfiffige Polizeitruppe hätte vielleicht etwas unternehmen können, aber denen fehlte das Personal, und die Mengen, die vertickt wurden, waren gering. Sie fanden, dass die Schule das Problem lösen sollte. Pädagogisch, sozusagen.

»Der Dealer hat die Sache schlau angepackt. Der hat Grips im Kopf«, meinte Schimanski bekümmert. »Ich hab einen der Zettel gefunden und weiß deshalb, wo der nächste Austausch stattfinden soll. Nämlich in der Kajüte auf dem Schiff. Heute Abend. Tut mir leid, Franzi. Macht dir doch nichts aus, hier zu sitzen, oder?«

I wo, warum denn?

Wir warteten. Die Viertelstunden verrannen. Es war unbequem auf den Apfelsinenkisten. Ich bibberte, und als Schimanski es merkte, legte er den Arm um meine Schultern. »Wirklich verdammt nett, dass du mitgekommen bist.«

Ich krümelte mich in seine Armbeuge. Mir stieg wieder sein Rasierwasser in die Nase, und ich merkte, wie die Glückshormone aufhorchten. Der Vogel, der wieder zu singen begonnen hatte, war vielleicht doch eine Nachtigall. »Hörst du die Nachtigall?«, fragte ich.

»Das ist ein Uhu.«

»Oder ein Rotrückenwürger?«, schlug ich vor.

»Unwahrscheinlich. Wenn, dann hat er vergessen, in den Süden zu fliegen, und besitzt zudem Fremdsprachenkenntnisse.«

»Ein Rotrückenwürger, der sich bei den heimischen Uhus integriert, indem er ihre Lebensweise annimmt und zudem ihre Sprache lernt. Das finde ich schön. Die Natur zeigt uns, wie wir miteinander umgehen sollten.« *Uhuuu* gurrte es durch die Nacht. »Meinst du, sie feiern gerade ein Integrationsfest?«

»Mit Spitzmausbraten und Drosselragout«, sagte Schimanski. Es ruhte sich gut in seiner Armbeuge. Er strahlte so etwas Verlässliches aus. Ich seufzte noch einmal, jetzt zufrieden. Mir wurde sogar wieder warm.

»Dieser Brunner, der Künstler«, murmelte Schimanski, »kennst du den wirklich nicht?«

Ich zuckte zusammen. »Wie kommst du darauf?«

»Weil ich mir einbilde, dass Ocke irgendwann gesagt hat, dass du die Beleuchtung für einen seiner Vorträge gemacht hast.«

»So was hat er gesagt?« Jetzt wäre ein guter Moment, klar Schiff zu machen und mit einigen Missverständnissen aufzuräumen, dachte ich. Schimanski war ja nicht Norbert. Warum sollte ich ihm die Sache mit meinem verstorbenen Gatten und meinem Scheidungsex, der mich mit dem weißen Hai betrog, nicht einfach erklären? Völlig entspannt. Er würde verstehen, wie alles gekommen war. Wie mein Bruder mich in einen Strudel komplizierter Wahrheiten gedrängt hatte, die hier und da mit der Wirklichkeit zu kollidieren schienen. Möglicherweise hatte Schimanski selbst einen Bruder. Dann wäre ihm sofort klar, worum es ging. Bruderkrieg halt.

Obwohl es natürlich nicht so war, dass ich mich mit Norbert im Krieg befand. Ich liebte ihn, meinen Gefährten aus der Kindheit, der mich in seinem Haus wohnen ließ, obwohl ich ihm auf die Nerven ging. Wobei das mit dem Auf-die-Nerven-Gehen natürlich weniger an mir lag, sondern an der Penetranz, mit der er Todesanzeigen drucken ließ und unsere Verwandtschaft zu Trauerwochenenden einlud und daran herumkrittelte, wie ich mich mit den Gaunern vom Beerdigungsinstitut auseinandersetzte.

Und die Sache mit der Mauer von Grünebergs hing mir natürlich auch noch nach. Ich hatte versucht, es Norbert bei der Pinkelei gleichzutun, aber selbst mit dem hohen Maß an Geschicklichkeit, das ich in technischen Angelegenheiten besitze, und mit meinem damals enormen Willen, war es mir nicht gelungen, die anderthalb Meter hohe Mauerkuppe zu erreichen. *Haha … ätschebätsch …* Ich konnte jetzt noch die Grimassen sehen, die Norbert mir schnitt. Übrigens liebe ich ihn kein bisschen. Er ist ein widerlicher Angeber, und die Sache mit dem Waschpulver, das ich heimlich in seine Schulbadehose gerieben habe, tut mir auch nicht leid.

»Bist du sauer?«, fragte Schimanski.

»Überhaupt nicht«, brummte ich. Aber die selige Stimmung war verflogen. Ich weiß nicht, wie Norbert es schafft, mir jedes Glück im Leben zu vermiesen.

Sami kam übrigens in dieser Nacht nicht mehr. Und als ich kurz nach Mitternacht heimkehrte, hatte ich eine Erkältung.

Was mich in den folgenden beiden Wochen aufmunterte, war die Tatsache, dass Ingmars Homepage sich mit Veranstaltungshinweisen füllte. Er musste ja abends oft arbeiten, aber Dörthe schaffte es, ihn zu sieben Terminen im Oktober und zu je vier im November und im Dezember breitzuschlagen, obwohl zu dieser Zeit in den Konzertsälen meist Hochbetrieb herrscht. Nebenbei bemerkt: Ich hatte Ingmar in all unseren Ehejahren nicht *ein einziges* Mal zu einem Adventskaffee bei meinen Eltern überreden können. Aber egal. Wenn Martin Brody beim Anblick einer angeknabberten Leiche kühl bleiben konnte, schaffte ich das auch.

Ingmars nächster Vortragstermin fand in der Einöde der Lüneburger Heide statt. Ich fuhr Sami mit Gelis Auto hin. »Sag mal, könntest du dir vorstellen, dass wir eine Fanseite für Ingmar ins Leben rufen?«, fragte ich ihn, als wir auf einem mit Herbstlaub übersäten Parkplatz hinter einem gelben Klinkergemeindehaus hielten.

»Was?« Sami zog seine Kamera aus dem Futteral und streichelte sie liebevoll.

»Eine Fanseite, das ist …«

»Ich weiß, was eine Fanseite ist.« Plötzlich ging ein Grinsen über das Gesicht meines Fotografen. »*Jetzt* kapier ich's. Mann – Sie sind in den Kerl verknallt!«

Ich musste lachen.

»Klar sind Sie verknallt. Hammer! Und ich dachte schon …«

»Was denn?«

»Keine Ahnung. Ich hab Sie letztens mit Kremer auf dem Schulhof gesehen.«

Ach ja? Ich wollte eine flapsige Antwort geben, doch plötzlich wurde mir flau im Magen. Sami hatte uns auf dem Schulhof beobachtet? Wann zum Teufel sollte das denn gewesen sein?

Ich wollte ihn fragen, aber er öffnete schon die Autotür und verschwand mitsamt Kamera um die Ecke zum Gemeindesaal, wo die *Schutzgemeinschaft seltener Moor- und Heidepflanzen* auf Ingmars Vortrag wartete. Ich lehnte mich zurück in den Autositz, schloss die Augen und merkte, wie mir kalt und schlecht wurde. Sami war also in der Nacht des gescheiterten Drogendeals auf dem Schulhof gewesen.

»Aber auch wenn er sich dort rumgetrieben hat, ist das noch lange kein Beweis. Ich glaub einfach nicht, dass Sami dealt. Ich glaub das nicht«, sagte ich zu Schimanski am folgenden Nachmittag, als ich ihm half, das Material für siebzehn Vogelhäuser, die er mit seiner Dritten zimmern wollte, in den Werkraum der Grundschule zu tragen.

»Wenn jemand etwas so oft wiederholt, dann deshalb, weil er sich selbst überzeugen muss«, muffelte Schimanski. Er war schon mieser Laune gewesen, bevor ich mit Sami angefangen hatte. Ungeduldig stieß er die Tür zum Werkraum auf. Vier alte Riesentische beherrschten das Zimmer. Es roch nach Farbe, Sägespänen und Staub. In den wackligen Regalen, die die drei fensterlosen

Wände bedeckten, standen Kisten und Kartons mit einem bunten Sammelsurium an Nägeln, Eisenwinkeln, Schmirgelpapier, Hämmer und Stichsägen und was kleine Bastler sonst noch brauchen, um in die Wunderwelt des Heimwerkens einzutauchen.

Schimanski ließ seine Sperrholzplatten auf den Tisch krachen. »Wieso siehst du Sami überhaupt so oft?«

»Weil ...« Nein, dieser Moment war noch ungünstiger für eine Beichte als die Nacht, in der wir auf der Lauer gelegen hatten. »Er macht mir eine Homepage. Für meine Arbeit.« Das war nicht ganz die Wahrheit, aber wenn man bedachte, dass wir wirklich über einer Homepage brüteten und wie wertvoll mir die Erkenntnisse, die ich dabei gewann, später bei meiner beruflichen Tätigkeit sein könnten – für den Fall, dass ich mal Werbung machen müsste –, war es im Grunde *doch* die Wahrheit. Hatte ich nicht immer eine Homepage gewollt? Rasch kehrte ich zum Thema Drogen zurück. »Denk doch mal nach, Schimanski: Wenn Sami unser Dealer wäre, dann hätte er doch nicht zugegeben, dass er beim Schulhof war, genau in der Nacht, in der wir auf der Lauer lagen!«

»Es sei denn, er hat uns gesehen, aber keine Ahnung gehabt, was wir dort wollten.« Schimanski schüttelte eine Kiste mit Nägeln aus, verschaffte sich einen Überblick über den Inhalt und fluchte: »Das reicht nicht. Die Knirpse schlagen das Zeug tonnenweise schief ins Holz. Ich muss noch ein paar Schachteln besorgen.«

»Lass Ocke doch was für die gute Sache spendieren.«

»Nein«, sagte Schimanski. Sein *Nein* klang nicht wie *müsste ich erst noch mal drüber nachdenken* oder *ich hab schon eine andere Idee*, sondern eher wie ... also richtig angepisst. Eifersucht? Das hätte ich nicht schlecht gefunden. Geb ich zu. Aber hätte dann nicht einer seiner giftigen Blicke in meine Richtung gehen müssen? Es war wohl doch nur sein gewohnter Ocke-Ärger. »Meine Güte«, sagte ich, »man sollte meinen, zwei erwachsene Männer bringen es fertig, unter eine dreckige Kloschüssel einen Schlussstrich zu ziehen.«

Schimanski lief wieder raus zu seinem Wagen. Er packte sich eine Palette Farben, trug sie in den Werkraum und rammte sie ins Regal. Er holte einen Stapel alter Zeitungen und hätte ihn ebenfalls gerammt, wenn Druckerschwärze auf Papier nicht so biegsam wäre.

»Schimanski«, sagte ich. »Was ist denn los?«

Er stützte die Hände auf einen der Tische. Seine Halsschlagader pochte. »Ocke hat die Mittel, die er der Schule versprochen hat, zurückgezogen. Wir können das Schiff nicht fertig bauen.«

Ich war so entgeistert, dass ich fast die Nägel, die ich gerade sortierte, zu Boden fallen ließ. »Warum das denn?«

»Er hat auf dem Golfplatz einen seiner Schickimicki-Freunde getroffen, der zufällig bei der Polizei arbeitet, und der hat ihm einen Wink gegeben, dass an der Schule Drogen kursieren. Nun will er den jungen Verbrechern eine pädagogische Lektion in Sachen korrektes staatsbürgerliches Verhalten erteilen.«

»Moment mal. Was für eine Lektion …«

»Natürlich ist das alles Scheiß. In Wirklichkeit geht es um ihn und mich. Er will mir die Kante zeigen.«

»Was?«

»Der Dreckskerl nutzt die Situation, um mir eins auszuwischen. Mit welchen Worten soll ich's noch erklären? Er will mir eine reinwürgen.«

Puh! Ich holte Luft und hechelte ein bisschen, um die Wut niederzukämpfen. (Ich bin mal versehentlich statt in einem Aerobic-Kurs in einem Schwangerschaftsvorbereitungskurs gelandet, und weil die Mitstreiterinnen so nett waren, blieb ich, bis man mich entlarvte und hinauswarf. Ich hatte es noch immer drauf.) »Und das alles wegen der Kloschüssel?«, schnaubte ich, als ich wieder reden konnte.

»Nee. Er hat mir Franziska Brunner nicht verziehen«, sagte Schimanski, und zum ersten Mal an diesem Abend sah ich ihn lächeln.

»Franziska Brunner? Also wieso … Ich meine …«

»Er ist ein Idiot, ich weiß. Du bist gerade Witwe geworden, und … Herrgott, ich würde doch so eine Situation nicht ausnutzen. Was der sich einbildet!«

Na ja. Noch einmal war ich versucht, meine große Beichte abzulegen. Ich hatte die Worte schon auf der Zunge. Aber Schimanski kam mir zuvor. »Wenn Ocke wenigstens ehrlich wäre. Wenn er sagen würde, was Sache ist. Er hat uns letztens zusammen gesehen und ist sauer darüber. Gut. Aber dann raus damit und fertig. Wenn ich was nicht ausstehen kann, dann ist es diese verfluchte Heuchelei!«

Ooooh Mist. Ich kaute auf meiner Lippe.

»Und weißt du, was der Gipfel ist?«, fragte Schimanski. »Ocke will für das Geld stattdessen eines der Bilder von diesem Brunner kaufen. Um die Kultur nach Ekelborn zu holen und den ländlichen Mief zu vertreiben. Verstehst du, dass ich kotzen könnt?«

Ja, das verstand ich. Ich klappte meinen Mund endgültig zu.

11

Die Zeit ging ins Land. Über Ostfriesland tobten die ersten Herbststürme, und Ocke versuchte mich ein paar Mal zu einem Kaminfeuer einzuladen, aber ich sagte ihm unwirsch ab.

Die Nachmittage verbrachte ich jetzt meist beim Schulhof. Ich sah mit blutendem Herzen, wie die Truppe, die das Schiff bauen sollte, sich lichtete. Schimanski kaufte Bretter aus seinem eigenen Portemonnaie, aber die Jugendlichen hatten erfahren, dass die Stadt ihnen kein Geld mehr zur Verfügung stellte, und die Tatsache, dass nur der olle Lehrer das Schiff wichtig genug fand, um darin zu investieren, hatte etwas in ihren Köpfen verändert. Ihre Begeisterung war erloschen. Das Schiff galt auf einmal nicht mehr als Kampfobjekt, sondern als Beschäftigungstherapie für die Idioten von der Hauptschule, von denen jeder glaubte, dass sie zwischen Mathe und Bio einen florierenden Drogenhandel betrieben. In der Zeitung war ein entsprechender Artikel erschienen, der vor allem auf die Nähe zur Grundschule und zum Gymnasium verwies, und meine Schiffsbauer, obwohl sie den Kopf eher selten mit Gedrucktem beschwerten, hatten davon gehört und waren ins Herz getroffen. Sie stellten also eine Gefahr für die anständigen Kinder aus der Nachbarschaft dar.

»Quatsch!«, sagte Schimanski. Er brüllte ihnen das, gekoppelt mit Durchhalteparolen, in die Ohren wie ein amerikanischer Sergeant, aber das war ihnen egal.

»Was mache ich nur mit den Kerlen?«, fragte er mich niedergeschlagen, als wir eines Abends am Tresen der *Alten Post* in der Ekelborner Innenstadt saßen und ein Bier tranken. Wie wichtig es ihm war, dass Sebastian auf seiner Lok Kreise durchs Universum zog, wusste ich ja schon. Nun wurde mir klar, dass in seinem Kopf offenbar ein komplettes Eisenbahnnetz mit Hunderten von Zügen installiert war, die alle über wacklige Gleise holperten und ständig in Gefahr waren, die Böschung hinabzudonnern.

Vor meinem geistigen Auge sah ich ihn nachts über Herbert brüten, der »is doch ales Kaake« unter seine letzte Mathearbeit geschrieben hatte, und über Luise, die souverän ein Referat über die unterschiedlichen Farbtöne von Wimperntusche hätte halten können, aber *Berlusconi* für eine mexikanische Stadt am Toten Meer hielt. Dieser Mensch hatte ungefähr achtzig pubertierende Kinder und schaffte es nicht, zu ihnen auf Abstand zu gehen.

Ich seufzte. Vor einer Weile hatte Ocke die Gaststätte betreten. Ich konnte ihn über den Spiegel hinter der Theke sehen. Er saß an einem der Tische und behielt uns konstant im Auge, während er gleichzeitig so tat, als wären wir nicht vorhanden, was ein Kunststück war, vor allem aber nervig. »Wenigstens Sebastian kommt durch«, sagte ich. »Ocke ist ein Mistkerl, aber er hat ihm eine Lehrstelle angeboten, für den Fall, dass er seinen Abschluss bekommt.«

»Dann hat Ocke wenigstens so viel Glück wie der Junge. Sebastian ist im Baumarkt aufgeblüht. Er ackert jetzt in der Freizeit für'n Appel und 'n Ei bei ihm – aus purer Lust an dem Gabelstapler und dem Krempel, den er damit durch die Gegend schaffen darf.«

»Ist doch egal. Hauptsache, er kriegt 'ne Ausbildung!«, sagte ich. »Und weißt du was? Ole hat in seine Socken Dinosaurier-Sticker geklebt, damit er sie nach dem Sportunterricht zwischen den anderen wiederfinden kann. Es geht voran, Schimanski! Nicht alles läuft schlecht.«

»Ich heiße Karl«, sagte er, während er Ocke im Spiegel beobachtete.

»Weiß ich doch, Goethe.« Ich sah, dass er lächelte. Er hatte so ein besonderes Lächeln, mit tiefen Falten, die ein Gitterwerk aus guter Laune über sein Gesicht legte. Jede einzelne Falte hatte ihren Ursprung in zahllosen Stunden, in denen er sich amüsiert hatte. Gibt es etwas ungeschminkt Ehrlicheres als Falten? Wenn du auf die fünfzig zugehst, trägst du dein Leben im Gesicht, hatte meine Großtante Klara immer gesagt. Und Schimanskis Leben gefiel mir. Leider machte er immer noch keine Anstalten, es mit mir zu teilen. Zu viel Respekt vor meinem Witwenstand. Mist, dachte ich, wie bin ich da nur reingeraten?

»Das Gemeine ist, dass Ocke genau weiß, welchen Schaden er anrichtet«, sagte Schimanski, immer noch mit Blick auf den Bürgermeister. Sein Lächeln war verschwunden.

Ocke stierte uns an. Lumpenhund. Nichtswürdiger Intrigant. Mistkerl, der meinen Piratenhelden das Schiff versenkte, noch bevor sie es hatten vom Stapel lassen können. »Küss mich.«

»Was?«, fragte Schimanski.

»Wenn es das ist, was Ocke ärgert, dann küss mich!«

Schimanski drehte sich zu mir. Ich sah, dass er schluckte. »Franzi, ich weiß nicht. Willst du wirklich …?«

Für die gute Sache meinen Witwenstand ignorieren und meine Arme um diesen verdammt attraktiven Kerl auf dem Hocker an meiner Seite schlingen? Und ob ich das wollte! »Ingmar würde es verstehen«, behauptete ich dreist.

Er zögerte nur kurz. Als ich meine Lippen spitzte, kam er mir willig entgegen. Und ich tat mein Bestes, um den Kuss nicht wie einen Racheakt an Ocke wirken zu lassen.

Sami stand zu dieser Zeit immer noch in meinen Diensten. Er fotografierte Ingmar bei seinen Auftritten, damit ich beeindruckendes Material an die entsprechenden Kulturzentren schicken konnte. Denn ich ahnte, dass es einige Zeit dauern würde, bis mein Exmann mürbe genug war, um die Börse zu zücken. »Er hat sich gewundert, dass ich zu seinen sämtlichen Veranstaltungen komme, aber ich hab ihm erklärt, dass ich Fan bin und selbst male und diesen ganzen Kram«, sagte Sami. »Mann, wenn er wüsste, wer die Fotos wirklich kriegt …« Er grinste über mein Gesicht. »Ey, Frau Brenner, ist doch keine Schande, verliebt zu sein.«

»Verliebt? Ich? In jemanden, der so miserable Bilder malt?«

»Die sind überhaupt nicht miserabel«, widersprach er mir. »Einige finde ich sogar echt gut.«

»Papperlapp«, sagte ich und war böse, weil ich nicht wollte, dass jemand wie Sami, der doch einen Blick für Kunst hatte, Ingmars Schmierereien leiden konnte.

»Aber ich fürchte, zwischen die beiden – Brunner und Dörthe Wiemers – kommen Sie nicht. Die sind nämlich soooo dicht.« Sami presste den Daumen gegen den Zeigefinger, um es mir zu verklickern. *Idiot!* »Obwohl er Ihnen dankbar sein sollte. Die Werbepromotion zeigt nämlich Wirkung. Brunner wird langsam auch zu richtig guten Veranstaltungsorten eingeladen. Übermorgen steht eine Galerie in Hamburg an. Das ist was anderes als die Seniorenresidenz, was?«

»In eine echte Galerie?«, fragte ich verblüfft.

Ich wollte natürlich wissen, wie der Abend dort gelaufen war. Also fing ich Sami ein paar Tage später vor der Schule ab. Er hatte Luise an seiner Seite, die ihn offenbar auch nach Hamburg begleitet hatte, und ich lud die beiden ins Café ein.

»Das Event war hammergeil«, sagte Luise, während sie sich auf den Stuhl setzte, den ihr Sami wie ein Kavalier zurechtrückte. »Die Leute war'n hin und weg von Ingmar. Der Kerl ist aber auch echt krass, wenn er sich erst mal warmgeredet hat.«

»Klar«, nickte ich mit ausdrucksloser Miene und winkte der Dame mit dem Dutt. »Obwohl ihm dieser ganze Vortragskram ja eigentlich nicht so liegt.«

»Wieso denn das?«

Der Ton, in dem Luise »Wieso denn das?« sagte, gefiel mir nicht. Es klang so erstaunt. Ungefähr wie: Das Wasser ist *nicht* nass? Sicher?

»Brunner hat inzwischen die Kurve gekriegt«, bestätigte Sami. »Er redet jetzt wie ein Buch. Meist sogar ohne Vorlage. Er hat sich eine Theorie über den Einfluss kompromisslos ehrlicher Kunst auf den Kunstmarkt zurechtgelegt – das war spannend.«

»Aber sein Lampenfieber …«

»Hat sich komplett gelegt. Ist ja auch kein Wunder – so oft, wie er seinen Vortrag schon gehalten hat.«

Ich stellte meine Handtasche auf dem Boden ab. Der Tee vom Frühstück schwappte gegen meine Magenwände. Blitzartig begriff ich, dass alles für die Katz gewesen war – mein ganzer schöner Racheplan. Die Routine hatte Ingmar offenbar über das Lampenfieber hinweggeholfen, er begann, seine Vorträge zu lieben. Unmöglich!, schrie etwas in mir. Dieser Mensch hat eine Rampenlichtphobie. Die wird man doch nicht los wie einen Schnupfen.

»Ach ja?«, hörte ich Dörthe zischeln. Sie wedelte elegant mit der Schwanzflosse. »Vielleicht hat er es auch nur gehasst, während er mit dir zusammenlebte? Weil du ihn kleingemacht hast, statt ihm zu helfen, sein Potential zu entwickeln? Weil du die Peinlichkeit an seiner Seite warst, mit der er sich nicht an die Öffentlichkeit traute?« Wie hypnotisiert starrte ich auf das weiße Haigebiss. Ich zuckte zusammen, als Luise mich ansprach.

»Sind Sie eigentlich mit diesem Maler verwandt? Ich meine, weil Sie doch auch Brunner heißen.«

»Brunner gibt's wie Sand am Meer«, erwiderte ich wie betäubt.

»Sie sollten mal nachforschen«, meinte Luise. »Wär doch cool, wenn Sie was mit dem zu tun hätten.«

Der Tee hörte nicht auf, gegen meine Magenwände zu schwappen, auch als er meinen Magen längst verlassen hatte. Mir war den ganzen Tag über schlecht.

»Bist du traurig?«, fragte Ole, als er abends in mein Zimmer kam. Ich schüttelte den Kopf. Keine Ahnung, warum man Kinder bei dieser Frage immer anlügt. Ole setzte sich neben mich auf die Bettkante. »Ehrlich nicht?«

»Wenn, dann nur ein bisschen.«

»Warum bist du denn traurig?«

»Weil ein Tyrannosaurus einen armen kleinen Kuschelsaurier aufgefressen hat.«

»Kuschelsaurier gibt es nicht«, sagte Ole.

»Doch, über die wird nur nicht so viel geredet, weil sie so unscheinbar sind.«

Ole überlegte. »Vielleicht kommt der Kuschelsaurier wieder aus dem Bauch von dem Tyrannosaurus raus, und dann schießt er ihn mit einer Steinschleuder tot.« Das mit der Steinschleuder hatte er aus dem Kindergottesdienst. Die David-und-Goliath-

Geschichte. Eigentlich ganz schön verrohend, wenn man sich's überlegt. Hat schon mal jemand den Zusammenhang zwischen Amokläufen und Kindergottesdiensten untersucht?

»Er kommt bestimmt wieder raus«, tröstete mich Ole. Dann schwiegen wir. Die Situation erinnerte mich ein bisschen an den letzten Abend mit Schimanski auf der Klassenfahrt. Zwei Indianer ums Lagerfeuer, auf denen die Schwere des Schicksals lastet. Ich merkte, wie sich ein Teil meiner Niedergeschlagenheit verflüchtigte. Schön, dachte ich, vielleicht werde ich das Geld verlieren, das ich im Lauf meiner Ehe angespart habe. Aber würde mir nicht das, was wirklich wichtig war, bleiben? Geli und Norbert und der Dinosaurierliebhaber an meiner Seite? Sami und Sebastian und Co? Und ... Schimanski?

Bevor Ole sich wehren konnte, drückte ich ihm einen Kuss auf die Wange.

Als ich ins Bad wollte, um mir vor dem Zubettgehen die Zähne zu putzen, traf ich auch noch Norbert. Ich wollte ihm im milden Licht meiner neuen Lebensphilosophie eine gute Nacht wünschen, aber er war in irgendeine Grummelei verstrickt. »Wenn ich rauskriege, wer Ole dieses Ungeziefer angedreht hat, dann wird es ein deutliches Gespräch unter Eltern geben«, knurrte er.

»Was für Ungeziefer?«

»Läuse. Geli sagt, sie haben Läuse in der Schule. Kein Wunder, wenn man bedenkt, welch ein kulturelles Gemisch sich an unseren Schulen ...«

Mehr konnte ich nicht verstehen, weil ich meine elektrische Zahnbürste anstellte und Norbert sich aus Gründen, die nur ihm selbst bekannt sind, niemals mit einer Frau gemeinsam im Bad aufhält. Ich sah im Spiegel, wie er draußen im Flur gestikulierte, und fand mich ein kleines bisschen gemein, weil er nicht merkte, dass ich nichts mitbekam.

»Du wirst sehen – sie sind völlig anders«, sagte Norbert, als ich die Zahnbürste wieder ausstellte.

»Wer?«, fragte ich.

»Herrgott!«, schnauzte er und zog mürrisch von dannen.

Ich hätte ihm zuhören sollen. Heute weiß ich das. Es hätte vielleicht nicht die gesamte Katastrophe verhindert, aber zumindest … Ach was. Ich erzähle es einfach.

Der Samstag, an dem die Bombe platzte, begann damit, dass Geli mit frischen Brötchen und einer Zeitung vom Bäcker zurückkam. Sie legte mit einem entsetzten Gesichtsausdruck den Finger auf die Lippen und winkte mich dann so nachdrücklich unauffällig in den Flur, dass Norbert irritiert von der hölzernen Wäschetruhe aufschaute, die er seit seinem Studium mit sich rumschleppte und endlich reparieren wollte.

»Er ist da«, flüsterte sie, als wir uns in den Hauswirtschaftsraum verkrümelt hatten. Vorher hatte sie noch den Trockner angestellt, obwohl gar keine Wäsche drin war. Ich muss zugeben, es war ein bisschen gruselig.

»Jack the Ripper?«

»Mensch, Franzi! Ingmar!«

Verwirrt starrte ich sie an. Wieso Ingmar? Was sollte der denn in Ekelborn wollen? Mir in einem vertraulichen Gespräch unter vier Augen erklären, warum er zu einem Haifischliebhaber mutiert war? Und da Geli immer noch mit der Zeitung wedelte: Hatte er diesen Wunsch als Inserat aufgegeben?

Ich fragte sie.

»Quatsch! Ocke hat ihn in die Schule eingeladen.«

»In was für eine Schule?«

»Na, in die Hauptschule!« Geli blätterte hektisch die Zeitung auseinander. Und da stand es schwarz auf weiß: *Berühmter Künstler zu Gast in der Graf-Edzart-Hauptschule.* Neben dem Artikel prangte ein Schnappschuss von Ocke. Ich riss ihr die Zeitung aus der Hand und überflog den Text, der direkt aus Ockes Feder zu stammen schien. Der Ortsbürgermeister hatte für die Stadt eines der Brunner-Gemälde erworben, die jetzt noch als Geheimtipp gehandelt wurden, aber in Notzeiten möglicherweise sogar das Gemeindesäckel entlasten würden, wenn der Künstler nämlich erst den Gipfel seines Ruhms erklommen hatte. Und um den bildungsfernen Jugendlichen, die ja bekanntlich selten mit dem Wahren und Schönen in Berührung kamen, einen Blick in die Welt der Kunst zu ermöglichen, hatte er den charismatischen Künstler gebeten, im Pausenraum der Hauptschule einen Vortrag zu halten. Und der würde heute Abend stattfinden.

Du Saukerl, Piratenschiffversenker!, dachte ich entrüstet. Offenbar wollte er den Hauptschülern, denen er wegen des Bildes ihr Projekt kaputt gemacht hatte, noch mal richtig eins reinwürgen.

Geli schüttelte meinen Arm. »Franzi! Er ist schon da. Ich habe Ingmar *gesehen*. Er saß mit Ocke im Bürgerstübchen und hat dort gefrühstückt.« Sie holte Luft. »Wenn Norbert erfährt, dass er gar nicht tot ist …«

Wen interessierte Norbert? Ich starrte auf die Schlagzeile. *Berühmter Künstler zu Gast in der Graf-Edzart-Hauptschule.* Natürlich würde auch Schimanski zu der Veranstaltung gehen, um achtzugeben, dass keiner seiner hoffnungsvollen Kandidaten sich während des Vortrags Kopfhörer in die Ohren stöpselte oder eine Skatrunde begann. Ich sah Ocke vor mir, wie er auf das Podium stieg, das sie wahrscheinlich in der Pausenhalle aufbauen würden, und wie er sich in die Brust warf und dem verehrten Publikum – nicht den Wackelköpfen aus dem bildungsfernen Milieu, sondern den herbeizitierten Journalisten – erklärte, dass der Künstler eine Verwandte im Städtchen habe. Denn genau das würde zu ihm passen: Insiderinformationen verteilen, um anzugeben.

Und dann?

Schimanskis Enttäuschung. Er, der Mann, der Lügner nicht ausstehen konnte, war einer abgefeimten Betrügerin aufgesessen, die ihn mit ihrer erfundenen Witwenschaft aufs Glatteis geführt hatte, aus Gründen, die ihm sicherlich nicht auf Anhieb einleuchten würden. *Scheiße!*

Also gut: Ich musste zu ihm gehen und ihm alles erklären, um der Enthüllung zuvorzukommen. *Mein lieber Schimanski, ich habe ein Walross namens Brummel* … nee, das klang zu bekloppt. *Schimanski, es gibt da ein Eishotel in Jukkasjärvi* … Herrgott! Korrektur. Ich würde ihm *fast* alles erklären. Den finanziellen Teil unter Auslassung ... Quatsch, *alles!* Schonungslos ehrlich. Egal, mit welchen Folgen. Darum geht es doch bei der Wahrheit. Dass man sich nicht um die Folgen schert.

»… und dann ist gut«, sagte Geli und boxte mir die Faust zwischen die Rippen.

»Was ist gut?«, ächzte ich.

Geli wiederholte mit zur Decke verdrehten Augen: »Ich habe gesagt, das Theater muss ein Ende haben. Norbert zieht dir schon nicht das Fell über die Ohren.«

»Ich beichte es ihm. Diesmal ehrlich und mit Ehrenwort und ohne Fingerkreuzen. Die ganzen Schwindeleien hängen mir zum Hals raus.«

»Genau«, sagte Geli. »Da macht man sich doch nur selbst mit klein. Du gehst also rauf zu Norbert und tust ganz lässig – sonst macht er dich nämlich fertig – und sagst ihm – aber nicht als

Beichte, sondern irgendwie souveräner –, dass das mit Ingmar … na ja, du erklärst ihm das, und wenn er sich blöd benimmt, sagst du eiskalt …«

»Na? Heimlichkeiten?« Norbert steckte misstrauisch seinen Kopf durch die Tür. »Was ist denn los mit euch beiden? Habt ihr was?«

»Nein«, sagten wir wie aus einem Mund.

Ich musste zu Schimanski. Das war das Einzige, worauf es im Moment ankam. Leider konnte ich meinen Plan nicht sofort umsetzen, weil Ole mir dazwischenfunkte. Er hatte von Arnold unter Umständen, auf die er nicht näher eingehen mochte, einen Saurier mitgehen lassen, und den wollte er zurückbringen und ... Es ist ein erhebender Moment, wenn sich ein Sünder auf den Pfad der Reue begibt, nicht wahr? Mein kleiner Kleptomane war offenbar auf dem Weg in eine ehrlichere Zukunft. Da konnte ich schlecht nein sagen. Und die halbe Stunde würde schon nichts ausmachen.

»Wo wollt *ihr* denn hin?«, fragte Norbert, als wir die Jacken anzogen.

»Spazieren gehen.« Die pure Wahrheit. Wir würden spazierengehenderweise den Saurier wegbringen, dann würde ich, während Ole mit Arnold spielte – worüber ich natürlich nichts sagen konnte, weil Ole und Arnold in Norberts Vorstellung ja nicht mehr miteinander verkehrten … was aber nicht meine Schuld war … und … und überhaupt: Die Ehrlichkeit zwingt einen doch nicht dazu, *alles* auszuplaudern! Ich würde also Ole abliefern und dann Schimanski aufsuchen und ihm erklären, was es auf sich hatte, mit mir und meinem Witwenstand.

»Jetzt?«

»Bitte?«, fragte ich, die Haustürklinke schon in der Hand.

»Muss das denn gerade jetzt sein?«, nörgelte Norbert.

»Ja!«

»Dann bringt wenigstens die Torte mit. Und beeilt euch.«

»Was für eine Torte?«

»Na, die für heute Nachmittag. Hörst du eigentlich *nie* zu?«

»Natürlich höre ich dir ...« STOPP!!!! Keine Flunkereien mehr. »Also … ich hab alles mitgekriegt, was *wichtig* war.« Das stimmte. Norbert sagte nie etwas Wichtiges.

»Brennikmeyer.«

Die Tür war schon fast ins Schloss gefallen. Ich schob sie wieder auf. »Bitte?«

»Die Torte ist von Brennikmeyer. Ich habe sie bei Brennikmeyer bestellt. Mensch, Franzi, wenn ich mit dir verheiratet wäre, würd ich verrückt werden.«

»Ich auch«, sagte ich. Wenn schon Ehrlichkeit, musste man auch den schönen Teil nutzen dürfen.

Wir waren gegen elf bei Müllers. Arnolds Mutter war gerade vom Einkaufswagenschieben zurückgekommen. Das sagte sie uns, als sie öffnete.

»Warum schiebst du Einkaufswagen«, wollte Ole wissen.

»Weil das der Scheißjob von die ARGE is, damit ich weiter Hartz IV kriege«, erklärte Frau Müller. »Ich schieb die Einkaufswagen vom Parkhaus rauf zum Supermarkt, wo sie dann von den Kunden wieder runtergebracht werden, wenn die nämlich die Tüten voll haben. Kapiert?«

»Alle auf einmal?«, wollte Ole wissen.

Frau Müller lachte, schob den Ärmel hoch und zeigte ihm die Muskeln, die sie am Oberarm hatte.

»Toll«, sagte Ole beeindruckt. »Ich bring Arnolds Saurier zurück.«

»Na, da geh mal rüber zu ihm. Er is in seinem Zimmer. Macht aber nix dreckig.«

Ole trollte sich, und ich verabschiedete mich mit dem Versprechen, ihn in einer Stunde oder zwei wieder abzuholen. Herbert winkte mir von seinem Bett aus zu, als ich an seinem Zimmer vorbeikam. Ich winkte zurück.

Da ich annahm, dass Schimanski wieder am Boot baute, ging ich direkt zum Schulhof. Sami ackerte dort mit zwei weiteren Jungs. Sie verkleideten die Bullaugen und machten das auch gar nicht schlecht. Ich ging an ihnen vorbei zum Häuschen mit dem Baumaterial, weil ich hoffte, dort ihren Lehrer zu finden, aber da war nur Luise, die einen Bohrer suchte. Ich zeigte ihr das Ding

»Sie ist eine, die sich was traut«, erklärte Sami, der mir gefolgt war. »Sie hat sogar schon selbst gebohrt.« Mit einem stolzen Lächeln legte er ihr den Arm um die Schultern.

»Und wo steckt Schim… Der Herr Kremer?«

»Holt Brötchen.«

»Bei Brennikmeyer?«, erkundigte ich mich.

»Wahrscheinlich.«

Aber Schimanski kaufte seine Brötchen wohl doch woanders, denn bei Bennikmeyer stand nur eine alte Dame, die sich nicht zwischen den Streuselkuchen mit und ohne Cremefüllung entscheiden konnte. Ich ließ mir meine Torte geben, holte Ole ab und machte mich mit ihm auf den Heimweg. Anschließend wollte ich noch mal zum Schulhof. Nur keine Panik, sagte ich mir. Dir bleibt genügend Zeit vor dem Vortrag, um reinen Tisch zu machen.

Als ich die Haustür öffnete, schlug mir eine Geruchsmischung aus Mottenkugeln und Kölnischwasser entgegen. Spätestens da hätte ich begreifen müssen, was los war. Aber ich kapierte es erst, als ich in die Küche ging und dort meine Tante Griseldis sitzen sah. Sie war eine hagere, alte Dame mit gerader Haltung und trug sämtlichen Schmuck, den sie besaß, was eine Gewohnheit von ihr war. Außerdem hatte sie aber einen schwarzen Rock und eine schwarze Seidenbluse an, und das gehörte nicht zu ihren Gewohnheiten, denn normalerweise steht sie auf quietschbunt. Ich starrte sie an.

Sie starrte zurück und sagte: »Herzliches Beileid.«

»Der Mensch muss auch schlucken können«, ertönte eine Stimme aus der Ecke hinter der Tür. Ich drehte mich um und entdeckte Tante Malwine. Sie hielt ihre dicke, beige Lederhandtasche auf dem Schoß und musterte mich wie ein Billigangebot auf dem Ramschtisch von Aldi. »Mit Heulen kommt man nicht durchs Leben«, erklärte sie mit einem Gesichtsausdruck, als würde sie mir eine runterhaun, sollte mir auch nur ein einziges Tränchen aus dem Augenwinkel kriechen.

»Sie heult doch gar nicht«, sagte Norbert, der gerade aus dem Flur eine Kiste Bier hereintrug. Onkel Hans-Georg war bei ihm. Er ist ein lieber Kerl. Zu meinem zehnten Geburtstag hatte er mir den weißen Puder geschenkt, der angeblich das Haarewaschen ersetzt, obwohl meine Mutter strikt gegen solchen Schweinkram war. »Meinetwegen kannste heulen«, erklärte er leutselig.

»Das wäre sogar gut, denn …« Norbert ließ die Kiste zu Boden plumpsen und griff sich vom Kühlschrank das Buch über Trauerarbeit, das doch eigentlich zwischen Gelis Kerstin-Gier-Romanen versteckt sein sollte. Geli zuckte verlegen mit den Schultern.

Norbert leckte den Zeigefinger, blätterte und begann vorzulesen: »Es ist grundverkehrt, den Trauernden von seinen Gefühlen separieren zu wollen. Im Gegenteil ist es unabdingbar für die Rückkehr in ein erfülltes Leben, dass der Trauernde ohne falsche Scham oder Rücksichtnahme auf Außenstehende sein Leid ausleben und …«

»Man muss auch schlucken können!«, unterbrach Malwine ihn rüde.

»Natürlich. Aber hier steht, dass unbewältigte Trauer zu einem innerlichen Stress führt, der seinen Ausdruck in Krankheiten oder …«

»Pimpel!«, sagte Malwine. Ich habe keine Ahnung, was das Wort bedeutet, aber offenbar drückte es ihre Meinung über Norbert aus.

»… oder in einer Depression finden kann«, führte Norbert seinen Satz gereizt zu Ende. »Wir wissen doch alle, dass Franzi sich schwertut …«

»Womit tu ich mich schwer?«, fuhr ich auf.

»Ist ja schon gut, nur … Also überleg doch mal, wie du die Sache mit deinen Finanzen vor dir hergeschoben hast …«

Geli plinkte mit dem Fingernagel gegen die gläserne Teekanne. »Will jemand ein Tässchen Roibusch Orange?«

»Ich bin auf gar keinen Fall deprimiert«

»Ach nee. Und wer hat sich neulich die Seele aus dem Leib geheult? Abends? Als sie im ZDF den Beitrag über die Auswirkungen des Klimawechsels …«

»Das war wegen des Klimawechsels!«

»Quatsch! Du hast den Bericht doch gar nicht gesehen! Du hast oben in deinem Zimmer gesessen und geheult …«

»Weil ich den Bericht *gehört* habe. Durchs Fenster.«

»Im Winter?«, höhnte Norbert.

»Willst du deinen Tee mit oder ohne Zucker, Malwine?«, zwitscherte Geli.

»Mein Fenster stand trotzdem offen!«, behauptete ich.

Onkel Hans-Georg öffnete an der Tischkante sein Bier. Er zwinkerte mir zu.

»Du hast geheult – und das war *gut* so, weil es bedeutete, dass du endlich mit deiner Trauerarbeit angefangen hast. Punktum Schluss.« Norbert klappte sein Buch zu. »Wir werden dir als Familie an diesem Tag beistehen, damit du deiner Trauer Ausdruck geben und richtig Abschied nehmen kannst von deinem Mann.«

»Ich mochte Ingo nicht, aber ich steh dir trotzdem bei«, versprach Tante Griseldis mir großzügig.

»Er hieß Ingmar«, erklärte Norbert genervt.

»Wer?«

»Franzis Mann.«

»Ich mochte den nicht. Er hat seinen Rosenkohl auf dem Teller gelassen. Ich hab das gesehen, auch wenn er die Serviette drübergeschoben hat. Der hätte mal im Krieg leben sollen. Wir waren froh, wenn wir *irgendetwas* auf dem Teller hatten. Einmal, im Frühjahr vierundvierzig, Hans-Georg war da noch ganz klein …«

»Es ist furchtbar lieb, dass du trotzdem gekommen bist, um Franzi beizustehen.« Geli fischte mit roten Flecken im Gesicht die Teebeutel aus der Kanne.

»Wir haben Brennnesseln unter den Kartoffelbrei gerührt, damit es reichte, und waren trotzdem dankbar.«

»Man muss auch schlucken können!«, sagte Tante Malwine.

»Na dann – prost!« Onkel Hans-Georg hob sein Bier.

Norbert hatte sich ziemlich genau überlegt, wie er mir zum inneren Frieden verhelfen könnte. Weil Geli das mit dem Kochen nicht so gut hinkriegte, hatte er einen Tisch in der Ratsstube am Markt bestellt. Dorthin hatte er eine Aktentasche mitgenommen, in der die wenigen Fotos von Ingmar und mir lagen, die er besaß. Er hatte auch eine Kerze mit Ständer eingepackt, aber die erwies sich als überflüssig, weil die Ratsstube eigene Kerzen auf den Tischen hatte, die auch schon brannten.

Norbert breitete die Fotos von Ingmar auf der karierten Tischdecke aus. Das von unserer Hochzeit lehnte er gegen den Plastikständer mit der Speisekarte, weil er es für das wichtigste hielt. Und da er stets gründlich plant, hatte er es dreimal kopieren lassen, sodass die Familie Ingmars und mein Glück von sämtlichen Plätzen aus gleichzeitig bewundern konnte.

Mistdreck, dachte ich und kämpfte die verdammten Tränen nieder, die sich plötzlich wirklich einstellen wollten. Ich wünschte, es hätte ein Bild von einem Hai in der Ratsstube gegeben, das ich neben das Hochzeitsfoto hätte stellen können.

Norbert hüstelte. »Ingmar, wir denken an dich«, sagte er gemessen. »In dieser schweren Stunde, in der wir uns als Familie versammelt haben, tragen wir gemeinsam mit Franziska die Erinnerung an dich in unseren ...«

»Gibt's auch was zu essen?«, unterbrach ihn Tante Griseldis.

»... in unserem Herzen«, fuhr Norbert fort. »Und ... ja, es gibt *natürlich* auch was zu essen. Bitte, Tante Griseldis!«

»Kann sich jeder selbst aussuchen, was er will?«

»Nein«, erwiderte Norbert mühsam beherrscht. »Es gibt für alle Dorsch. Und vorher Krabbensuppe und als Dessert ...«

»Ich vertrage keine Krabben«, sagte Tante Griseldis. »Ich bin allergisch.«

»Du musst sie ja nicht essen«, meinte Geli besänftigend.

»Aber wenn alle Suppe haben ...«

»Schon gut. Gut. Ich regle das!« Norbert stand mit einer Grimasse, die zeigte, dass er seine Familie für eine Schicksalsprüfung hielt, auf und suchte den Kellner. Wir sahen, wie die beiden sich gedämpft unterhielten. Geli, die an ihrem Fingernagel knabberte, trat mich unter dem Tisch mit der Fußspitze, wohl weil sie fand, dass ich irgendwie Schuld an diesem anstrengenden Samstag trug, und damit hatte sie ja auch recht.

Ich ließ den Blick in die Runde schweifen. Onkel Hans-Georg nippte an seinem Bier, dem siebten oder achten, was ihn in eine Wolke der Zufriedenheit hüllte. Ole bastelte aus seiner Serviette einen Flugdinosaurier. Und Tante Malwine beobachtete mich, um sich zu überzeugen, dass ich mich auch nicht gehen ließ.

Ich schnitt ihr in Gedanken eine Grimasse. *Lieber Gott, ich muss mit Schimanski sprechen.* Das war das einzig Wichtige. Ich musste ihm meine Schwindeleien beichten, ehe er selbst drauf kam. Er wird mich hassen, dachte ich. Aber wenn meine Beichte vor Ingmars Auftritt kommt, vielleicht nicht zu sehr. Norbert wäre glücklich gewesen, wenn er gesehen hätte, wie nah ich schon wieder den Tränen war.

Ole zupfte an meinem Ärmel und zeigte mir seine Bastelei. »Es ist ein Langschwanz-Flugsaurier«, flüsterte er.

Sein Vater kam zum Tisch zurück, um uns mitzuteilen, dass die sechs krabbenfesten Mitglieder der Familie die Krabbensuppe als Vorspeise bekommen würden, was finanziell auch günstiger sei, wegen des Gesamtpakets, und Tante Griseldis eine Brokkolicremesuppe.

»Aber ich bin gegen Krabben allergisch«, protestierte Tante Griseldis.

»Verdammt, *ja!* Deshalb hab ich doch gerade mit dem Kellner gesprochen und ausgemacht …«

»Man muss auch schlucken können«, grollte Malwine.

Griseldis verzog beleidigt ihr Gesicht. »Wenn man gegen Krabben allergisch ist …«

»Norbert hat das doch schon geregelt«, besänftigte Geli sie. »Du brauchst keine Krabben zu essen, wenn du sie nicht verträgst.«

»Dann weiß ich nicht, warum Malwine sagt …«

In diesem Moment, als alle sich vorbeugten, um die leidige Geschichte auszudiskutieren, geschah zweierlei: Ole ließ seinen Saurier fliegen. Und Ingmar betrat das Restaurant. Mein Exmann, dessen Tod wir gerade betrauerten, spazierte kaum vier Meter von uns entfernt zwischen den Tischen hindurch, mit geistesabwesender Miene, möglicherweise in Vorbereitung auf den Abend.

»Oh Gott«, sagte ich.

Oles Flugsaurier war genau vor Ingmars Füßen gelandet. Ich sah, wie er sich überrascht danach bückte.

Entsetzt begann ich zu hüsteln – leise, aber energisch. Ich klopfte mit den Fingerknöcheln auf den Tisch. Aus den Augenwinkeln sah ich, wie Ole aufsprang, um seinen Saurier zurückzuholen. Geli, die Ingmar ebenfalls entdeckt hatte, packte Norbert hektisch am Arm und zwang ihn, sich ihr zuzuwenden, statt seinem Filius hinterherzurennen. Mit blassem Gesicht flüsterte sie: »Ich glaube, Franzi will was sagen. Du willst was sagen, Franzi, nicht?«

»Ja, weil … Es ist so schrecklich.« Vielleicht war es die Panik in meiner Stimme. Jedenfalls hatte ich plötzlich die gespannte Aufmerksamkeit meiner gesamten Familie. »Also … Ich muss euch was erklären.«

Geli nickte ermutigend.

Ich saß so, dass ich von uns allen den besten Blick auf Ingmar hatte. Er betrachtete mit gerunzelter Stirn den Saurier in seiner Hand. *Mich* hatte er natürlich nicht bemerkt. Aber das war ja schon lange so gewesen, nicht wahr?

»Lass es raus«, flüsterte Norbert und tätschelte meinen Unterarm. Norbert, mein Blöd-blöd-Bruder, zeigte echtes Mitgefühl. Und er hatte recht gehabt, als er Ingmar, diesen arroganten Mistkerl, vom ersten Moment an nicht leiden konnte. Wahrscheinlich hätte er einen Anfall bekommen, wenn er gesehen hätte, wie sein schleimiger Schwager sich gerade in diesem Moment über den unschuldigen Schopf seines Kindes beugte. Aber das kriegte er natürlich nicht mit, weil er ja – wie alle anderen auch – in mein Gesicht starrte. »Lass es raus«, wiederholte er.

»Also Ingmar ist gar nicht tot. Er … er ist …« Ich wischte mir das Nasse aus dem Augenwinkel. »Er ist in meinem Kopf immer noch so lebendig wie vor der Sache mit seinem Herzen. Und zwar deshalb, weil er so ein Scheißkerl war.«

Tante Malwine, eben noch voller Missbilligung, bekam einen überraschten Gesichtsausdruck.

»Ja, er … er war ein arroganter Egozentriker, der bestimmt hat, wie unsere Wohnung aussehen soll … mit Rohren und so, und … er hat gesagt, wo wir Urlaub machen … und dabei wollte ich nach Rom, weil ich die Vespas so toll finde. Und das Eisbett war überhaupt nicht romantisch. Ich hatte die ganze Nacht Angst, dass es unter mir schmilzt und ich ertrinke. Und … er fand *immer* doof, was ich mochte. Ich mag Gedichte, die sich reimen, und … Krapfenteilchen mit Liebesperlen auf dem Guss … und … und Mandolinenmusik …«

Ole kehrte an den Tisch zurück und legte den Flugsaurier vor mich auf die karierte Decke, wahrscheinlich weil er spürte, dass ich Trost brauchte.

»Und Kinder«, sagte ich. »Kinder mag ich auch.« Jetzt begann ich wirklich zu heulen. »Ich hätte Kinder haben können, wenn er mir mit seinem blöden Geschwafel nicht weisgemacht hätte, dass wir zu fein für so was sind.«

»Manchmal muss man auch schlucken«, sagte Tante Malwine, aber es klang milde, und sie reichte mir dabei eine von den kleinen gerösteten Brotscheiben, die in dem Flechtkorb neben unserem Hochzeitsfoto lagen.

Ich sah Ingmars Rücken, als er die Ratsstube verließ. Er war wohl der einzige Mensch im Restaurant, der nicht mitbekommen hatte, dass sich hier gerade jemand die Seele aus dem Leib weinte. Seine Ehefrau! Ich verbarg mein Gesicht in dem Taschentuch, das Geli mir reichte.

»So ist es gut«, erklärte Norbert mit Flüsterstimme. »Lass die Wut raus. Das ist nämlich Phase zwei. Erst Trauer, dann Wut. In Phase drei hast du die Sache hinter dir. Ach, und … äh … Moment mal. Tante Griseldis – gegen Dorsch bist du aber doch *nicht* allergisch, oder?«

Wir waren gegen zwei mit dem Essen fertig. Mir blieb also noch alle Zeit der Welt, um Schimanski aufzusuchen. Ich musste nur irgendwie den liebevollen Armen meiner Familie entrinnen. Doch dies erwies sich als schwierig. Tante Griseldis hatte das Fotoalbum aus Norberts Kinderzeit entdeckt und war bestrebt, mir die Lebensgeschichten sämtlicher Personen nahezubringen, die als verschwommene Flecken den Hintergrund für den niedlichen kleinen Kerl in Spielhöschen bildeten. Und Malwine versuchte mir zeitgleich zu erklären, warum der Herrgott bei der männlichen Hälfte der Schöpfung so eklatant versagt habe und warum es typisch für Friedhelm gewesen sei – nicht der Friedhelm vom Bäcker, sondern der aus Horgenzell –, dass er meiner Mutter hinterhergelaufen war, statt sich nach jemandem mit Geist umzuschauen. Aber Hintern siegt über Hirn, nicht wahr?

»Wo ist denn Horgenzell?«, fragte ich und hoffte sofort, darauf keine Antwort zu bekommen. Sehnsüchtig schaute ich zur Tür.

Onkel Hans-Georg war in Norberts Lieblingssessel eingenickt und schnarchte. »Ich müsste mal gerade …«, sagte ich zu Malwine und nickte zur Tür, als wäre damit klar, was ich gerade mal müsste. Aber Geli, die auf der anderen Seite von Griseldis saß, merkte, dass ich flüchten wollte, und meinte zuckersüß: »Ich hol die Kekse schon, bleib nur ruhig sitzen, Franzi.« Es gibt Tage, da wünscht sich jeder Mensch, er wäre als Waisenkind geboren.

Norbert, der für den Trauertag verantwortlich war, hatte die Flucht ergriffen und sich in den Keller verzogen, angeblich, um dort etwas Hochwichtiges zu erledigen – typisch, diese Schweinebacke. Er hat die Suppe, die er sich eingebrockt hat, immer von anderen auslöffeln lassen. Ich nahm mir einen von den Keksen, die Geli geholt hatte, und wir lächelten so angestrengt, dass uns die Mundwinkel schmerzten. Es war inzwischen halb vier. Um halb sieben sollte Ingmars Vortrag in der Schule beginnen.

Tante Griseldis kramte ein weiteres Fotoalbum aus dem Schrank. Gelis Hinweis, dass sie inzwischen von Norberts Alben zu ihren eigenen gewechselt waren, ging in Griseldis Geplauder unter. Sie entdeckte auch auf Gelis Schnappschüssen Freundinnen und Tanten, die sie schon fast vergessen hatte, und selbst als Geli protestierte, weil Griseldis ihre Mutter als diese hochnäsige Schnepfe bezeichnete, die später den Kurt vom Krausbacker heiraten musste, weil sie nämlich was im Bauch trug, die Bumsmamsell, ließ meine Tante sich nicht stoppen.

»Männer sind Schweine«, brummte Tante Malwine, und ich nickte trübe.

Endlich kehrte Norbert aus dem Keller zurück. »Nein, so was, wie die Zeit vergeht«, strahlte er und rieb sich die Hände.

»Ich glaube, wenn ihr euren Zug erwischen wollt, müssen wir langsam ans Aufbrechen denken.«

Verstohlen schaute ich zur Uhr. Viertel nach vier. Die Tanten zogen ihre Mäntel an, Onkel Hans-Georg erzählte einen biergetränkten Witz, den niemand verstand, und dann marschierten wir hinaus ins Freie, wo die Luft frisch war und wunderbare Stille herrschte.

»Wir gehen zu Fuß«, bestimmte Norbert. »Dann könnt ihr euch noch mal die Beine vertreten. Wird ja 'ne lange Fahrt.« Er zwinkerte listig bei dieser Bemerkung, und einen Moment lang war ich beunruhigt. Aber ich vergaß es sofort wieder. Wir brachten meine Verwandtschaft zum Bahnhof. Was sollte da noch schiefgehen? Ich nahm an, dass Norbert aus irgendeinem blöden Reflex heraus geblinzelt hatte.

Wir gingen über die Felder und erreichten die Neubausiedlung und dann die kleine Innenstadt. Nun hätten wir eigentlich in die Einkaufsstraße einbiegen sollen, doch Norbert machte einen Schwenk nach links.

»Das ist der falsche Weg«, sagte ich.

»Wart's nur ab.« Norbert zwinkerte noch einmal auf diese listige Art. Und jetzt war ich doch beunruhigt. In der Ferne sah ich die Fassade des Gymnasiums auftauchen.

»Wo wollen wir denn hin?«

»Wart's nur ab.«

Wir durchschritten die Graf-Edzart-Straße und entfernten uns immer weiter vom Bahnhof.

»Gehen wir in die Schule?«, erkundigte Ole sich.

»Da bist du wohl ganz wild drauf, was Junior?«, scherzte Norbert. Ole schüttelte den Kopf.

»Also gut, Leute. Ich verrat's einfach: Wir besuchen die Grabowski-Stele.«

»Was?«, fragte Geli verständnislos.

Norbert brach in ein herzliches Lachen aus und erklärte uns, dass es in Ekelborn nur ein einziges Kulturdenkmal von Bedeutung gäbe – also eigentlich sowieso nur eines –, nämlich die Grabowski-Stele. Die war als Mahnmal an die Vergänglichkeit des irdischen Lebens erschaffen worden und stand am Rand des städtischen Friedhofs, und da hatte er gedacht, das wäre doch ein hervorragender Ort, um …

»Um was?«, fragte ich nervös.

Norbert beschränkte sich auf ein weiteres Zwinkern. Und da hatten wir die Stele auch schon erreicht. Ich hatte immer gedacht, es wäre ein Kriegerdenkmal, weil es einen Kerl in Uniform mit Stahlhelm darstellte, der deprimiert zum Horizont schaute. Aber Norbert erklärte uns, dass der Tod ja immer irgendwie gewaltsam sei, also von seinem Grundsatz her, und deshalb habe der Künstler die Statue eines Soldaten gewählt, um den Zusammenhang darzustellen. Und irgendwie hatte das Ganze auch mit den Skeletten zu tun, die früher als Sensenmann in den Kirchen abgebildet wurden … keine Ahnung. Norbert las uns das aus einer Broschüre vor, die er bei sich trug.

Ich wurde mit jedem Satz kribbeliger. Hinter der Stele befand sich nämlich ein Zaun, und hinter diesem Zaun lag der Schulhof der Hauptschule, und dort … war Schimanski mit seinen letzten Getreuen dabei, einen Teil des vorderen Decks auf die Querplanken zu schrauben. Den ganzen Tag hatte ich ihn herbeigesehnt, und nun hätte ich ihn an liebsten nach Sibirien gewünscht.

Sami, der über dem Bauplan grübelte, bemerkte mich. Er lächelte erstaunt und winkte mir zu. Dann sagte er etwas zu Schimanski, der nun ebenfalls zu uns hinüberblickte.

»Und hier«, erklärte Norbert mit weihevoller Stimme, »sozusagen im Angesicht des Todes, legen wir jetzt eine Schweigeminute ein, in der wir noch einmal Ingmars gedenken, und damit werden wir Franzis Tag beschließen.«

»Wollen wir Luftballons aufsteigen lassen?«, fragte ich hysterisch.

»Also Franzi ...«

»'tschuldigung, schon gut.«

»Wir lassen einfach fernab von der Hektik des Alltags an diesem symbolträchtigen Ort die Ruhe auf uns wirken ...«

»Hast du die Reservierung für die Sitzplätze dabei?«, wollte Tante Griseldis von Onkel Hans-Georg wissen.

»... die Ruhe auf uns wirken ...«

Hans-Georg schnitt seiner Schwester eine lustige Grimasse, die Ole zum Lachen brachte.

»*Bitte*«, presste Norbert zwischen den Zähnen hervor, »ist es wohl möglich, dass jetzt alle eine Minute lang den Mund halten?«

»Er war ein Scheißkerl«, sagte Malwine, was zeigte, dass zumindest eine meiner Tanten mir zugehört hatte.

Ich sah, wie Schimanski den Hammer, mit dem er hantierte, beiseitelegte und zu uns herüberschlenderte. Keine Panik, dachte ich und versenkte meine zitternden Hände in die Jackentasche. Dann lernte er jetzt eben meine Verwandtschaft kennen, und ich würde ihm sagen, dass ich ihn noch sprechen müsse, und vielleicht konnten die Tanten und Onkel Hans-Georg ja auch allein zum Bahnhof gehen ...

Schimanski schwang sich über den Zaun. Er merkte gar nicht, wie cool das aussah, und genau darin lag sein Charme. Er war ganz einfach immer er selbst. Einer, der niemals täuschte oder betrog. Völlig anders als beispielsweise Franziska Brunner.

Geli zupfte an meinem Arm.

Mensch, Schimanski, dachte ich. Ich blickte in sein Gesicht mit den Lachfalten und sagte mir, dass er nicht nur ehrlich war, sondern auch großherzig. Einer, der seinen Schülern tausend Chancen einräumte. Als Ole es zum ersten Mal schaffte, Turnhemd und Turnhose *gleichzeitig* im Beutel zu haben, hatte er ihm auf die Schulter geklopft und ihn einen tüchtigen, kleinen Burschen genannt. Arnold hatte er die Klassenkasse anvertraut. Plötzlich wurde ich ganz ruhig. Schimanski war kein Mensch, der auf den Schwächen anderer Leute herumtrampelte. Er würde mich verstehen.

Geli zupfte schon wieder an meinem Arm. »Sieh nicht hin«, flüsterte sie.

Warum sollte ich …? Aber sie meinte gar nicht Schimanski. Ihr Blick war auf die Straße gerichtet, aus der wir kurz zuvor gekommen waren. Dort schlenderten einige Spaziergänger. Einer von ihnen war Ocke. Sein Bäuchlein spannte unter dem hellen Trenchcoat. Neben ihm ging Sylvie Brüggemann vom Kulturausschuss. Und neben der wiederum …

Nein, dachte ich und fasste nach Gelis Hand.

Ingmar sah großartig aus. Als hätte ihn ein begnadeter Regisseur genau für diese Szene gecastet. Seine Hakennase signalisierte Stärke gegen jeden Widerstand, das blasse Gesicht Empfindsamkeit. Sein schwarzes Haar wehte so kühn im Herbstwind, dass der steinerne Soldat ob der Heroik in sich zusammensank. Er kam bis auf zehn Schritte heran, bevor er registrierte, dass die Dame vor der Stele seine Ehefrau war. Er schaute verlegen, das muss man ihm lassen.

Norbert schaute nicht verlegen. Eher als hätte ihn ein Bus gerammt. Die Schweigeminute war schon vorbei oder hatte nie stattgefunden oder war zu einer Schweigesekunde verkürzt worden, und er hatte zu einer kleinen Rede angesetzt – vielleicht dass man den Menschen immer erst schätze, wenn er von uns gegangen sei. Und nun klappte ihm der Unterkiefer runter.

»Hallo, Franzi«, sagte Ingmar. Er versuchte so zu tun, als wäre unser Zusammentreffen etwas völlig Normales, und begann reihum die Hände meiner Verwandtschaft zu schütteln.

»Ingmar!«, stotterte Norbert.

Und als der Name gefallen war, kapierten allmählich auch meine Tanten und Hans-Georg, was los war.

Vielleicht kapierten sie es aber auch nicht. »Wenn man zu spät in den Zug einsteigt, verfallen die Reservierungen«, murrte Tante Griseldis. »Ich finde, wir sollten los.«

Tante Malwine zögerte. »Ist das etwa der Scheißkerl?« Sie zeigte mit dem Finger auf Ingmar. »Warum ist er nicht tot? Wieso machen wir eine Schweigeminute für ihn, wenn er gar nicht tot ist, Franzi?«

Die letzte Frage hatte auch Schimanski gehört. Er war herangekommen, und ich sah, wie seine Blicke zwischen mir und Ingmar hin und her wanderten.

»Die Welt ist klein, was?«, stammelte Ingmar mit einem bemühten Lächeln.

Und als hätte der Teufel seine Hand im Spiel, trompetete Ocke heraus: »Na, Franziska, so was! Du kommst doch sicher auch zu dem Vortrag, den dein Mann heute Abend hält, nicht wahr? Wo du seine Künstlerkarriere ja nun schon seit Wochen protegierst.«

12

»Es ist alles gar nicht so schlimm«, behauptete Geli, als wir abends in ihrer Küche saßen. Aber das war es doch. Die Tanten und Onkel Hans-Georg waren brüskiert abgefahren. Norbert hatte auf dem ganzen Heimweg kein Wort mit mir gesprochen und würde mich, sobald er die Kraft dazu fand, aus dem Haus werfen. Weil ich ihn monatelang schamlos angelogen hatte. Weil er Geld für eine Anzeige ausgegeben hatte und beinahe noch welches für einen Anwalt hinterhergeschmissen hätte. Ich hatte ihn zum Idioten gemacht, und er hatte recht, wenn er fand, dass ich eine miese, verlogene, feige Schwindlerin sei.

Die Gedanken an Schimanski versuchte ich zu verdrängen. Keine Ahnung, ob er Ingmars Vortrag besuchte. Er war einfach davongegangen, als ihm klar geworden war, dass er meinem toten Exgatten gegenüberstand, auf den er wochenlang Rücksicht genommen hatte. Wahrscheinlich hatte er sein Ledersofa mit Sagrotan desinfiziert, weil ihn davor ekelte, nachdem ich es mit meinen Lügen vollgesifft hatte. »Er hasst mich«, sagte ich.

»Quatsch. Norbert hasst dich doch nicht. Wir müssen nur achtgeben, dass du ihm in den nächsten beiden Tagen aus dem Weg gehst, wenn er etwas in der Hand hält, das sich als Waffe eignen könnte«, versuchte Geli einen Scherz. Sie knuffte mich.

»Im Grunde seines Herzens kann er dich gut leiden. Im Ernst. Sonst hätte er doch diesen ganzen Abschiedszirkus nicht inszeniert.« Als sie das sagte, musste sie kichern. Vielleicht dachte sie an das Restaurant. Ich schloss sie spontan in die Arme. »Du bist die Allerbeste.«

»Und wenn ich eines Tages Witwe bin, machen wir eine WG auf«, sagte sie, und wir lachten, obwohl das gar nicht lustig war.

Ich traf Schimanski zwei Tage später in der Spielzeugabteilung des Ekelborner Einkaufszentrums wieder. Ole hatte mit mir gemeinsam den Keller aufgeräumt, und ich fand, das sei eine Belohnung wert. Und nun stand ich da, in meiner Linken ein Pterosaurusskelett und in der Rechten einen nachtleuchtenden Gruseldino, und grübelte, worüber Ole sich mehr freuen würde. Da stand Schimanski plötzlich hinter mir. Er sagte: »Den leuchtenden«, und ich hätte vor Schreck beinahe die Schachteln fallen lassen.

Mir war natürlich klar gewesen, dass wir uns in einem Nest wie Ekelborn irgendwann wieder treffen würden. Ich hatte es mir sogar sehnlichst gewünscht. Nur nicht gerade heute. In einem Monat vielleicht ... oder zweihundertfünf Jahren ...

Ich räusperte mich und fragte: »Wäre das denn aus pädagogischer Sicht korrekt?«

»Wenn's korrekt sein soll, müsstest du da drüben den Holzbaukasten kaufen.« Er nickte zu einem anderen Regal, das verloren neben der Tür mit dem Schild *Personal – privat* stand.

»Den kriegt er, wenn ich seine Großmutter geworden bin.« Ich entschied mich für den nachtleuchtenden Gruseldino und beschloss, für Arnold das Skelett mitzunehmen. Die beiden wollten am Nachmittag zusammen spielen, und da wäre es ja gemein, wenn nur Ole was Neues hätte. Schimanski kam mit mir zur

Kasse. Ich zahlte, und er wickelte die beiden Kartons in blaues Geschenkpapier mit Spiderman darauf. Er konnte sogar Schleifen. Richtig gut aussehende mit acht Bögen und ohne Knitter. Ich schaute auf seine schmalen Hände und hatte Herzklopfen, als hätte man mir einen Presslufthammer eingesetzt.

Wir verließen den Supermarkt und fuhren die Rolltreppe hinunter, über die Frau Müller auf Druck der ARGE immer ihre Einkaufswagen schieben musste. Schimanski stand neben mir und passte auf, dass die Schleifen nicht zerdrückt wurden. »Ist schon ein Zufall, dass wir uns hier treffen«, meinte ich.

»Also«, sagte er, »wenn sich ein kinder- und neffenloser Lehrer in eine Spielzeugabteilung verirrt – tippst du da wirklich auf Zufall?«

»Na ja …«

»Wir müssen miteinander reden.«

Ich stolperte, weil ich nicht mitbekommen hatte, dass die Rolltreppe im Untergeschoss angelangt war, und er griff nach meinem Arm, um mich zu halten. Er wollte reden? »Ich war ein Idiot«, begann ich aufgeregt. »Es fing mit Brummel an, mit meinem Waldross …«

»Ich weiß«, sagte Schimanski. »Vielmehr: Ich bin davon überzeugt, dass es mit einem Walross anfing. Ich könnte mir fast gar nichts anderes vorstellen.«

»Aber es war nicht wirklich Rachsucht. Ich war nur so … verletzt …«

»Ach Franzi«, sagte er und legte mir den Arm um die Schulter.

»Und als der Brief kam – die Sache mit dem Eisbett in Jukkasjärvi …« Ich merkte, dass meinem Bericht der akkurate Aufbau fehlte. Kaum zu glauben bei einem Menschen, der seinen Lebensunterhalt damit verdient, strukturierte, in sich schlüssige

Gebrauchsanleitungen zu fertigen. Ich begann noch einmal von vorn. Mit dem Tag, an dem Ingmar mich angerufen hatte, um mir zu erklären, dass er sich von mir trennen wollte …

»Franzi«, sagte Schimanski, als ich fertig war, »dein Mann ist ein so großer Idiot, dass es einen jammern könnte.« Sein Arm lag immer noch um meine Schulter, obwohl wir mittlerweile aus dem Einkaufszentrum raus und durch die halbe Stadt gelaufen waren und er jetzt wirklich *alles* wusste. Also … *fast* alles. Die Sache mit Dörthes Rubbelfersen auf meinem Satinlaken hatte ich für mich behalten, das tat zu weh. »Du hast ein großes Herz«, flüsterte ich.

»Nein, lass das, Franzi. Du darfst nicht so reden. Es klingt ja fast, als hättest *du* Glück mit *mir*. Dabei bin *ich* der, der die Rosine im Kuchen bekommen hat. Und …«, er drückte mich an sich, »schließlich hätte ich auch einfach einmal nachfragen können, was dich bekümmert. Ich hab doch gemerkt, dass was nicht stimmt. Aber ich hab's immer wieder rausgeschoben. Mangelnde Courage, fürchte ich. Und …« Er ließ seinen Blick über einige Stühle vor einer Bäckerei gleiten, die dem schlechten Wetter trotzten und zu einem Tässchen Kaffee im Herbstregen verführen sollten. Ein Mädchen, das mit einem Kinderwagen um die Ecke bog, warf eine Zigarette aufs Pflaster und trat sie rasch aus, als sie Schimanski bemerkte. Sicher eine ehemalige Schülerin.

»Und?«, fragte ich mit klopfendem Herzen.

»Findest du nicht, es würde dir besser gehen, wenn du diesen schrecklichen Namen *Brunner* ablegst?«

»Kann schon sein«, nickte ich atemlos. »Außerdem wird Dörthe bald so heißen – darauf ist sie bestimmt ganz scharf –, und ich könnte unmöglich denselben Namen wie sie tragen.«

»*Schimanski* kommt aber auch nicht in Frage.«

»Wo ich das so lieb.«

»Wäre *Kremer* angenehm? Natürlich könnten wir auch *Seewald* nehmen …«

»Nein, lieber nicht. Ich will nicht wie mein Bruder heißen. Nicht, dass ich ihn nicht liebte …« Das tat ich nämlich wirklich. Es gibt nicht viele Männer, die für ihre Schwestern unter einer Totenstele weihungsvolle Erinnerungsstunden zelebrieren.

»Also *Kremer.*« Schimanski lächelte und beugte sich zu mir. Der Kuss war stürmisch und leidenschaftlich. Verglichen mit dem in der *Alten Post* war es, als führe ich plötzlich einen Ferrari nach einem VW Golf. Als wir voneinander abließen, sah ich, dass dem Zigarettenmädchen der Unterkiefer heruntergeklappt war. Ich war glücklich.

»Und da wir gerade unsere Beichtstunde haben«, sagte Schimanski, während er die Päckchen aufhob, die während des Knutschens auf die Straße gefallen waren, »will ich dir auch was gestehen. Ich bin nämlich ein ziemlicher Egoist. Ich brauche dich. Und zwar heute Nacht.«

»O Gott«, sagte ich. Ging das schnell. Aber es war doch alles so, wie ich es mir ersehnte. Warum also zögern?

»Für etwas, das wirklich unangenehm ist«, erklärte er.

Dieses Mal lauerten wir nicht im Schulhofgebüsch, weil das inzwischen sämtliche Blätter verloren hatte, sondern auf der anderen Seite des Zauns hinter Grabowskis Todesdenkmal.

»Er wird kommen«, sagte Schimanski, und ich merkte, wie bedrückt er war. Er hatte dem Drogendealer von seiner Schule eine Falle gestellt, gemeinsam mit Sami, mit dem er geredet hatte und dem er – *verdammt will ich sein* – nun doch einen Vertrauensbonus geschenkt hatte, und einem zweiten Jungen, den ich nicht kannte. Die beiden Schüler standen in Lederjacken neben der Hütte mit der Drogendealerkiste, traten von einem Bein auf das andere und warteten auf den Kerl, dem Samis Freund per Notiz verklickert hatte, dass er Stoff bräuchte. Und wir hockten hinter dem Soldaten, bereit, uns auf den Mistkerl zu stürzen, der die Kinder mit dem furchtbaren Zeug versorgte.

»Sebastian hat mal was geraucht, das hat komisch gerochen – süß«, erklärte ich beunruhigt.

»Ich weiß. Cannabis. Ich hab ihm den Marsch geblasen, und ich glaube, er hat's gelassen. Aber hier geht es um den richtigen Dreck«, sagte Schimanski.

Ich nickte und schaute wieder zu Sami und seinem Kumpel. Sami spuckte auf die Erde. Dann tat sich eine Weile gar nichts mehr. »Und wenn der Kerl nicht kommt?«, fragte ich.

»Dann wird Sami was zu erklären haben.«

»Es wäre aber kein Beweis. Der Dealer könnte Verdacht geschöpft haben.«

»Wir werden sehen.«

Hinter der Schule wurde das Geräusch eines Motors hörbar. Jemand schien auf den Parkplatz eingebogen zu sein. Doch er drehte nur eine Runde und verließ ihn gleich wieder. Ich merkte, dass ich den Atem angehalten hatte. »Puh!«, stieß ich die Luft aus. In diesem Augenblick hörte ich ein Mofa knattern. Der Fahrer parkte neben der Mauer – eine kleine, wendige Gestalt, die eine Tüte aus einer Jackentasche zog. Sami und sein Freund schauten einander an. Und dann trat die Gestalt ins Licht der einzigen Laterne, und ich sah, um wen es sich bei dem Dealer handelte.

Schimanski hatte gewusst, auf wen er wartete. Das kapierte ich, als er über den Zaun sprang und Luises Namen brüllte. Und außerdem begriff ich, warum er diese Nacht mit mir gemeinsam hatte verbringen wollen. Er brauchte eine Frau bei seinem Coup.

Ich folgte ihm schockiert und ging langsam auf die Gruppe zu, die wie paralysiert im Kreis stand und das Mädchen anstarrte, das Schimanski am Arm festhielt. Luise Brüggemann.

Die süße, kleine Luise mit dem rosa Seidenschal. Das Mädchen, das einen Jungen küsste, weil sich ein Saal voller alter Leute darüber freute. Ein Gör von fünfzehn Jahren. O Himmel, und Sami war Zeuge der Katastrophe. Er stand wie vom Donner gerührt neben mir. Jede Farbe war aus seinem Gesicht gewichen. Mensch, Schimanski, war das nötig?, dachte ich unglücklich.

Schimanski ließ Luise los. »Ich schlage vor, wir gehen zu mir«, sagte er mit belegter Stimme. Wie betäubt folgten wir ihm durch die Felder. Luise schob ihr Mofa. Keiner sagte ein Wort. Nach fünfzehn Minuten saßen wir auf Schimanskis Sofa, und der Hausherr brühte einen Tee in seiner Küche, wie es sich in Ostfriesland gehörte, und dann musste Luise mit allem rausrücken. Sie heulte mir dabei den Pulli nass, und wir verstanden nur die Hälfte von dem, was sie sagte, aber die Hauptsache wurde klar.

Ein Junge aus Bremen hatte sie angesprochen, ob sie für ein kleines Geschäft zu haben sei. Sie hatte erst nicht gewollt, aber dann daran gedacht, wie es ihre Mutter aufregen würde, wenn sie kleine bunte Pillen auf dem Schulhof weiterreichte, und wie nötig sie außerdem Geld für *Chanel Mademoiselle* brauchte – was auch immer das war – und wie sie irgendwann selbst erschrocken war, als sie kapierte, was sie machte, und wie sie Angst hatte, dass Sami es rauskriegen würde, und wie sie trotzdem weitermachte, weil ihre Mutter gesagt hatte, dass sie sie rausschmeißen würde, wenn sie jemals Drogen nähme, und sie hatte ja gar keine genommen, aber sie war trotzdem wütend gewesen, weil ihre Mutter ihr ständig Vorschriften machte …

»Jemand anderem die Schuld zu geben macht es nicht besser«, sagte Sami. Er war jetzt nicht mehr blass, sondern knallrot im Gesicht. In so was gerät man schneller, als man denkt, hätte ich Luise gern in Schutz genommen, aber ich traute mich nicht. Einen Moment herrschte Stille, dann stand Sami auf und ging. Einfach so. Er sagte nicht mal tschüss.

Da hörte Luise auf zu heulen und wurde ganz still. Der andere Junge bedankte sich für den Tee und verkrümelte sich ebenfalls. Und am Ende dieses schrecklichen Abends rief Schimanski die Polizei.

Er schickte Luise und mich in sein Arbeitszimmer, als die Männer kamen, und ich denke, er machte so etwas wie einen Deal mit ihnen. Luise hatte ihm verraten, wie der Junge aussah, der ihr die Drogen gab, und wie er sich von ihr nennen ließ und wann und wo sie ihn immer traf. Das erzählte Schimanski den Männern gegen das Versprechen, dass die Polizei es der Schule überlassen würde, disziplinarisch auf die Übeltäterin einzuwirken. Vielleicht hatte er so getan, als wäre Luise freiwillig zu ihm gekommen, keine Ahnung.

Anschließend brachten wir die Delinquentin nach Hause, und es gab ein kurzes, heftiges Gespräch mit Sylvie Brüggemann, in dem sie ihrer Tochter mit allem drohte, was ihr in den Sinn kam, einschließlich des schrecklichen Internats, während Luise verloren im Flur stand und so zitterte, dass ich dachte, gleich kriegt sie einen Herzinfarkt.

Als Schimanski mich heimbegleitete, hatten wir keine Lust mehr, uns zu unterhalten. Erst vor Norberts Tür fing ich wieder an zu sprechen. »Sylvie kriegt das nicht hin«, sagte ich. »Sie macht wunderschöne Kulturabende, aber das mit Luise schafft sie einfach nicht. Die beiden machen sich gegenseitig fertig.«

»Eltern«, murmelte Schimanski düster.

»Nee, nicht Eltern …«, widersprach ich aus Loyalität zu Geli. »Aber in Luises Fall … Jemand muss dem Mädchen einen Ausweg zeigen. Sie irgendwie in die richtige Richtung schubsen. Sie ist doch nicht komplett verkehrt.«

Ich konnte Schimanskis Gesicht nicht erkennen, weil die Lampe unter Norberts Vordach kaputt war, aber ich spürte, dass er lächelte. Dann küsste er mich so lang, dass mir ganz schwindelig wurde. Als wir wieder zu Atem gekommen waren, sagte er: »Franzi, egal was Dörthe in diesen Brunner reinschaut – er ist ein Idiot!«

Ich kaufte für Norbert am nächsten Tag einen Bildband über Ostfriesland, weil ich wusste, wie sehr er seine Wahlheimat liebte, und offenbar hatte er ebenfalls das Bedürfnis, unserem Verhältnis das Angespannte zu nehmen, denn er schenkte mir auch ein Buch. Es trug den Titel: »*Pseudologia phantastica* – von der krankhaften Sucht zu lügen.« Dass ich es demütig entgegennahm, war meine Form der Entschuldigung.

Nachmittags ging ich zu Brüggemanns. Sylvie machte mir auf, und zuerst wollte sie nicht erlauben, dass ich mit Luise sprach, weil sie ihr Stubenarrest verordnet hatte. Aber als ich ihr versicherte, dass ich ihre Tochter keinen Schritt aus dem Kerker lassen würde, gab sie nach. Vielleicht auch, weil sie wieder Kopfweh hatte. »Das ist es, was das verdammte Internet aus den Kindern macht!«, sagte sie, und ich antwortete: »Mannomann, ja«, und ging ins Kinderzimmer.

Luise saß mit geröteten Augen, umgeben von Teddybären, auf ihrem Bett und hörte sich an, was ich ihr über den charakterstärkenden Nutzen von Selbstanzeigen und über freiwillige Nachhilfe bei Grundschülern und Sozialdiensten in Altenheimen zu sagen hatte, aber ich weiß nicht, ob sie irgendetwas mitkriegte. Ihr einziger Kommentar, als ich meine Rede beendet hatte, war: »Sami will nichts mehr von mir wissen.«

»Nicht, so lange du hier hockst und dich in Selbstmitleid badest«, erklärte ich. »Sami ist ein Macher. Es würde ihm imponieren, wenn du etwas unternimmst, um die Sache in Ordnung zu bringen, bevor man dich von der Schule her nötigt.«

»Ehrlich?«, fragte sie.

Keine Ahnung. Woher sollte ich das wissen?

Am Abend ging ich mit Schimanski zu Sami. Er fand, wir sollten dem Jungen nichts einreden. »Denn wenn er von Luise die Nase voll hat«, meinte er, »ist das komplett verständlich und seine Sache.« Aber wir konnten ja wenigstens mal schauen, wohin die Stimmung ging.

Sami wohnte mit seiner Familie über dem Sanitätsgeschäft. Es war ein verklinkertes Haus mit Buntglas in den Türen, warmem gelben Licht unter dem Vordach und einem bronzenen Klingelknopf. Sami bat uns mit düsterer Miene in sein Zimmer hinauf, und seine Tante brachte uns Spekulatius.

Sami wollte nicht über Luise reden. Er war mindestens so niedergeschlagen wie das Mädchen, dem er seinen Kummer verdankte. Über seinem Bett hing ein Bild, auf dem kahle Dornenranken eine alte Stahlbrücke überwucherten. Selbst ein Ignorant wie ich kapierte, dass er richtig gute Kunst an die Wand gepinnt hatte. Vielleicht, dachte ich, ist es doch am besten, wenn es zwischen den beiden zu Ende geht, bevor es richtig ernst wird. Denn über Luises Bett hatte ein Einhorn am mondbeschienenen See gehangen, und man konnte sich schon denken, dass die beiden Poster nicht ins selbe Wohnzimmer passen würden.

Sami bot uns sein Bett als Sitzmöbel an und lümmelte sich auf seinen Schreibtischstuhl, was übersetzt wohl heißen sollte: *Schwirrt ab, ihr kotzt mich an!* Kein Wunder. Aus seiner Sicht hatte Schimanski seine Freundin an den Pranger gestellt und Sami dabei herzlos zum Zeugen gemacht.

»Das mit dem Abi ist vom Tisch. Endgültig«, sagte er in dem Bemühen, seinem Lehrer eine reinzuwürgen. Die Luft war schwül vor Aggressionen. Wäre Geli bei uns gewesen, hätte sie zweifellos begonnen, den Teller mit den Spekulatius rumzureichen.

»Jeder, wie er will«, erwiderte Schimanski.

»Scheißabitur. Bringt sowieso nichts!«

»Wenn du's sagst.« Um auch hier die Übersetzung – transportiert durch den Tonfall – mitzuliefern: *Ich bin Lehrer. Du kannst mir so blöd kommen, wie du willst, mein Blutdruck bleibt auf* 110 *zu* 80.

Na, das lief ja wunderbar. Draußen hatte es begonnen zu schneien, und winzige Schneeflocken trieben am Fenster vorbei. Warum konnten nicht alle Menschen Frieden halten?

»Sie sind also mit diesem Brunner verheiratet?«, fragte Sami mich. *Ups.* Was habe *ich* dir denn getan?, dachte ich. Und im nächsten Moment: Wie kann er das überhaupt wissen? Er hatte von dem Desaster an Grabowskis Stele doch gar nichts mitbekommen, weil er mit dem Schiff beschäftigt gewesen war.

»Aber wie gesagt: Brunner ist mit Dörthe Wiemers *so!*« Zeigefinger und Daumen zeigten noch einmal an, wie viel von einem Blatt Papier zwischen meinen Ex und den weißen Hai passte. Ich wollte etwas Schnippisches erwidern: *Ist mir doch egal* oder so. Aber dann sparte ich es mir. Sami war todunglücklich. Er wollte jemanden haben, der sich so mies fühlte wie er selbst. Das konnte man – menschlich gesehen – verstehen.

»Sami«, sagte ich. »Man kann über einen Menschen nicht den Stab brechen, nur weil er mal Mist gebaut hat. Und jetzt red ich von dir und Luise. Entscheidend ist doch, was sie nun draus macht.«

Sami stand auf und stellte sich mit dem Rücken zu uns ans Fenster. Kommentar überflüssig.

Es klopfte, und Samis Tante steckte den Kopf mit dem hübschen gestreiften Seidentuch herein. »Sie können mein Neffe sagen, ist nicht richtig, gute Firma von Onkel mit Füßen treten. Hört er vielleicht auf Lehrer. Sie ihm sagen: Ist es richtig, Neffe folgt auf Onkel, wenn kein eigener Sohn da. Tradition«, meinte sie zu Schimanski. Sie war eine resolute kleine Frau mit denselben dunklen Augen, die auch Sami besaß. Mit einem energischen Kopfnicken zog sie die Tür wieder zu.

»Hm«, machte Schimanski.

»Scheiße«, sagte Sami und trat gegen die Heizung.

Ich schielte nach dem Teller mit den Keksen. Wenn ich mir schon das Anbieten verkniff, hätte ich wenigstens selbst gern einen gegessen. Aber irgendwie kam es mir vor, als würde ich mich dadurch ins Unrecht setzen.

Sami drehte sich zu mir um, in den braunen Augen, die er mit seiner Tante teilte, saß ein böses Funkeln. »Frau Wiemers hat mich zu einer Homestory ins Haus von dem Brunner eingeladen. Ich war da, und *deshalb* weiß ich, dass Sie mit ihm verheiratet waren. Die haben vergessen, eins von den Hochzeitsfotos wegzuräumen.«

Danke, Sami, für diese feinfühlige Mitteilung.

»Die Wiemers hat einen fantastischen Bericht für die Homestory geschrieben. Und ich hab Fotos gemacht. Das kommt in eine von diesen Hochglanzillustrierten. Ich denk, Brunner schafft es damit an die Spitze.« Übersetzung: *Irgendwann krieg ich dich doch zum Heulen, Franziska Brunner. Und das wird meinem Scheißlehrer nicht gefallen, und deshalb find ich's gut, klar?*

»Wollen Sie's sehen?« Bissig reichte er mir eine Mappe, und als ich sie aufschlug, durfte ich mein ehemaliges Wohnzimmer bewundern, nur dass jetzt Dörthe auf dem Sofa saß und Ingmar sich wie ein verliebter Pudel an sie schmiegte.

»Wenn es weder das Abi noch das Sanitätsgeschäft sein soll – was wird es denn dann?«, fragte Schimanski.

»Ich geh nach Amsterdam und werde Fotograf.« Sami verschränkte die Arme über der Brust und belauerte Schimanski. Aber der ging nicht drauf ein, sondern ließ sich von mir stattdessen die Mappe reichen. Er schaute sich die Fotos eines nach dem anderen gründlich an. Keine Ahnung, ob ihn der künstlerische Aspekt interessierte oder mein Ex und sein Liebchen. »Was ist denn das in Amsterdam? Ich meine, was für eine Art Institut?«, fragte er.

»Eine Kunsthochschule. Und die nehmen mich.« Bei allem Ärger – Sami schaffte es nicht, seinen Stolz zu unterdrücken.

»Ohne Abi?«

Sami zuckte mit den Schultern.

»Ist das sicher? Die verlangen kein Abi?«

»Da geht es nur um Kunst. Die pfeifen auf Papiere. Und wenn man fertig ist, verdient man nichts, und alles, was man für den Rest seines Lebens tut, ist, den ganzen Tag auf einen blöden kleinen Auslöser zu drücken wie ein Idiot. Und genau das will ich – wie ein Idiot auf Auslöser drücken. Ich scheiß aufs Studium.«

»Seit wann hast du diese Idee?«

»Schon immer.«

Schimanskis Blick blieb an einem der Fotos hängen. Es zeigte nicht mehr die Brunner-Wiemer'sche Privatidylle, sondern das Schulboot, und zwar aus einer irgendwie verschobenen Perspektive, die es wie ein expressionistisches Kunstwerk wirken ließ, keine Ahnung. Plötzlich begann er zu lachen.

»Was ist daran komisch?«, blaffte Sami argwöhnisch. Aber wenn Schimanski lachte – er tat das ja nicht so oft –, hatte das etwas enorm Ansteckendes. Widerwillig machte sich auf Samis Gesicht ein Grinsen breit. »Sie finden die Bilder gut.«

»Jeder Mensch muss seinen eigenen Weg gehen.«

»Und wann kommt der Vortrag über die Tradition?«

»Sie ist deine Tante, nicht meine. Sami – kann sein, dass du dir das Leben versaust, kann aber auch sein, dass nicht.«

»Ich scheiß drauf, was Sie finden«, sagte Sami, aber seine Stimme klang weicher. Er angelte einen Apfel aus einer Stofftasche, die über der Stuhllehne hing, und begann daran zu nagen.

In einem Film wäre nun der Moment für den Abspann gewesen. Alles war wieder gut, und wenn nicht alles, dann doch einiges oder wenigstens die Sache zwischen Sami und seinem Lehrer. Ich dachte: Schön. Und wollte Sami die Bilder von der Homestory zurückgeben. Dabei fiel mein Blick noch einmal auf eines der Fotos, das das Tischchen zwischen dem Fenster und der Bücherbord zeigte. Ich muss wohl irgendein Geräusch von mir gegeben haben, denn Schimanski fragte: »Ist alles in Ordnung?«

Einen Moment war es still. Dann rief Sami nervös: »Muss sie kotzen?«, und lief raus und kehrte mit einem Wischeimer zurück. Und ich starrte immer noch auf das Tischchen und konnte es einfach nicht glauben.

13

Norbert sagte, ich müsse Anzeige erstatten. Geli fand, ich sollte Ingmar das Haus über dem Kopf anzünden, ähhh … vielleicht nur die Gartenlaube … oder den Restmülleimer … Aber jedenfalls mit einem deutlichen Ausdruck meines Zorns!

Ich schüttelte den Kopf. Wir saßen im Wohnzimmer und starrten auf das Homestory-Foto, das Sami mir mitgegeben hatte. Ich konnte es immer noch nicht fassen. Dieses erbärmliche Pack! Rechts oben im Bild, so unauffällig, dass ich sie fast übersehen hätte, lag Ingmars *Niccolo-Gagliano*-Geige, zusammen mit den Noten, die Ingmar für das kommende Konzertjahr gerade einstudierte. Sie war also gar nicht zerstört worden, die Wundergeige, die ich auf das Turtelpärchen geworfen hatte. Sie war unversehrt und unübersehbar in Gebrauch. Und der Versuch, mich ihretwegen um mein Geld zu bringen, nichts als ein kaltschnäuziger Betrug. O Mann, wie kriegt man so viel Gemeinheit in einen Schredder, ohne dass die Messer stumpf werden und die Kiste platzt?

»Das tut man doch nicht«, sagte ich wütend.

Schimanski, der bisher geschwiegen hatte, drückte meine Hand. »Wir fahren hin und klären die Sache«, sagte er. »Und wir nehmen Sami als Zeugen mit, falls die beiden sich rauswinden wollen.«

Jawohl! Genau das würden wir tun.

Wir machten uns am folgenden Samstagvormittag auf den Weg. Es schneite bei Graden um den Nullpunkt, obwohl es erst November war. Die Straßen waren glatt, und im Radio sang jemand *Dat du min Leevsten büst* ... Schimanski warf einen Blick in den Rückspiegel und lächelte. Als ich mich umdrehte, sah ich, dass Sami mit halb offenem Mund schnarchte.

»Es ist ein Jammer«, fand Schimanski.

»Was denn?«

»Dass wir das Schiff jetzt kleiner bauen müssen. Es hätte der Stolz von Ekelborn werden sollen. Aber mit dem Geld, das wir nun zur Verfügung haben, müssen wir die Hälfte der Ideen in die Tonne treten.«

»Das Schiff ist doch nur ein Symbol.«

»Schon«, seufzte Schimanski. »Aber es ist trotzdem traurig. Träume, die man verkleinert, verlieren an Glanz.«

»Wenn ich wirklich an mein Ehevermögen komme, dann stifte ich was«, versprach ich.

»Das würde nichts nutzen. Unsere Schiffsbauer hatten eine Vision. Wenn die nette Franzi ihnen großzügig ein paar Scheine reicht, würde das nichts ändern. Was sie wollen, ist Respekt. Und den kann ihnen nur die Öffentlichkeit geben. Also Ocke.«

Da hatte er wohl recht. Ich kuschelte mich in meinen Sitz und schaute wieder zum Fenster hinaus.

Es war ein eigentümliches Gefühl, zum vermutlich letzten Mal das Grundstück zu betreten, das so lange mein Zuhause gewesen war. Eine Schneedecke lag auf dem Rasen, genau wie im letzten Jahr um diese Zeit, als ich für Ingmar im Internet ein Fotobuch über die Konzertreise seines Orchesters nach Italien zusammengestellt hatte. Ich kramte den Hausschlüssel heraus.

»Moment«, sagte Sami und ging einige Schritt zurück, um mit seiner Kamera einen Sendemast aufzunehmen, den man von unserem Haus aus sehen konnte.

»Er ist ein echter Künstler«, sagte ich zu Schimanski, so stolz, als wäre ich seine Mutter. »Sobald was Spannendes vor seine Linse kommt, verliert er an allem das Interesse.«

Ingmar war zu Hause. Er hatte wohl den Schlüssel gehört und öffnete, bevor ich es selbst konnte. »Mensch, Franzi«, sagte er und bekam eine knallrote Birne.

Mensch Franzi schob ihn zur Seite und stapfte ins Haus. Im Wohnzimmer warf ich einen flüchtigen Blick auf das Tischchen, aber dort lag keine Geige, was mich auch nicht wunderte, weil Ingmar in einem Zimmer unter dem Dach übte, das er wegen der Akustik liebte. Wahrscheinlich hatte Dörthe die Geige nur auf dem Tischchen drapiert, um Sami und die Leserschaft der Homestory zu beeindrucken. Ich sah, dass der Ficus, der noch aus meiner Studentenzeit stammte, eingegangen war.

In stummem Groll stieg ich die Treppe hinauf.

»Wir … äh … wir haben uns doch schon kennen gelernt, oder?«, fragte Ingmar Schimanski, vergaß ihn aber im selben Moment und folgte mir. »Wo willst du überhaupt hin, Franzi?«

Ich kam an unserem Schlafzimmer vorbei, wo ein knallgelber Satinschlafanzug auf meiner Seite des Bettes lag.

»Beim Denkmal neben der Schule«, erinnerte Schimanski ihn.

Mein Ex schien plötzlich zu begreifen, was ich plante, denn er hastete hinter mir die schmale Wendeltreppe, die ins Dachgeschoss führte, hinauf. »Was hast du vor? Lass mich doch erst mal einen Kaffee aufsetzen.«

Ich ignorierte ihn. Die letzten Stufen waren erreicht, vor mir tauchte die graue Stahltür auf, die Ingmar ausgesucht hatte, weil sie den Betonwänden und Wasserrohren so schmeichelte.

»Also hör mal ...« Ingmar schoss an mir vorbei, drängelte sich zwischen mich und die Tür und breitete die Arme aus. »Franziska ...« Er wurde von meinem Handy unterbrochen. Hatte ich irgendwann *Jingle Bells* als Klingelton eingestellt? Keine Ahnung, aber ich sah mit grausamer Freude, wie Ingmar bei der zuckrigen Melodie zusammenzuckte. »Ja?« Ich hielt das Handy ans Ohr.

»Hier ist Norbert – bist du das, Franzi?«

»Es passt gerade nicht.«

»Hör zu – geh *nicht* zu Ingmar. Ich habe mir das noch mal durch den Kopf gehen lassen. Was wissen wir denn, was einem Kerl einfällt, der einen anderen Menschen um sein Vermögen bringt. Das ist ein *Verbrecher*. Dein Exmann ist ein Verbrecher, Franzi. Mit krimineller Energie und so. Wenn solche Menschen zum Äußersten getrieben werden ...«

»Es ist Norbert«, sagte ich zu den anderen.

»Schöne Grüße«, erwiderte Ingmar mechanisch. Er hatte immer noch die Arme ausgebreitet, als wäre er ein Haremswächter, der seine Damen vor den Kreuzrittern schützen muss.

»Schönen Gruß«, sagte ich zu Norbert.

»Ich will von dem Verbrecher nicht gegrüßt werden. Sag ihm das. Oder ... sag nichts. Stell dich freundlich, sozusagen schlangenhaft, und verlasse unverzüglich das Haus. Ich habe gestern eine Sendung gesehen ... Das war natürlich in Amerika ...«

Ingmar begannen die Arme wehzutun. Er ließ sie wieder sinken und griff nach der Klinke. Und wenn er nun hineinstürzte und die Geige auf dem Boden zerschmetterte, während ich arglos mit meinem Bruder plauderte? Ich ließ das Handy in die Tasche gleiten und tat einen Schritt auf ihn zu.

»Niemand geht hier rein«, presste Ingmar hervor. Seine Finger umklammerten die Klinke. Ich sah, wie Schimanski die

Stirn runzelte. Mit einem ruppigen »Blödsinn« schubste ich den Mann, dem einmal mein Herz gehört hatte, gegen das Geländer und riss die Tür auf. Die Geige lag auf dem groben, selbst gezimmerten Holztisch neben einer Flasche mit Mineralwasser. Es war die *Niccolo Gagliano* – ich kannte sie aus endlosen Jahren, in denen ich um sie herum Staub gewischt hatte, weil Ingmar es nicht ertragen konnte, wenn jemand sie anfasste.

»Es ist eine andere Geige«, log er unsicher.

»Quatsch«, sagte ich. Ingmar schrie auf, als Schimanski sein Prachtstück in die Hand nahm, aber sein Gast wollte sich nur mal anschauen, wie ein geschnitztes Stück Holz aussieht, für das man als Gegenwert in Ostfriesland ein Einfamilienhaus bekommt.

»Legen Sie das sofort zurück!« Die eiskalte Stimme kam aus dem Flur. Dörthe besaß an diesem Nachtmittag nicht die Anmut des weißen Hais. Sie stolperte die Treppe hinauf, in einer alten Jeans, mit einer Grimasse, die sie Madame Medusa aus *Bernard und Bianca* abgeschaut haben musste. Wütend nahm sie Schimanski die Geige ab, und Ingmar sprintete hinzu und entriss wiederum Dörthe seinen Schatz und schrie: »Es ist eine ganz andere Geige!«

»Warum hast du sie reingelassen?«, keifte Dörthe mit so viel Hass in der Stimme, dass Norbert gedämpft in meiner Tasche flehte: »Verlass das Haus … Verlass das Haus …«

»Aber ich hab Franzi doch schon gesagt …«, stotterte Ingmar.

»Kannst du dich nicht *einmal* durchsetzen?«

»Es ist wirklich eine andere Geige«, wiederholte Ingmar hilflos und schrecklich verlegen in meine Richtung. Er war es nicht gewohnt, jemandem so hundsordinär ins Gesicht zu lügen.

»Na, das wird sich ja sicher feststellen lassen«, meinte Schimanski gelassen.

»Nein«, fauchte Dörthe ihn an. Die Bewegung ihrer Schwanzflosse wurde langsamer, der Blick ihrer Augen, mit dem sie uns ins Visier nahm, fischartig starr. Kalt fuhr sie fort: »Es ist die echte *Niccolo Gagliano.* Wir haben sie reparieren lassen, und wir werden dazu eine entsprechende Rechnung vorlegen, die sich auf über hundertfünfzigtausend Euro beläuft – auf den halben Wert dieses Hauses.« Mit diesen Worten entblößte sie die strahlend weißen Zähne, die schimmerten wie Keramikmesser. Ingmar gab sich einen Ruck und stellte sich neben sie. Ich weiß nicht, was er dachte. Fast vierundzwanzig Jahre konnte ich in seinem Gesicht lesen wie in einem offenen Buch. Jetzt war er mir fremder als der Hai an seiner Seite.

»Außerdem werden wir Anzeige erstatten. Sie sind in dieses Haus eingedrungen und haben uns bedroht. Das kennt man ja von eifersüchtigen Ehefrauen.« Dörthes unsichtbare Schwanzflosse schlug Wellen im Bassin.

»Donnerwetter, ist das erbärmlich«, seufzte Schimanski. »Aber das mit der Polizei gefällt mir. Wäre doch gut, wenn jemand die Fiedel sicherstellt, bis alles geklärt ist.«

»Nein, ausgeschlossen!« Ich sah Ingmars Augenlid nervös zucken. »Niemand kriegt dieses Instrument in die Hand. Schon gar nicht irgendwelche … Die kommt doch nicht in einen feuchten Polizeikeller, neben … neben … blutige Messer oder …«

»Rennt!«, brüllte Norbert, der wohl nur das mit dem blutigen Messer mitgekriegt hatte, in meiner Tasche. »Rennt um euer Leben!«

»Wo seid ihr denn alle?«, hörten wir plötzlich aus dem Erdgeschoss Samis Stimme.

»Hier oben, aber wir kommen runter, Sami«, rief ich zurück. Ein junger Beinahe-Terrorist hat aber natürlich ein ganz anderes

Tempo drauf als ein Grüppchen älterer Herrschaften, das sich nicht einigen kann, wer vorangeht. Und so stand Sami bei uns, noch bevor wir Ingmars Übungsraum verlassen hatten. Er musterte unsere Gesichter, begann zu grinsen und reichte mir wortlos seine Kamera.

Ich starrte auf das Display und kapierte zuerst gar nicht, was ich sah. Ein Maleratelier. Komisch. Aber ... Donnerwetter – das war ja mein Arbeitszimmer, nur dass jetzt meine sämtlichen Möbel einschließlich antiken Sekretärs und tausendundeinen Ordners verschwunden waren. Dafür standen Ingmars Bilder dort herum. Und beim Fenster saß, versunken, mit einem Pinsel in der Hand, in einem farbverschmierten Kittel – Dörthe Wiemers.

Sie hatte einen großen, roten Fleck an der Kante der linken Hand. Dasselbe Rot prangte auf dem fast fertigen Gemälde, an dem sie gerade arbeitete. *Interpretation einer beschissenen Beziehung*, dachte ich, noch immer wie paralysiert.

Mein Blick wanderte zu Dörthe. Der Farbfleck an ihrer Hand bildete einen kreischenden Kontrast zu ihrem Angorapulli. Als wäre der weiße Hai von einer Harpune getroffen worden, dachte ich. Und dann schälte sich aus dem Wirrwarr meiner Gedanken langsam die Erkenntnis, dass der weiße Hai *tatsächlich* von einer Harpune getroffen worden war.

»Ich kapier das nicht«, sagte Sami zu Dörthe. »Warum stellen Sie die Bilder, die Sie malen, nicht unter Ihrem eigenen Namen aus? Die sind doch großartig.«

»Weil das, was eine Sparkassenleiterin malt, weniger bedeutsam ist als das, was ein Musiker auf die Leinwand kleckst«, sagte ich. »Weil man damit nicht angeben kann. Weil sich für Sparkassenangestelltenbilder kein Schwein interessiert. Weil der Schein wichtiger ist als das Sein.« Ich schnappte mir Samis Kamera, suchte den Auslöser und machte ein prächtiges Foto von Dörthe, der sämtliche Gesichtszüge entgleist waren.

Wir waren alle ganz höflich und zivilisiert, als wir später auf dem schwarzen Ledersofa im Wohnzimmer saßen. Ingmar schrieb vornübergebeugt auf ein weißes Blatt Papier, wie froh er sei, dass seine *Niccolo Gagliano* hatte repariert werden können, und dass er bei einer Scheidung selbstverständlich nun keinerlei Forderungen in dieser Sache mehr an mich habe. Schimanski diktierte ihm das, inklusive Zeichensetzung, wohl weil er es von den Schuldiktaten so gewohnt war. Sami rekelte sich in einem der Sessel und freute sich.

»Außerdem«, sagte ich zu Ingmar, »setzt du noch ein Schreiben an Ocke Bünting auf.«

»Wer zum Teufel ist das schon wieder?«, fragte er erschöpft.

»Der Ortsbürgermeister von Ekelborn – weißt du doch. Er wird sich freuen, wenn er hört, wie tief dich der Abend an der Hauptschule beeindruckt hat und dass du den Jungen und Mädchen unbedingt einen Scheck überreichen möchtest, mit dem sie ihr Spielplatzboot fertig bauen können. Achttausend Euro müssten reichten.«

»Was?«, kreischte Dörthe, die bisher stumm und kreidebleich auf dem kubischen Hocker neben der Tür gesessen hatte.

»Neuntausend Euro«, sagte ich knallhart. »Ihr wärt natürlich zur Einweihung eingeladen.«

Der weiße Hai zuckte zurück und fletschte die Zähne.

»Wenn ihr nicht mögt, versuche ich das Geld über einen Artikel zum Thema *Wer malt Ingmar Brunners Bilder?* zusammenzubekommen«, sprach ich die Drohung aus, die die ganze Zeit im Raum gestanden hatte. Es hörte sich irgendwie hässlich an. Aber es ist ja auch eine hässliche Sache, einem Hai ein Starkstromkabel ins Maul zu schieben und zuzusehen, wie er explodiert.

»Und woher sollen wir wissen, dass Sie das nicht sowieso tun?«, zischte Dörthe.

»Nein«, entfuhr es Ingmar. »So ist Franzi nicht.«

Ich glaube, in diesem Moment habe ich mich innerlich mit ihm versöhnt. Natürlich wurden wir keine Freunde – dazu war zu viel geschehen. Aber das Gift verlor an Kraft, der Stachel schmerzte nicht mehr ganz so sehr. *Franzi tut das nicht.* Wenigstens in einer Sache war Franzi also besser als Dörthe Wiemers. Als wir aufstanden, um zu gehen, umarmte ich ihn kurz.

14

Es wurde ein Wahnsinnswinter mit Tonnen von Schnee. Unsere Schiffsbaustelle lag in dieser Zeit natürlicherweise brach. Aber als die ersten wärmeren Tage kamen, rückten die Jungs und Mädchen aus der Hauptschule wieder zum Schrauben und Hämmern an. Ingmars Scheck, den Schimanski pünktlich mit den ersten Sonnenstrahlen präsentierte, hatte seine Klassen aus der Muffelstarre geweckt.

Und nun war es so weit. Das Boot besaß ein Unterdeck mit Bänken, auf denen man sein Butterbrot – also die Snickers und dieses ungesunde Zeug – knabbern konnte, und ein Oberdeck zum Klettern und Toben. Ein Netz aus dicken Tauen führt in einen Ausguck und Hängeleitern zum Entern des Schiffes von der Reling. Das Boot war kunterbunt, so ähnlich wie die Nanas, diese Plastikskulpturen in Hannover – das hatte Sami sich ausgedacht. Es sah todschick aus. Mir ging das Herz auf, als ich am Rand des Schulhofs stand und die Gang betrachtete, die das Wunder vollbracht hatte.

Ocke stand in Anzug und Fliege im Blitzlichtgewitter von fünf ostfriesischen Reportern neben dem Bug und hielt eine Rede. Darin war viel von dem berühmten Künstler Ingmar Brunner die Rede, der Ekelborn so innig verbunden war, dass er sich unbedingt an dem großartigen Projekt der Stadt hatte beteiligen wollen. Und noch mehr von Ocke Bünting, der sich freute, dass Ekelborn auch in Sachen Jugendförderung die Nase vorn hatte.

Über Sami, der den Bau des Schiffes geleitet hatte, verlor er kein Wort. Auch nicht über Sebastian, der zwei Wochenenden lang durch die ostfriesischen Baumärkte getingelt war, um Farbe zu schnorren. Oder über Emanuel, der den hinteren Mast geschmirgelt hatte, bis ihm die Finger bluteten. Oder über Carolin, die denselben Nagel dreiundzwanzigmal in das letzte Brett vom Unterdeck geschlagen und wieder herausgepfriemelt hatte, weil sie unbedingt wollte, dass ihr Beitrag zum Schiff perfekt war.

Über Schimanski natürlich sowieso nicht. Egal. Der hatte die linke Hand in die Hosentaschen geschoben und mir die rechte um die Schulter gelegt und beobachtete zufrieden, wie seine Mädchen und Jungs ihr eigenes Werk bestaunten. »Sami hat Antwort aus Amsterdam. Die Kunstschule will ihn tatsächlich nehmen«, flüsterte er mir zu, als Ockes Rede ihn zu langweilen begann.

»Klasse!«

»Na ja ...«

»Nun lass ihn schon. Hauptsache, er geht nicht zu den Taliban.«

»Ich glaub, er ist ein echter Künstler«, wisperte Schimanski. »Aber selbst wenn aus dem Fotografieren nichts wird – er wird zurechtkommen.« Wir schauten zu dem Jungen hinüber, der mit einem sparsamen Lächeln Ockes Rede lauschte. Auch Samis Arm lag um eine weibliche Schulter. Luise schmiegte sich an ihn. Sie hatte sich tatsächlich selbst angezeigt und der Polizei geholfen, den Drogendealer aus Bremen dingfest zu machen. Außerdem hatte sie Sami versprochen, für ihren Realschulabschluss zu büffeln, während er in Amsterdam die ersten Schritte in Richtung Profifotograf tat. Keine Ahnung, ob sie das schaffen würde. Menschen in der Pubertät sind wie Seifenblasen. Man weiß nie, in welche Richtung sie treiben. Bei Erwachsenen übrigens auch nicht.

Ocke hob eine Sektflasche, die an einer Schnur von der Reling herabbaumelte. »Und so freuen wir uns, dieses Boot …«

»Yeah!«, brüllte Sebastian.

»… der Graf-Edzart-Schule …«

»Yeah!«, brüllten Sebastian, Herbert und Emanuel.

»… und ihrer Schüler …«

»Yeah, Yeah, Yeah«, brüllte es aus jeder Ecke. »Yeah!«

»… auf den Namen Graf-Edzard zu taufen« oder so ähnlich schloss Ocke seine Rede. Der Schulhof grölte, während der Bürgermeister den Sekt gegen die Bordwand knallen ließ und strahlte. Ocke gab Sebastian, der im Herbst eine Lehre bei ihm beginnen würde, einen generösen Klaps auf die Schulter.

Die Kinder durften nun das Boot stürmen, und das taten sie auch. Norbert, der mit Geli an meiner anderen Seite stand, stieß mir den Ellbogen in die Seite. »Ist der Kleine, mit dem Ole da zusammen spielt, nicht der Junge aus dieser asozialen Familie, der …«

»Nee«, sagte ich. »Das ist der Bruder von Sebastian, der die Sponsoren für die Farbe für das Boot aufgetrieben hat. Seine Mutter ist in einer leitenden Funktion im Transportwesen tätig.«

»Gott sei Dank«, sagte Norbert.

Ingmar und Dörthe waren von den Kameras sämtlicher Journalisten abgelichtet worden und verdünnisierten sich in Richtung Straße. Dörthe malte immer noch Ingmars Bilder, und mir ging plötzlich auf, dass die beiden aneinandergeschmiedet waren, so lange es dabei blieb. Dörthe brauchte Ingmars Namen, Ingmar ihr Talent. Und beide offenbar den

Ruhm. Tja. Manchmal straft das Schicksal grausam. In drei Monaten würde die Scheidung durch sein.

»Siehst du, Franzi«, sagte Schimanski, während wir zuschauten, wie die Kinder durch die Wanten turnten, »am Ende lohnt die Müh sich doch.«

Ich nickte.

Ihn zu küssen machte mir noch immer Spaß. Wir taten es ausgiebig, während die Kinder um uns herum kreischten. Vor meinen geschlossenen Augen sah ich Lokomotiven, die am Himmel pafften und uns mit ihren gelben Lichtern Grüße zublinkerten.

Ida Hansen

Es geht immer noch schlimmer

Roman | 224 Seiten | Klappenbroschur
ISBN 978-3-547-71186-8

Mit Familie ist das Chaos garantiert

Amke hat die Nase gestrichen voll. Von ihrem untreuen Partner und der anstrengenden Arbeit. Sie flieht in ihre Heimat Ostfriesland, um sich zu erholen. Doch statt idyllischer Ruhe erwartet sie das absolute Chaos. Ihr Vater ist völlig durchgeknallt und gräbt den ganzen Garten um. Ihre Schwester hat Mann, Kinder und Hund sitzen lassen und ist nach Norwegen abgehauen. Amke wird klar: Hier ist ein Beratungsprofi wie sie gefragt. Nur leider erweist sich ihre Familie als hartnäckiger Problemkunde. Als wäre das nicht schlimm genug, verliebt sich Amke auch noch.

Marie Matisek

NACKT UNTER KRABBEN

Ein Küsten-Roman

Schachmatt

im Watt

ISBN 978-3-548-28547-4

Als Falk den Strandkorbverleih auf der schönen Nordseeinsel Heisterhoog von seinem Onkel erbt, freut er sich auf Sonne, Strand und dicke Kohle. Doch weit gefehlt. Das Ganze artet in Arbeit aus. Wenn Nachbar Thies, der Einsiedlerkrebs aus dem DLRG-Häuschen, nicht wäre, könnte Falk schon am ersten Tag einpacken. Sollte er das Grundstück nicht doch lieber verkaufen? Dann verliebt sich Falk auch noch. Unversehens gerät er zwischen alle Fronten – und das in der Hauptsaison.

Auch
als ebook
erhältlich
e-book

www.ullstein-buchverlage.de

ullstein

UB694

Corina Bomann

DER MONDSCHEIN-GARTEN

Roman

ISBN 978-3-548-28526-9

SPIEGEL-Bestseller-Autorin

Antiquitätenhändlerin Lilly bekommt eine ungewöhnliche alte Geige angeboten: Auf ihrer Unterseite ist eine Rose ins Holz gebrannt. Lilly ist fasziniert und will das Rätsel der Rose unbedingt entschlüsseln. Sie sucht Hilfe bei dem charmanten Musikexperten Gabriel. Gemeinsam finden sie heraus, dass die Geige vor über hundert Jahren einer berühmten Violinistin gehörte, die damals plötzlich verschwand. Lilly begibt sich auf deren Spuren, die sie nach Italien und schließlich nach Sumatra führen. Dort findet sie des Rätsels Lösung – das auch ihr eigenes Leben in seinen Grundfesten erschüttert …

Auch als ebook erhältlich
e-book

www.ullstein-buchverlage.de

ullstein

UB697